HOMENS E DEUSES
Mitos e lendas dos gregos antigos

Rex Warner

HOMENS E DEUSES
Mitos e lendas dos gregos antigos

Tradução
Cecília Camargo Bartalotti

© 2010 Martins Editora Livraria Ltda., São Paulo, para a presente edição.
© 1950 by Rex Warner.

Publisher	*Evandro Mendonça Martins Fontes*
Produção editorial	*Luciane Helena Gomide*
Produção gráfica	*Sidnei Simonelli*
Projeto gráfico	*Casa de Ideias*
Capa	*Megaart Design*
Preparação	*Aluizio Leite*
Revisão	*Denise Roberti Camargo*
	Dinarte Zorzanelli da Silva
	Maria Estela Alcântara
	Mariana Zanini
1ª edição	*2009*
Impressão	*Imprensa da Fé*

Dados Internacionais de Catalogação na Publicação (CIP)
(Câmara Brasileira do Livro, SP, Brasil)

Warner, Rex, 1905-1986.
  Homens e deuses : mitos e lendas dos gregos antigos / Rex Warner ; tradução Cecília Camargo Bartalotti. – São Paulo : Martins Martins Fontes, 2009.

  Título original: Men and gods
  ISBN 978-85-61635-41-1

  1. Lendas - Grécia 2. Mitologia grega. I. Título.

09-10650   CDD-398

Índices para catálogo sistemático:
1. Grécia antiga : Lendas 398
2. Grécia antiga : Mitologia 398

Todos os direitos desta edição no Brasil reservados à
Martins Editora Livraria Ltda.
R. Prof. Laerte Ramos de Carvalho, 163
01325-030 São Paulo SP Brasil
Tel.: (11) 3116.0000   Fax: (11) 3115.1072
info@martinseditora.com.br
www.martinseditora.com.br

Para Jonathan Warner

Com um estilo coloquial descontraído e cativante, Warner recria vivamente as histórias clássicas de Jasão e os Argonautas e de Teseu e o Minotauro, entre muitas outras. Os relatos cobrem toda a mitologia grega, incluindo a história da criação de Deucalião e Pirra, as aventuras heroicas de Perseu, a queda de Ícaro, a história de amor de Cupido e Psiquê e a tragédia de Édipo e Tebas. *Homens e deuses* é um livro essencial e prazeroso, em que o leitor poderá descobrir algumas das histórias mais importantes da literatura mundial.

Sumário

Píramo e Tisbe	11
Cadmo	16
Actéon	23
Penteu	29
Ino	40
Báucis e Filêmon	47
Dédalo e Ícaro	52
Perseu	56
Ceres e Prosérpina	70
Fáeton	77
O grande dilúvio	92
Jasão	99
A viagem dos Argonautas	103
O Velo de Ouro	111
Jasão e Medeia	116
Eco e Narciso	125
Meleagro de Cálidon	131

A história de Teseu	141
A viagem para Atenas	141
Teseu e o Minotauro	147
Teseu, rei de Atenas	152
Orfeu e Eurídice	158
Os trabalhos de Hércules	163
A morte de Hércules	178
Céfalo e Prócris	187
Aracne	194
Níobe	199
Ácis e Galateia	206
Glauco e Cila	212
Belerofonte	217
Midas	223
A corrida de Atalanta	228
Ceíce e Alcíone	234
Édipo	246
Os sete contra Tebas	255
Antígona	260
Tereu, Procne e Filomela	265
Cupido e Psiquê	271
Quadro de nomes	294

Píramo e Tisbe

Píramo e Tisbe moravam em casas vizinhas na cidade da Babilônia; cidade que, segundo se conta, Semíramis havia mandado murar inteiramente com tijolos. Píramo era um jovem muito belo e Tisbe era mais linda do que todas as outras moças do Oriente. Como eram vizinhos, não demoraram a se conhecer e acabaram apaixonando-se. O caminho natural seria o casamento, mas seus pais o proibiram. Só não puderam proibir que continuassem apaixonados, e ambos, de fato, amavam-se com a mesma intensidade. Não tinham ninguém para ajudá-los em seu segredo e só podiam falar um com o outro por acenos e gestos; mas, quanto mais escondiam seus sentimentos mais desesperados os sentimentos escondidos se tornavam.

Na parede entre suas casas havia uma pequena fenda deixada pelos construtores. Ninguém a notara por anos e anos, mas o amor repara em tudo, e esses dois apaixonados foram os primeiros a encontrá-la e a fazer dela uma via para suas conversas. Em segurança, através dessa fenda, podiam sussurrar palavras de amor entre si e, com frequência, quando Píramo e Tisbe estavam cada um de um lado da parede, ouvindo o som da respiração um do outro, diziam:

— Parede cruel, por que ficas no caminho do nosso amor? Talvez seja demais pedir que desapareças para que possamos nos encontrar de verdade, mas poderias ao menos abrir-te um pouco mais para nos beijarmos. Mesmo assim, somos gratos e reconhecemos que é por intermédio de ti que nossas palavras podem alcançar os ouvidos que amam escutá-las.

Assim eles falavam, cada um, tristemente, do lado errado. À noite, despediam-se e pressionavam os lábios contra a parede em beijos que não podiam chegar ao outro lado.

No dia seguinte, depois de o amanhecer dispersar as estrelas e os raios do sol secarem o orvalho das plantas, eles se aproximaram novamente. Primeiro, lamentaram-se; mas, então, decidiram que, no silêncio da noite, tentariam passar despercebidos e sair de casa. Quando estivessem do lado de fora, deixariam a cidade também e, para que não tivessem de andar por campos abertos, combinaram o encontro no túmulo de Nino, onde se esconderiam à sombra de uma árvore. Ali havia uma amoreira muito alta, repleta de frutos brancos como a neve, ao lado de uma fonte de águas geladas. A ideia agradou-lhes muito, e o dia parecia não terminar nunca. Por fim, o sol mergulhou nas ondas e, do mar, veio a noite.

No escuro, Tisbe abriu cuidadosamente a porta e saiu. Nenhum de seus familiares a viu e, cobrindo o rosto com um véu, ela foi até o túmulo e sentou-se sob a árvore. Seu amor lhe dava coragem. De repente, porém, apareceu uma leoa. O animal acabara de matar alguma vaca e sua boca estava toda manchada de sangue. Vinha agora matar a sede na água da fonte, perto da árvore. À distância, sob o luar, a babilônia Tisbe viu a leoa e correu assustada para uma gruta escura, mas, na fuga, seu lenço caiu de seu pescoço e ficou para trás.

A leoa feroz bebeu muita água para saciar a sede e, no caminho de volta para a floresta, avistou não a própria Tisbe, mas o belo lenço que ela deixara cair. Imediatamente, pegou o lenço e despedaçou-o com suas mandíbulas ensanguentadas.

Píramo chegou pouco depois e viu na areia as marcas profundas do que ele sabia serem as pegadas de um animal selvagem. Seu rosto empalideceu e, quando encontrou os pedaços do lenço todos manchados de sangue, gritou:

– Uma noite será o fim de dois amantes. De nós dois, era ela que deveria ter vivido mais. A culpa é minha. Pobre menina, fui eu que a matei, porque pedi que viesse a este lugar tão perigoso à noite e não cheguei aqui primeiro. Ó, leões que viveis entre estas pedras, despedaçai meu corpo, mordei minha carne maldita com vossas mandíbulas terríveis! Mas só covardes rezam pela morte.

Ele pegou o lenço de Tisbe e levou-o consigo até a sombra da árvore onde os dois haviam planejado se encontrar. Primeiro chorou sobre o lenço que conhecia tão bem e o beijou. Depois lhe disse:

– Agora vais beber o meu sangue também.

E, imediatamente, enfiou sua espada na lateral do corpo e a puxou, agonizante, da ferida quente. Caiu ao chão, prostrado, e seu sangue esguichou alto no ar, do mesmo modo que, por um defeito no chumbo, um cano rompe e abre um pequeno buraco por onde a água jorra para cima com força. As frutas na árvore foram tingidas pelo sangue e tornaram-se escuras. As raízes também ficaram encharcadas e, como resultado, produziram uma cor arroxeada nas frutas dos galhos.

Enquanto isso, ainda assustada, mas também com medo de se perder de seu amado, Tisbe voltou procurando por Píramo, ansiosa para lhe contar sobre o grande perigo de que havia escapado. Reconheceu o lugar e a forma da árvore, mas a cor diferente das frutinhas deixou-a na dúvida. Sem saber se aquela seria realmente a árvore ou não, ela hesitou. Foi então que viu alguém se debatendo no chão cheio de sangue. Deu um passo para trás, com o rosto mais pálido do que o marfim, e estremeceu como o mar se encrespa quando uma leve brisa passa por sua superfície. Não tardou a reconhecer o corpo de seu amado. Golpeou com força seus próprios braços inocentes, puxou os cabelos e abraçou o corpo de Píramo, inundando--lhe as feridas de lágrimas que se misturaram ao sangue. Cobriu de beijos o seu rosto frio e gritou:

– Ó, Píramo, quem foi que te tirou de mim? Píramo, responde! É a tua Tisbe quem fala. Ouve-me! Levanta a tua cabeça caída!

Ao som do nome de Tisbe, Píramo abriu os olhos já pesados com a morte e, depois de vê-la, fechou-os novamente.

Tisbe reconheceu o seu próprio lenço e viu que a bainha da espada estava vazia.

– Então foi a tua própria mão, infeliz, e teu amor por mim que te mataram? Eu também tenho mãos com coragem para isso e também te amo. Meu amor vai dar-me força para fazer a ferida. Irei contigo e as pessoas dirão que eu fui não só a causa, mas também a companheira de tua morte. Apenas a morte poderia te separar de mim e agora nem mesmo a morte terá esse poder. E a vós, nossos infelizes pais, meus e dele, peço em nome de nós dois que não recuseis que, unidos por um amor constante e por nossas últimas horas, sejamos enterrados juntos no mesmo túmulo. Oro também para que esta árvore, que agora cobre com seus ramos o triste corpo de um de nós e logo cobrirá o meu também, mantenha, em memória de nosso sangue, a cor de suas frutas, e que estas sejam adequadas para o luto e um memorial de nossa morte.

Assim dizendo, apoiou sob o seio a ponta da espada ainda quente do sangue de seu amado e deixou-se cair sobre ela. Tanto os deuses como seus pais comoveram-se com as orações. A cor da amora, quando madura, é vermelho-escuro; e as cinzas de Píramo e Tisbe repousam na mesma urna.

Cadmo

Cadmo era príncipe de Tiro. Júpiter havia se apaixonado por sua irmã, Europa, transformara-se em um touro e levara a moça embora para os campos de Creta. Mas seu pai, Agenor, sem ter ideia do que havia acontecido, ordenou que Cadmo procurasse a jovem desaparecida por todo o mundo e ameaçou puni-lo com o exílio se ele fracassasse em sua missão de encontrá-la. Por um lado, isso era justo; por outro lado, porém, era injusto, pois ninguém poderia seguir o curso de todos os amores secretos de Júpiter.

Assim, Cadmo percorreu o mundo inteiro e tornou-se um exilado, mantendo-se longe de seu próprio país, onde a ira de seu pai o aguardava. Visitou, por fim, o oráculo de Febo e perguntou se havia algum lugar onde ele poderia fixar residência. Febo lhe deu esta resposta:

— Em um local deserto, encontrarás uma vaca que jamais teve uma canga no pescoço nem puxou um arado. Segue-a enquanto ela caminha e, no ponto em que o animal deitar na grama, lá deves fundar tua cidade, e deverás chamar o lugar de Beócia, ou Terra das Vacas.

Quase imediatamente após ter saído da gruta onde estava o oráculo, Cadmo avistou uma vaquinha sem ninguém por perto a vigiá-la. Ela caminhava lentamente e não apresentava marcas que mostrassem que já tivesse sido usada em arados ou sido propriedade de alguém. Seguiu-a devagar e, no caminho, agradeceu silenciosamente a Febo pela orientação.

A vaca cruzou o rio Céfiso e atravessou os campos de Panope. Então parou e, erguendo a cabeça, que era muito bela com seus longos chifres, encheu o ar em todas as direções com seus mugidos. Voltou os olhos para Cadmo e seus homens, que a seguiam, e se deitou, deixando os flancos repousarem na grama fresca. Cadmo agradeceu aos deuses, beijou aquela terra estrangeira e saudou as montanhas e campos que nunca havia visto antes.

A próxima tarefa era fazer um sacrifício para Júpiter, e Cadmo ordenou que seus homens procurassem uma fonte de água pura para as libações. Existia uma antiga floresta nas proximidades que nunca havia sido tocada pelo machado e, no meio dela, uma gruta coberta de arbustos e galhos encurvados. As pedras firmemente unidas formavam um arco baixo pelo qual jorrava água abundante e, escondida dentro da gruta, havia uma serpente consagrada a Marte, com uma impressionante crista dourada. Seus olhos faiscavam fogo e o corpo todo era inchado de veneno. Tinha três línguas que se moviam com rapidez e três fileiras de dentes.

Assim que os homens de Cadmo chegaram, para sua infelicidade, a esse bosque, baixaram os baldes ruidosamente na água; imediatamente, das profundezas da gruta, a serpente azul esticou a cabeça para fora e emitiu um silvo terrível. Os baldes caíram das mãos dos homens, o sangue pareceu-lhes sumir do corpo e um súbito tremor lhes agitou os membros. A serpente veio saindo com suas espirais escamosas em grandes círculos ondulantes; elevou-se em um movimento rápido e, com mais da metade do corpo erguido no ar, olhou para baixo por cima das árvores. Era tão grande, se fosse possível vê-la inteira, quanto a constelação no céu que se chama Serpente e fica entre a Ursa Maior e a Ursa Menor. Sem perder mais um segundo, ela deu o bote sobre os homens de Cadmo, sem se importar se eles estavam com as espadas prontas para lutar, ou pensando em fugir, ou aterrorizados demais para uma coisa ou outra. Matou alguns deles com os dentes, outros, esmigalhando-os com as longas espirais de seu corpo, outros, ainda, com sua respiração mortalmente venenosa.

Quando o sol chegou ao ponto mais alto do céu e as sombras atingiram seu mínimo, Cadmo começou a se perguntar por que seus homens estariam demorando tanto e resolveu partir à procura deles. Levava um escudo de pele de leão, e suas armas eram uma lança de ponta de ferro brilhante e um dardo. Seu próprio coração resoluto valia mais do que qualquer arma.

Ao entrar na floresta, viu os cadáveres e, estendido sobre eles em triunfo, o enorme corpo de sua destruidora, que agora, com a língua ensanguentada, lhes lambia as horríveis feridas.

– Meus amigos fiéis – disse Cadmo –, eu vingarei essas mortes ou as compartilharei convosco.

Enquanto falava, ergueu na mão direita uma grande pedra. Ela era realmente enorme e Cadmo a lançou com tremendo esforço; mas, ainda que a força do arremesso fosse capaz de derrubar altas muralhas e suas torres, a serpente continuou intacta. Suas escamas, como uma armadura, e a pele dura e escura protegeram-na do golpe. Mas a pele não era dura o bastante para o dardo de Cadmo, que se fixou firmemente no centro do dorso musculoso espiralado da serpente, com a ponta de ferro entrando até a carne. Furiosa com a dor, a fera virou a cabeça para trás, examinou a ferida e segurou com os dentes a haste do dardo que estava preso em seu corpo. Puxando com violência, conseguiu soltá-lo em volta e arrancá-lo, mas a ponta continuou cravada em sua espinha dorsal. Isso lhe deu razão para ser mais feroz do que nunca. Grandes veias dilataram-se em sua garganta; uma espuma branca brilhou em torno das aterrorizantes mandíbulas abertas; as escamas fizeram um ruído terrível arrastando-se sobre o solo; um hálito negro, como o que sai da boca do Estige, tingiu e infectou o ar. Em um momento, ela se encolheu em enormes dobras; no momento seguinte, elevou-se no ar, ereta e alta como uma árvore; depois se lançou para frente em uma onda monstruosa, como um rio transbordado, derrubando com o peito as árvores que estavam no caminho.

Cadmo recuou um pouco, segurando o escudo de pele de leão à sua frente e golpeando com a ponta da lança as mandíbulas abertas que o ameaçavam. A fera ficou ainda mais enraivecida ao morder inutilmente o ferro duro, cravando os dentes na ponta da lança. Logo o sangue começou a pingar do venenoso céu da boca e a manchar a grama verde em volta. Mas o ferimento não foi sério, porque a serpente recuava e recolhia constantemente o pescoço ferido, jamais dando a Cadmo uma oportunidade de desferir um golpe certeiro. Finalmente, porém, ele conseguiu enfiar a lança com precisão na garganta da fera e empurrou com firmeza até a forçar contra o tronco de um carvalho. A lança penetrou o pescoço e a árvore. O tronco se curvou sob o peso e estalou quando, na agonia da morte, a serpente o chicoteou com sua cauda.

Enquanto Cadmo observava o tamanho monstruoso de seu inimigo derrotado, ouviu subitamente uma voz. Não tinha ideia de onde vinha, mas escutou-a dizer:

– Filho de Agenor, por que estás olhando para essa serpente morta? O tempo chegará em que *tu* serás transformado em serpente e é para *ti* que as pessoas olharão.

Ao ouvir essas palavras, ficou imóvel de terror por alguns instantes, com o rosto pálido e a mente inquieta. O medo gelado eriçava-lhe os cabelos.

De repente, apareceu Palas, sua deusa protetora, deslizando até ele pelo ar. Disse-lhe que arasse a terra e semeasse nela os dentes do dragão, e estes cresceriam para ser seu povo. Ele a obedeceu, cavando longos sulcos com seu arado. Pegou os dentes que deveriam ser as sementes de homens e espalhou-os como lhe havia sido ordenado. Então, por mais inacreditável que pudesse parecer, as bordas dos sulcos começaram a apresentar sinais de movimento. Primeiro surgiram do solo as pontas de lanças, depois capacetes com penachos ondulantes de cores vivas. Em seguida, ombros, peitos e braços pesados de armas começaram a se erguer acima da superfície. Assim, da terra, brotou toda uma safra de guerreiros com seus escudos.

Cadmo ficou aterrorizado ao ver que tinha novos inimigos para enfrentar e já estava pegando suas armas quando um dos homens nascidos da terra gritou:

– Larga as armas! Esta é uma guerra entre nós. Não te intrometas nela.

O homem, então, investiu com a potente espada e começou a lutar corpo a corpo contra um de seus irmãos nascidos da terra, mas acabou atingido por um dardo lançado de longe. O guerreiro que o matou também não viveu muito, perdendo logo em seguida a vida que acabara de ganhar. E, dessa maneira, todo o grupo lutava violentamente, cada homem matando o que estava a seu lado, irmãos apenas por um tempo muito curto. Logo todos aqueles jovens, cuja vida tinha sido tão breve, agonizavam sobre a terra-mãe, aquecendo-a com seu sangue. Apenas cinco restaram. Um destes se chamava Équion e, por ordem de Palas, largou suas armas e propôs paz aos irmãos. A luta terminou, e Cadmo teve esses cinco homens como companheiros para fundar a cidade que lhe havia sido prometida pelo oráculo de Febo.

Actéon

Tudo levaria a crer que Cadmo agora era realmente feliz. Sua cidade de Tebas foi construída. Ele recebeu a filha de Vênus e Marte, Harmonia, como esposa. Teve quatro filhas, chamadas Ino, Agave, Autônoe e Sêmele. Estas, por sua vez, tiveram filhos que estavam crescendo e se tornando adultos. Seria certamente previsível, desse modo, que Cadmo e Harmonia fossem felizes. No entanto, sempre é preciso esperar até o fim, e ninguém pode ser considerado feliz até que esteja morto e enterrado.

A primeira tristeza para Cadmo e Harmonia, em meio a toda essa boa fortuna, foi o destino de seu neto Actéon, filho de Autônoe. Chifres de veado cresceram em sua cabeça e seus próprios cães de caça beberam o sangue do dono. E, se pensarmos na história, veremos que tudo isso se deveu apenas a má sorte e não a algo de errado que ele tivesse feito. Não há erro em simplesmente cometer um engano.

Actéon estivera caçando em uma montanha e o chão mostrava as marcas do sangue dos animais silvestres que ele havia abatido. Era meio-dia e o sol erguia-se alto no céu, fazendo curtas todas as sombras. Com palavras gentis, o jovem Actéon chamou seus colegas de caça que estavam espalhados pelas moitas e matagais:

– Meus amigos, todas as nossas redes e lanças estão molhadas de sangue. Já fizemos o suficiente por hoje. Quando amanhã a aurora trouxer de volta a luz em seu carro brilhante, recomeçaremos nossa caçada. Agora Febo está a meio caminho no céu e seus raios parecem fender a terra. Vamos descansar e recolher nossas benfeitas redes.

Seus companheiros fizeram como ele lhes dizia e interromperam o trabalho.

Havia um vale nessa floresta, cheio de pinheiros e ciprestes pontiagudos. Chamava-se Gargafia e era dedicado à deusa da caça, Diana. No extremo oposto do vale, existia uma gruta sombreada, que não fora construída especialmente, mas moldada pela natureza de modo a parecer uma obra de arte, pois exibia um arco natural formado na própria rocha. De um dos lados vinha o som de uma fonte reluzente que borbulhava do solo e formava uma lagoa com margens relvadas. E, nessa lagoa, Diana, quando estava cansada da caça, costumava banhar seu corpo virgem nas águas claras.

Naquele dia, ela estava lá. À ninfa que lhe servia de escudeira entregou seu dardo, sua aljava e seu arco sem a corda para que segurasse. Outra ninfa tinha no braço o vestido que a deusa tirara. Duas outras lhe removeram as sandálias. Outra, ela própria com os cabelos soltos às costas, prendeu em um nó os cabelos que caíam sobre os ombros da deusa, enquanto outras ninfas enchiam de água os seus jarros para o banho de sua senhora.

Nesse momento, precisamente quando Diana se banhava em sua lagoa habitual, o neto de Cadmo, tendo encerrado a caçada do dia, vinha caminhando sem nenhum destino especial pelos bosques desconhecidos e chegou ao recanto sagrado da deusa. Foi o destino que o levou até ali.

Assim que ele espiou dentro da gruta, que reluzia com os respingos da fonte, as ninfas nuas, vendo um homem, bateram no peito e encheram o bosque com seus gritos assustados. Aglomeraram-se em torno de Diana e tentaram escondê-la com o próprio corpo, mas a deusa era mais alta do que todas e sua cabeça e ombros apareciam acima delas. Ao perceber-se ali nua e exposta, ela enrubesceu com a cor das nuvens quando o sol as atravessa obliquamente, rubra como a aurora. Com as ninfas à sua volta, virou-se e olhou para trás, como se procurasse suas flechas. Mas não tinha nenhuma arma consigo exceto a água; tomando nas mãos um punhado desta, lançou-a no rosto do jovem e despejou o líquido da vingança em seus cabelos. Em seguida, pronunciou palavras que prenunciavam o destino que recairia sobre ele:

– Agora conta – disse ela –, se puder, como me viu nua!

Foi tudo o que ela disse, mas, enquanto falava, fez chifres de veado crescerem da cabeça de Actéon, que ela havia molhado com água; esticou-lhe o pescoço e tornou suas orelhas pontudas; em vez de mãos, deu-lhe cascos; transformou seus braços em longas patas e cobriu-lhe o corpo de um couro malhado. Também o tornou assustadiço. O herói Actéon pôs-se a correr e, enquanto o fazia, surpreendeu-se com a própria velocidade. Quando chegou a uma lagoa, porém, e viu na água o seu rosto alterado e os chifres, tentou falar:

– Ah, como sou infeliz!

Mas descobriu que não conseguia pronunciar as palavras. Ele gemeu (esse era o único som que podia produzir). Lágrimas desceram-lhe pela face, embora não fosse, de fato, uma face. Apenas sua mente e sentimentos permaneciam inalterados. O que faria agora? Deveria voltar para casa, no palácio real, ou se esconder nos bosques? Tinha vergonha de chegar assim em casa, mas sentia medo de ficar onde estava.

Enquanto refletia sobre o que fazer, seus cães o avistaram. Primeiro vieram Pata-Negra e Rastreador, de faro aguçado, latindo para os outros. Rastreador era um cão de caça cretense, Pata-Negra viera de Esparta. Então os outros chegaram em tropel, mais rápidos do que o vento – Voraz e Gazela, e Galga-Colinas, todos cães da Arcádia, o forte Mata-Corças, Caçador e Furacão, o ágil Voador e Perseguidor, de faro aguçado. Havia Guarda-Floresta, que acabara de ser ferido por um javali, Ravina, que era meio lobo, e mais de vinte outros fortes e ferozes cães latindo. Toda a matilha, ávida pela caça, veio veloz por sobre as rochas e pelo terreno irregular, desaparecendo nos arbustos e reaparecendo do outro lado, como que do nada.

Actéon viu-se caçado no mesmo terreno em que ele próprio com tanta frequência caçara animais. Fugia de seus próprios cães, que ele mesmo havia treinado, e queria gritar:

– Eu sou Actéon! Precisam me reconhecer. Sou seu dono!

No entanto, por mais que desejasse, não podia falar.

Um cão chamado Fuligem foi o primeiro a cravar-lhe os dentes nas costas; depois veio Ladrador; e então Montanhês pulou em seu ombro e ali se agarrou. Esses haviam começado a corrida depois dos demais, mas pegaram um atalho pelas montanhas e, assim, chegaram primeiro. Enquanto seguravam seu dono, o resto da matilha veio e enterrou nele os dentes. Logo não havia mais espaço em sua pele para mais ferimentos. Ele gemeu alto, produzindo um som que, embora não fosse exatamente humano, não era o que um veado normal faria. Fez ecoar seus tristes gritos nos cumes das montanhas que tão bem conhecia e, caindo de joelhos, como alguém que implora um favor, olhou em volta em silêncio para seus perseguidores, voltando-lhes o rosto como se estivesse estendendo os braços para pedir misericórdia.

Mas seus jovens amigos, sem ter ideia do que realmente acontecia, continuaram gritando para os velozes cães de caça, como costumavam fazer, incitando-os sobre a presa. Todos olhavam em volta à procura de Actéon e gritavam seu nome, imaginando que ele não estivesse ali. Ao ouvir o nome, o veado voltava-se para eles, mas os jovens apenas diziam que era uma pena Actéon não estar ali, que ele devia estar com preguiça de vir apreciar aquela bela cena do animal acuado. E ele de fato gostaria de não estar ali, mas estava. Gostaria de estar observando seus cães em vez de sentir os seus dentes furiosos. Mas continuavam todos sobre ele, enterrando o focinho em sua carne e despedaçando seu próprio dono na crença de estarem matando um veado. Foi só depois de seu corpo se tornar apenas ferida após ferida e de sua vida chegar ao fim que a ira de Diana, a deusa arqueira, enfim se aplacou.

Penteu

Outro neto de Cadmo, Penteu, teve também um fim triste, embora tenha merecido seu destino mais do que Actéon. Penteu era filho de Équion, o soldado nascido da terra que ajudara Cadmo a construir Tebas, e de Agave, filha de Cadmo e Harmonia. Na velhice de Cadmo, Penteu tornou-se governante de Tebas e encontrou a morte por ofender o novo deus Baco, que era, de certa maneira, seu próprio primo, uma vez que era filho de Júpiter e de Sêmele, tia de Penteu.

Baco, o deus do vinho, tinha sido criado em segredo, porque Juno, esposa de Júpiter, odiava-o. Foi cultuado primeiro no Oriente, mas depois voltou à Grécia com seu grupo de seguidores. As mulheres, em particular, aderiram ao culto do novo deus, dançando e cantando em sua honra pelas montanhas. Mas havia alguns homens, Penteu entre eles, que tentaram repelir a nova religião. Todos esses homens acabaram mal.

Em Tebas, vivia um famoso profeta cego chamado Tirésias. A maioria do povo o respeitava, mas Penteu, que tinha uma inclinação para zombar das coisas sagradas, ria das profecias do velho e era rude com ele em relação à cegueira.

O profeta sacudia a cabeça em desaprovação, balançando os cabelos brancos.

– Como tu serias feliz – disse ele a Penteu – se também fosses cego para jamais poder enxergar o culto de Baco. Pois o dia chegará, na verdade eu sei que está quase aqui, em que o novo deus, Baco, o filho de Sêmele, virá para este país. E, a menos que tu o honres e construas templos para ele, serás rasgado em mil pedaços, teu corpo será espalhado por toda parte e teu sangue manchará as florestas e as mãos de tua mãe e das irmãs dela. Isso com certeza acontecerá, pois eu sei que tu não darás ao deus a honra que ele merece. E então te lamentarás e dirás que, embora cego, eu enxerguei bem demais.

Penteu empurrou Tirésias para fora de sua casa enquanto ele falava, mas as palavras tornaram-se realidade e o que ele previu de fato aconteceu.

Baco realmente chegou, e logo todo o país estava cheio de gritos e festas. Todos saíam da cidade, homens e mulheres, velhos e jovens, ricos e pobres, para unir-se à nova religião. Dançavam e cantavam nas montanhas, carregando bastões encimados por pinhas, usando grinaldas de hera e vestindo peles de corça. Para aqueles que não eram seguidores, eles podiam parecer loucos, mas sentiam-se repletos do deus e, quando batiam no solo com seu bastão, faziam leite jorrar das pedras.

Apenas Penteu estava indignado.

– Filhos dos dentes da serpente – gritava –, filhos de Marte, o que é toda essa loucura? Fostes subjugados pelo mero som dos címbalos ou das longas trompas recurvas, ou por um conjunto de truques mágicos e por mulheres uivando, multidões vulgares, bebedeira e sonhos vazios? Vós que nunca vos assustastes com o soar de trombetas na guerra ou com a ideia de espadas desembainhadas e combate real! E vós, anciãos, que com meu avô viestes pelo mar para fundar esta cidade, estou surpreso! Permitireis que Tebas seja capturada por um rapaz desarmado, que não tem lanças ou cavaleiros e cujas únicas armas são o cabelo perfumado, as grinaldas delicadas e as roupas ricamente tecidas com púrpura e ouro? Vou eu mesmo cuidar desse assunto neste instante. Não tardarei a forçá-lo a admitir que ele inventou o nome de seu pai e que sua nova religião não passa de um engodo. Ide agora mesmo, meus escravos, e trazei esse impostor acorrentado! Que não haja demora nem preguiça em obedecer às minhas ordens!

Seu avô Cadmo e todos os anciãos insistiram para que ele não falasse dessa maneira e fosse mais sábio. As palavras, porém, não tiveram efeito. Na verdade, quanto mais conselhos bons lhe davam mais teimoso ele se mostrava. Todos os esforços para controlá-lo só pioraram a situação.

Os escravos logo voltaram cobertos de sangue e trazendo consigo um jovem de mãos amarradas nas costas.

– Onde está Baco? – perguntou Penteu.

E eles responderam:

– Não conseguimos encontrá-lo, mas capturamos este homem, que é companheiro dele e um sacerdote de sua religião.

Penteu, com um olhar terrível de cólera, fitou o prisioneiro. Mal conseguia dominar a vontade de mandar matá-lo de imediato.

– Tu logo vais morrer – gritou – e serás um exemplo para outros pela tua morte. Mas primeiro me diz teu nome e o de tua família, de onde vieste e por que te ocupas dessa nova religião.

O rapaz, sem sinal algum de medo, respondeu:

– Meu nome é Acetes. Venho de Meônia. Meus pais são pessoas humildes. Meu pai não pôde deixar-me nenhum campo para arar com bois fortes, nenhuma ovelha lanosa ou gado. Era um homem pobre e ganhava a vida pescando com linha, vara e anzol. Não tinha nenhum bem além de sua habilidade e, quando morreu, não pôde deixar-me nada mais que o mar aberto. Essa é a única coisa que posso dizer que recebi de meu pai. Mas, para não ficar preso para sempre no mesmo pedaço de praia pedregosa, logo comecei a aprender como pilotar um navio e tudo sobre as estrelas usadas em navegação, sobre os vários ventos e sobre os melhores portos e ancoradouros. Então me lancei ao mar e, um dia, quando estava a caminho de Delos, fui tirado da rota e cheguei, usando os remos, à ilha de Quios. Lá nós saímos do barco e descemos na areia molhada. Passamos a noite ali e, assim que a aurora avermelhou o céu, mandei meus homens procurarem água doce e mostrei-lhes o caminho que ia até a fonte. Enquanto isso, subi em uma pequena colina para verificar como estava o vento. Depois chamei meus homens e voltei ao barco. "Aqui estamos nós e vê só o que achamos", gritou de volta Ofeltes, um dos marinheiros, e trouxe até mim o que julgava ser uma presa útil que ele havia encontrado em um campo vazio. Era um rapaz de beleza feminina. Esse jovem dava a impressão de estar embriagado de vinho. Parecia cambalear enquanto andava e mal podia acompanhar os passos dos homens que o conduziam. Examinei com atenção suas roupas, seu rosto e seu jeito de andar. Não havia nada ali que me parecesse mortal. Percebi isso de imediato e disse a meus homens: "Exatamente que tipo de divindade existe nesse corpo eu não sei, mas sem dúvida há aí uma divindade". Voltei-me, então, para o rapaz e disse: "Quem quer que sejas, peço que nos sejas favorável e nos ajudes. E, por favor, perdoa esses homens que te capturaram". Mas Dictis protestou: "Não há necessidade de pedir por nós". Ele era o melhor de todos os homens para subir no mastro mais alto e deslizar de volta ao convés segurando firmemente em uma corda. Os outros concordaram com ele, Líibis e o loiro vigia Melanto, Alcimédon e Epopeu, que controlavam o ritmo dos remadores e os incentivavam com sua voz. E assim todos os demais, tão cegos estavam em seu desejo de lucrar com a presa. "Pois eu, de qualquer modo, recuso-me a permitir que o barco seja usado com tal intenção perversa", afirmei. "E aqui eu tenho autoridade." Tentei impedi--los de subir a bordo, mas Licabas, um dos mais rudes da tripulação, um homem que havia sido exilado por homicídio, enraiveceu-se, apertou meu pescoço com as grandes mãos e ter-me-ia lançado para fora da embarcação se eu, em meu terror, não tivesse conseguido me agarrar a uma corda. Todos os outros ímpios o estavam apoiando, até que, por fim, Baco (pois aquele rapaz era o próprio Baco) pareceu recuperar os sentidos, como se toda a gritaria o tivesse despertado de uma bebedeira sonolenta. "O que estais fazendo?", ele perguntou. "O que é todo esse barulho? Dizei-me, marinheiros, como vim parar aqui e para onde me estais levando." Proteu respondeu a ele: "Não tenhas medo. Diz-nos para onde desejas ir e nós te deixaremos no porto que escolheres". "Então", disse Baco, "levai-me a Naxos. Minha casa é lá e tereis uma boa acolhida." Aqueles homens dissimulados juraram pelo mar e por todos os deuses que fariam como ele havia pedido e mandaram-me pôr a caminho o barco de cores vivas. Naxos ficava à direita e, portanto, eu estava ajustando o curso para a direita, quando Ofeltes gritou: "O que estás fazendo, seu louco? Queremos ir para a esquerda." Outros me olharam com irritação ou sussurraram ameaças ao meu ouvido. Fiquei simplesmente perplexo. "Então que o leme fique com outra pessoa", respondi. "Eu me recuso a ser usado para ajudar nessa perversa traição". Todos ficaram contra mim e me confrontaram com resmungos furiosos. Etálion disse: "Com certeza não achas que és o único que sabe pilotar um barco", e veio ocupar meu lugar ao leme, virando-o na direção oposta a Naxos. O deus, gracejando com eles e fazendo-os pensar que só então descobrira o embuste, fitou o mar da popa recurva e, com uma expressão de choro, falou: "Ó, marinheiros, esta não é a praia que me prometestes. Esta não é a terra em que eu queria estar. Como mereci isso de vós? Certamente não podeis sentir orgulho do que estais fazendo, todos contra um, homens contra um menino!". Eu já estava em lágrimas, mas meus perversos companheiros riram do meu choro e moveram os remos com força na água, ansiosos para chegar à terra e poder vender seu prisioneiro como escravo. Juro-te pelo próprio Baco (e não há nenhum deus mais próximo de ti neste momento do que ele) que estou contando a história verdadeira, por mais incrível que ela possa parecer. De repente, o navio imobilizou-se na água, como se estivesse em um cais seco. Os marinheiros, surpresos, redobraram as batidas dos remos. Depois começaram a abrir todas as velas, esperando que, com velas e remos trabalhando juntos, o barco pudesse mover-se. No entanto, começou a crescer hera em volta dos remos, impedindo seu movimento. A hera pôs-se a subir pelo mastro, enrolando-se e pendendo em dobras e espalhando seus cachos de frutinhas escuras que contrastavam com o branco das velas. O próprio deus apareceu com uma coroa de folhas e cachos de amoras na testa, trazendo na mão um bastão de hera. À sua volta, surgiram as formas de tigres e linces; a seus pés, pareciam estar estendidos os corpos ferozes de onças pintadas. Os homens, em loucura ou terror, pulavam do barco. Primeiro notei que o corpo de Médon começara a ficar escuro e que sua coluna estava entortando-se em uma curva regular. Licabas reparou nisso também e começava a dizer, "Ó, Médon, estás te transformando em um animal estranho", quando suas próprias mandíbulas se expandiram para os lados, seu nariz encurvou-se, a pele endureceu e cobriu-se de escamas. Líbis, que ainda forçava os remos cobertos de hera, viu de repente que suas mãos se encolhiam e se tornavam coisas que não eram mais mãos, mas barbatanas. Outro marinheiro, enquanto tentava puxar uma das cordas emaranhadas, sentiu seus braços desaparecerem e mergulhou para trás no mar, sem membros. Na extremidade de seu corpo, havia uma cauda curvada como as pontas da lua. Assim eles saltavam por toda parte no mar, levantando água, mergulhando abaixo da superfície e retornando, movendo-se como um grupo de dançarinos, girando o corpo animadamente nas ondas, aspirando o mar por suas grandes narinas e tornando a soltá-lo. Dos vinte homens (que era o número da tripulação), eu fui o único sobrevivente. Fiquei ali, trêmulo e gelado de medo, mal tendo consciência de mim mesmo. Mas o deus me animou. "Não tenhas medo", disse ele. "Mantém o curso para Naxos." Quando chegamos lá, entrei para a religião de Baco e hoje sou um de seus seguidores.

Penteu ouviu a narrativa e declarou:

– Se achas que essa longa e inútil história vai abrandar minha ira, estás enganado. Rápido, escravos, levai este homem daqui. Fazei-o sofrer todas as torturas e dai a seu corpo a morte na noite do Estige.

Acetes, que contara a história, foi imediatamente arrastado para fora e fechado atrás de fortes muros de prisão. No entanto, enquanto seus carrascos preparavam os cruéis instrumentos de tortura – ferros em brasa e ecúleos –, as portas da prisão repentinamente se abriram sozinhas, as correntes caíram dos braços do prisioneiro e ele fugiu.

Apesar disso, Penteu manteve-se obstinado. Desta vez, não mandou mensageiros, mas foi ele próprio ao Monte Citéron, que era o lugar especial nas vizinhanças de Tebas em que Baco era cultuado e que vibrava com os cantos e gritos de seus seguidores. Ao ouvir os gritos e o alarido que enchiam o ar, Penteu encolerizou-se ainda mais. Aquilo teve sobre ele o mesmo efeito que o som das trombetas sobre um impetuoso cavalo de guerra.

Mais ou menos a meio caminho na subida da montanha, há um espaço aberto, à plena vista de todos os lados, com bosques em volta. Ali, Penteu estava espreitando com seus olhos impuros os mistérios sagrados da nova religião. Sua mãe, Agave, foi a primeira a percebê-lo. Enlouquecida, correu em direção ao filho, lançando contra ele seu bastão de hera.

– Olhai, irmãs! – gritou. –Vede este enorme javali rondando o nosso campo. Quero ser eu a matá-lo.

Toda a multidão de mulheres desceu sobre aquele único homem. Aglomeraram-se à sua volta e o perseguiram. Assustado, como não poderia deixar de ser, ele agora falava em um tom bem diferente do que havia usado antes. Agora estava pronto a reconhecer a culpa e admitir que estivera errado. Mas elas o golpeavam de todos os lados. Ferido, Penteu gritou para sua tia Autônoe:

— Ajuda-me, tia! Lembra-te de Actéon e tem piedade de mim!

Mas ela, fora de si, nem sequer lembrava quem era Actéon. Quando Penteu estendeu o braço em sua direção, ela o segurou e, com a força da loucura, arrancou-o. Ino, na mesma fúria, arrancou o outro braço. Agora o infeliz não tinha mais braços para estender pedindo clemência à mãe.

— Ó, mãe — disse —, olha!

E virou para ela os cotos onde haviam estado os braços. Agave, jogando para trás os longos cabelos e uivando ao vê-lo, arrancou-lhe a cabeça e, segurando-a entre seus dedos, que pingavam sangue, gritou:

— Minhas amigas e irmãs! Olhai o que eu fiz e admirai o meu triunfo!

Então, como o vento depois das primeiras geadas de outono despe rapidamente as altas árvores de suas folhas frágeis, assim foi o corpo de Penteu rasgado em pedaços e espalhado por mãos terríveis e inconscientes. Agave, com suas irmãs, retornou a Tebas e, ainda enlouquecida, segurando a cabeça de Penteu, procurou seu pai Cadmo e vangloriou-se de como havia matado o javali. Cadmo chorou ao vê-la e ao ver o destino do neto. Pouco a pouco, conseguiu convencê-la, conforme a loucura se dissipava, de que ela trazia nas mãos não a cabeça de um javali, mas a cabeça do próprio filho, que se recusara a honrar o novo deus. Advertidos por tamanha tragédia, os tebanos adotaram em grande número a nova religião, queimando incenso e fazendo sacrifícios diante dos altares de Baco.

Ino

A morte de Penteu não foi o último dos infortúnios que se abateram sobre a casa de Cadmo. Juno ainda odiava toda a família e, agora, voltava sua ira contra a filha de Cadmo, Ino – que tinha orgulho de seus filhos, de seu marido, Atamas, e, em particular, do novo deus, Baco, que ela ajudara a criar depois que a mãe dele morrera.

Juno olhava para ela com raiva e inveja. Lembrava-se de como Baco, filho de seu marido com outra mulher, conseguira transformar os marinheiros em golfinhos e fazer Agave matar o próprio filho.

– E agora – dizia ela para si mesma –, não há nada que eu possa fazer além de lamentar e invejar? Pois não sou também eu poderosa? Baco mostrou-me o que fazer. Mostrou com muita clareza, pela morte de Penteu, a força que pode ter a loucura. Por que não levar também Ino a enlouquecer?

Decidiu, então, descer ao mundo inferior das sombras e procurar a ajuda das Fúrias.

Há uma estrada que desce, sombreada por teixos cadavéricos. Segue em profundo silêncio até o reino abaixo da terra. Lá, a corrente vagarosa do Estige exala sua úmida neblina e, por essa estrada, os fantasmas dos que acabaram de morrer encaminham-se às suas habitações. Eles chegam a uma planície ampla e sombria, mal iluminada e terrivelmente fria; e, ali, as sombras procuram o caminho que conduz à cidade infernal e ao palácio do sinistro Plutão, o Rei dos Mortos. Essa cidade tem mil entradas e portões abertos para todos os lados. Assim como o mar recebe todos os rios da Terra, esse lugar recebe todas as almas dos mortos. É suficientemente grande para conter nações inteiras, e multidões ali penetram sem ser notadas. Aqui, os tênues fantasmas exangues, sem carne ou ossos, vagueiam de um lado para outro. Alguns esvoaçam sobre as grandes praças, outros passam o tempo no palácio do rei do mundo inferior, outros se ocupam de maneiras que são uma imitação da vida que costumavam ter na Terra.

Tão forte eram sua ira e seu ódio que Juno deixou sua casa no céu e desceu a esse lugar pavoroso. Assim que pisou no limiar desse mundo, o solo gemeu sob o peso de seu corpo sagrado, e o cão-vigia de três cabeças, Cérbero, ergueu as cabeças e latiu pelas três mandíbulas. Juno pediu para ver as Fúrias, que eram filhas da Noite, deusas terríveis e implacáveis. Elas estavam sentadas diante dos sólidos portões fechados da prisão do Inferno e penteavam para trás as serpentes negras que eram seu cabelo. Levantaram-se quando reconheceram Juno em meio à neblina escura.

Essa prisão é chamada de Local da Perversidade e aqui são punidos os grandes pecadores. O gigante Tício estava ali, com seu corpo enorme estendido por quatro hectares. Abutres devoravam continuamente sua carne, que continuamente tornava a crescer. Ele certa vez tentara violentar Latona, a mãe de Febo e Diana. Lá estava também Tântalo, que enganara os deuses. Sentia sede contínua, com água bem próxima aos seus lábios, mas sem conseguir alcançá-la; além disso, havia árvores cheias de frutas pendendo em torno de sua cabeça, que desapareciam quando ele estendia a mão para pegá-las. E também estava ali Sísifo, cujo castigo era rolar para sempre uma imensa pedra até o alto de uma colina. Sempre que ele conseguia levar a pedra até o pico, ela rolava outra vez até a planície e a tarefa recomeçava. Íxion, que ousara atacar a própria Juno, girava para sempre em uma roda. Lá estavam também as cinquenta Belides, filhas de um rei do Egito, que haviam matado seus maridos. Elas foram condenadas a levar água em cântaros de um local para outro, mas a tarefa jamais terminava, pois a água sempre escorria dos cântaros no caminho.

A todos esses criminosos, em especial a Íxion, Juno lançou um olhar feroz. Depois fitou Sísifo, que fora irmão do marido de Ino, Atamas.

– Por que deveria este irmão – disse ela – sofrer intermináveis torturas, enquanto Atamas e sua esposa, que me desprezam, vivem felizes em um rico palácio?

Contou então às Fúrias por que estava ali e o que desejava: a ruína completa da casa de Cadmo e a loucura de Atamas. Quando ela terminou, a Fúria Tisífone balançou os cabelos cinzentos emaranhados e jogou para trás as serpentes que lhe caíam sobre a testa.

– Não precisas dizer mais nada – declarou. – O que desejas será feito. Agora deixa este reino sem amor e volta para o ar mais puro do Céu.

Satisfeita com seu sucesso, Juno retornou e, quando entrou no Céu, Íris, a deusa do arco-íris, espalhou água sobre ela para purificá-la.

Enquanto isso, a terrível Tisífone pegou rapidamente uma tocha que havia sido embebida em sangue. Vestiu uma túnica também molhada de sangue e amarrou uma serpente ondulante em volta da cintura. Então partiu do mundo inferior, levando consigo Angústia, Terror e Loucura, de lábios trêmulos. Parou à frente da casa de Atamas, e dizem que os próprios batentes da porta tremeram e empalideceram à sua presença. O sol desapareceu do céu. Diante da pavorosa visão, Ino e Atamas foram tomados de terror e tentaram fugir. Mas a horrenda Fúria postou-se na entrada e os impediu de escapar. Estendeu os braços cobertos de víboras a se enrolar e sacudiu os cabelos que sibilavam com serpentes caindo em espirais sobre seu peito e ombros e cuspindo veneno com as línguas ágeis. Duas dessas serpentes ela arrancou do cabelo e lançou sobre Atamas e Ino. Elas deslizaram por seus corpos sem mordê-los, mas instilando-lhes na mente o seu terrível veneno. Em seguida, a Fúria pegou sua tocha e girou-a em torno da cabeça até fazê-la explodir em uma chama estrondosa. Seu trabalho estava concluído, e a vitória era completa. Voltou ao Inferno e desatou a serpente que lhe havia servido de cinto.

Atamas, agora totalmente louco, gritou de imediato no meio de seu palácio:

— Vinde, meus amigos, estendei as redes aqui nesta floresta! Acabei de ver uma leoa com seus dois filhotes.

Absolutamente fora de si, correu atrás da esposa como se ela fosse uma fera selvagem. Arrancou dos braços dela seu filho menor, Learco, que sorria e estendia os bracinhos para ele, e atirou o bebê ao chão. A própria Ino, também enlouquecida, seja por causa da Fúria, seja pelo que seu marido havia feito, soltou um grito terrível e pegou nos braços nus seu outro pequeno filho, Melicertes. Com os cabelos voando atrás de si e chamando o nome de Baco, ela fugiu da casa. Juno a ouviu gritar e riu.

— Teu filho adotivo, Baco — disse ela —, não vai te servir de nada agora.

Havia um penhasco que se projetava sobre o mar. Sua base tinha sido toda escavada pelas ondas, de forma que a água subia com força embaixo dele. O cume erguia-se alto e íngreme acima do mar profundo. Ino, em sua loucura, subiu até o pico do penhasco e, sem medo, lançou seu filho e a si própria no mar. A água ficou branca de espuma no lugar onde ela caiu.

Vênus, porém, teve compaixão do sofrimento imerecido de sua neta e suplicou a seu tio Netuno, o deus do mar:

– Ó, Netuno, que reinas sobre as águas, cujo poder só é superado pelo de Júpiter, meu pedido é grande, mas, por favor, atende-o. Tem piedade desses meus amigos! O mar me deve algo, porque nas profundezas do oceano eu nasci da espuma e meu nome grego, Afrodite, guarda esse significado.

Netuno ouviu a súplica e transformou Ino e seu filho em criaturas divinas. A criança tornou-se um deus do mar, Palêmon, e sua mãe, uma deusa, Leucoteia.

Cadmo, no entanto, não tinha como saber que sua filha e seu neto haviam sido transformados em deuses do mar. Transtornado pela dor depois de tantas coisas terríveis que haviam acontecido a sua família, partiu da cidade que construíra, como se fosse a má sorte do lugar, e não a sua própria, que pesasse sobre ele. Junto com a esposa, fugiu daquele local e acabou chegando à fronteira da Ilíria. Ali, ainda abatidos por todas as suas tragédias, eles conversaram sobre os infortúnios que se haviam abatido sobre a família.

– Eu me pergunto se a serpente que eu matei com minha espada e cujos dentes geraram uma safra de homens seria uma serpente sagrada – dizia Cadmo. – Se for, talvez, a morte dessa serpente que os deuses estão vingando sobre minha família, peço que eu mesmo me transforme em uma serpente e tenha um corpo longo e sinuoso estendido no chão.

Mal acabara de falar e foi exatamente isso que começou a acontecer. Caiu de rosto na terra; suas pernas se uniram em uma só e esticaram-se em uma longa cauda pontuda. Os braços ainda permaneciam e, com lágrimas correndo pelo que ainda era o seu rosto humano, ele os estendeu para a esposa:

– Vem até mim, minha pobre esposa! – pediu. – Vem, enquanto ainda resta algo de mim. Toca-me e pega minha mão, enquanto ainda tenho mão, antes que eu me torne inteiramente uma cobra!

Ele queria continuar falando, mas, de repente, percebeu que sua língua se bifurcara e que não podia mais pronunciar as palavras. Quando tentava dizer alguma coisa triste, fazia um som sibilante. Era a única voz que possuía agora.

Sua esposa bateu no peito e gritou:

– Fica, Cadmo! Volta a ser quem eras! Ó, o que está acontecendo? Onde estão teus pés e tuas mãos, teus ombros e teu rosto? Agora tudo se foi. Ó, deuses, por que não me transformais em uma cobra também?

Enquanto ela falava, ele lambeu-lhe o rosto e veio naturalmente se aninhar em seu seio, como se conhecesse o lugar, enrolando-se em torno do pescoço dela em um abraço. Todos os que viram a cena ficaram aterrorizados; mas ela acariciou o pescoço reluzente da serpente e, de repente, havia duas cobras ali, com suas espirais entrelaçadas. Elas deslizaram velozmente pelo chão e se esconderam em um bosque próximo. Até hoje, não têm medo dos homens e não os machucam. Lembram-se do que já foram e são cobras mansas e calmas.

Báucis e Filêmon

Muitas histórias mostram como é enorme, de fato ilimitado, o poder dos deuses. É só quererem alguma coisa que ela se realiza de imediato. Há, por exemplo, um lugar na Frígia, entre as montanhas, em que um carvalho e uma limeira, com um muro baixo à sua volta, crescem lado a lado. Eu mesmo já vi esse lugar, e esta é sua história.

Não muito longe de lá, há um lago enorme, que já havia sido terra com casas e cidades, homens e mulheres, embora agora seja lar de mergulhões e patos. No tempo em que era habitado, o próprio Júpiter e Mercúrio, que deixara para trás suas asas e seu bastão de cobras enroladas, assumiram aparência de mortais e visitaram o local. Passaram por mil casas pedindo uma refeição e um lugar para descansar, mas em todas elas os ferrolhos se fechavam e nenhuma hospitalidade era oferecida. Apenas uma casa aceitou recebê-los. Era pobre e humilde, com telhado de palha e juncos. Nessa choupana, a velha Báucis e seu marido, Filêmon, que era da mesma idade, tinham vindo morar quando eram jovens e nela haviam envelhecido. Sua pobreza não era um fardo para eles, porque a admitiam e a enfrentavam com a mente tranquila. Nessa casa, não adiantava procurar senhores e servos, porque os dois velhos eram seus únicos habitantes. Ambos eram servos e ambos eram senhores.

Quando os dois deuses chegaram a essa casa humilde e, curvando-se, passaram pela porta baixa, o velho Filêmon puxou um banco e convidou-os a descansar as pernas. Báucis apressou-se a pegar um pano rústico para cobrir o banco. Depois afastou as cinzas quentes da grelha, colocou nela folhas e cascas de árvore e deu novamente vida ao fogo da véspera, ajoelhando-se e soprando as cinzas com seus velhos lábios. Quando conseguiu acender o fogo, foi buscar em um lugar especial pequenos gravetos e galhos secos cuidadosamente partidos, que quebrou em pedacinhos e colocou sob a panela de cobre no fogo. Começou em seguida a cortar as folhas externas do repolho que seu marido trouxera da bem cuidada horta. Filêmon, enquanto isso, pegou uma forquilha e tirou de uma viga chamuscada um pedaço de toucinho defumado que fora cuidadosamente guardado por muito tempo. Cortou uma pequena quantidade dele e colocou-o na água para ferver. Começaram, então, a passar o tempo em conversas. Para que seus hóspedes ficassem mais confortáveis, trouxeram um sofá com pernas e estrutura de salgueiro e puseram sobre ele o seu próprio colchão. Cobriram o colchão com colchas que nunca usavam, a não ser em ocasiões especiais; embora até mesmo essas colchas fossem feitas de material barato, mas perfeito para a velha cama de salgueiro. Sobre esse sofá, os deuses se recostaram e Báucis, segurando a saia com as mãos trêmulas, começou a arrumar a mesa. Uma das três pernas da mesa era mais curta, e ela ajeitou um pedaço de cerâmica embaixo para nivelá-la. Quando conseguiu deixá-la estável, limpou-a com hortelã e dispôs, em pratos de cerâmica, azeitonas verdes – o fruto consagrado a Minerva –, frutinhas silvestres que haviam sido conservadas em vinho, endívia, rabanetes e ovos ligeiramente cozidos sobre as cinzas quentes. Em seguida, colocou sobre a mesa uma tigela para o vinho, também feita de cerâmica, e taças de faia com o interior pintado e envernizado com cera amarela. O prato quente que estava no fogo logo ficou pronto, e o velho Filêmon trouxe seu vinho, que não era de grande idade ou qualidade. Depois os pratos foram retirados para que se servisse a segunda parte da refeição, que consistia em nozes, figos, tâmaras secas, ameixas e maçãs de aroma perfumado servidos em grandes cestos, além de uvas roxas recém-colhidas da videira. No centro da mesa havia um belo favo de mel e, à volta, rostos felizes, amizade e bondade espontânea.

Conforme a refeição avançava, Báucis e Filêmon notaram com espanto que a tigela de vinho, sempre que era esvaziada, tornava a se encher sozinha. Estremeceram diante desse milagre e ambos murmuraram uma oração. Pediram desculpas pela refeição pobre, que era tudo o que eles podiam oferecer. Outra coisa que possuíam era um ganso. Essa ave servia de guarda para sua pequena casa, e eles decidiram matá-la para os deuses que eram seus hóspedes. Mas o ganso, batendo as asas energicamente, foi rápido demais para os dois velhos e deixou-os exaustos em seu esforço para pegá-lo. No fim, pareceu buscar refúgio aos pés dos próprios deuses, que pediram aos anfitriões que não o matassem.

– Somos deuses – disseram. – Quanto às pessoas más que vivem nesta área, serão punidas como merecem. Mas vós não sofrereis o mesmo destino. Deveis sair agora desta casa e vir conosco até o topo daquela montanha.

Os dois velhos fizeram como lhes foi ordenado e enfrentaram com dificuldade a longa subida, usando bastões para ajudar seus passos trôpegos. Quando estavam quase no topo, olharam para trás e viram que toda a terra lá embaixo estava coberta de água. Apenas a casa deles continuava em pé. Enquanto contemplavam a cena com assombro e choravam pelo destino dos amigos, sua velha casa, que havia sido pequena até para eles dois, transformou-se de repente em um belo templo. Colunas ergueram-se no lugar das forquilhas que tinham servido de batentes para a porta; o telhado de palha começou a brilhar ao se tornar de ouro; no chão, fez-se um piso de mármore. Então Júpiter virou-se para eles e disse, sorrindo:

– Meu bom homem, com uma esposa que é digna de ti, pede-me qualquer coisa que gostarias de ter.

Filêmon conversou com Báucis por alguns momentos e, depois, comunicou aos deuses o que haviam decidido juntos.

– O que pedimos – falou – é que possamos ser vossos sacerdotes e cuidar de vosso templo. E, como sempre vivemos felizes juntos, queremos ambos morrer no mesmo instante, para que eu nunca tenha de ver o túmulo de minha esposa nem ela tenha jamais de comparecer ao meu funeral.

Os deuses atenderam o pedido. Enquanto a vida lhes foi concedida, eles cuidaram do templo. E quando, desgastados pela idade extrema, estavam um dia de pé diante do prédio sagrado conversando sobre suas aventuras, Báucis de repente notou que folhas estavam crescendo no corpo de Filêmon, e o velho Filêmon percebeu que havia folhas crescendo também no corpo de Báucis. Uma casca começou a se formar à volta deles, mas, antes que lhes alcançasse o rosto, ambos gritaram juntos e ao mesmo tempo:

– Adeus, querida esposa.

– Adeus, querido esposo.

Então a casca fechou-se sobre eles e lhes cobriu os lábios.

E, até hoje, os camponeses dessa parte do mundo mostram as duas árvores, uma ao lado da outra, com os troncos entrelaçados. Eu mesmo vi as grinaldas pendentes em seus ramos e também eu pendurei uma grinalda ali, dizendo, enquanto o fazia:

– Aqueles que amaram os deuses se tornaram eles próprios deuses. Veneraram o Céu e agora devem ser também venerados.

Dédalo e Ícaro

A esposa de Minos, o grande rei de Creta, era mãe de um estranho monstro, metade touro metade homem, que se chamava Minotauro. A fim de esconder essa desgraça em sua família, Minos contratou um famoso engenheiro grego, Dédalo, para construir um cercado tão cheio de passagens difíceis e intricadas que o monstro pudesse ficar, com segurança, fechado lá dentro sem nunca encontrar a saída. Assim, Dédalo construiu o famoso labirinto, uma estrutura tão grande e com tantos corredores enganosos que, quando a obra ficou pronta, ele mesmo teve dificuldade para achar o caminho até a entrada principal. Dentro desse labirinto, o Minotauro foi trancado. Outra história conta que, todo ano, como parte de um tributo devido a Minos, rapazes e moças de Atenas eram enviados para ser devorados pelo monstro. Por fim, Teseu, príncipe de Atenas, com a ajuda da filha de Minos, Ariadne, matou o Minotauro e conseguiu sair do labirinto em segurança. Mas isso só aconteceu cerca de vinte anos depois.

Quando Dédalo terminou de construir o labirinto, quis voltar para sua casa na Grécia, mas era tão útil como inventor que Minos se recusou a deixá-lo partir. Desse modo, ele e seu filho Ícaro foram obrigados a permanecer em Creta contra sua vontade.

Chegou um momento em que Dédalo, revoltado com aquele longo exílio e desejando cada vez mais rever seu país natal, do qual estava separado por uma longa extensão de mar, disse para si mesmo: "Embora Minos tenha bloqueado todos os meus caminhos de saída por terra e por água, certamente há algum modo de escapar pelo ar. É por aí que devo ir. Reconheço que ele é supremo sobre todo o resto, mas não governa o ar."

Dedicou, então, seus esforços a trabalhar com um problema que nunca havia sido pensado antes e teve sucesso em alterar a própria natureza das coisas. Reuniu penas e arranjou-as em fila, começando pelas menores e dispondo as maiores na sequência, de modo que parecessem ter crescido no formato de uma asa. Era o mesmo método pelo qual as flautas de Pã campestres eram construídas com juncos de diferentes comprimentos amarrados. Ele prendeu as penas no centro com barbante e uniu-as na base com cera. Depois de estarem assim dispostas e presas, deu-lhes uma leve inclinação, para que ficassem exatamente como as asas de aves reais.

Enquanto ele trabalhava, seu filho Ícaro ficava em volta observando. Às vezes, rindo, corria atrás de uma pena que o vento carregava; outras vezes, brincava pressionando os polegares em bolas de cera amarela. Não tinha consciência de que aquilo que tocava viria a ser muito perigoso para ele e que, com suas brincadeiras, interrompia a toda hora o trabalho maravilhoso que ocupava seu pai.

Quando, enfim, completou os toques finais de sua invenção, Dédalo vestiu as asas, bateu-as para cima e para baixo e pairou no ar acima do solo. Deu então a seu filho instruções detalhadas sobre como voar.

– Meu conselho a ti, Ícaro – disse ele –, é voar a uma altura moderada. Se voares baixo demais, a água do mar fará as penas ficarem pesadas; se fores muito alto, o calor do sol derreterá a cera. Portanto, não deves voar nem muito baixo nem muito alto. A melhor coisa é me seguir.

Enquanto dava esses conselhos, ele ajustou as estranhas novas asas nos ombros de seu filho e, ao fazê-lo, lágrimas corriam por sua face envelhecida e suas mãos tremiam. Beijou-o pelo que estava fadado a ser a última vez e, elevando-se no ar, voou na frente, temeroso pelo garoto, como um pássaro que pela primeira vez conduz seus filhotes do alto ninho para o instável ar. Gritou palavras de incentivo para o rapaz e ensinou-o a usar as asas fatais, olhando constantemente para trás, enquanto batia as próprias asas, para ver como o filho estava se saindo.

No chão, pessoas pescando com longas varas trêmulas ou pastores apoiados em seus bastões ou agricultores inclinados sobre seus arados olhavam para cima com espanto e chegavam à conclusão de que, como estavam voando, eles deviam ser deuses.

Já haviam deixado para trás várias ilhas, como Delos e Paros. A ilha sagrada de Juno, Samos, estava à esquerda e, à direita, viam Calimne, famosa por seu mel. Nesse ponto, o rapaz começou a se entusiasmar com a arrojada experiência de voar. Ansiando pelo espaço aberto, esqueceu-se de seguir o pai e subiu cada vez mais alto no céu. Quando se aproximou do sol, os raios abrasadores começaram a amolecer a cera que mantinha as penas unidas. A cera derreteu, e Ícaro viu-se batendo apenas os braços, que, desprovidos das asas, não conseguiam segurá-lo no ar. Ele caiu e o mar azul, que ainda é chamado de Mar Icário, fechou-se sobre sua boca que chamava o pai. O desafortunado Dédalo, que não era mais pai, também gritava:

— Ícaro! Onde estás? Para onde foste?

Enquanto chamava o nome do filho, viu as asas flutuando na superfície da água. Maldisse, então, sua própria invenção, encontrou o corpo do filho e o enterrou. O nome do lugar ainda hoje guarda a lembrança do rapaz ali sepultado.

Perseu

Acrísio, rei de Argos, recebera de um oráculo a previsão de que seria morto por seu neto. Decidiu, portanto, que sua única filha, Dânae, jamais poderia ser mãe e trancou-a em uma torre de bronze sob intensa vigilância. Para os deuses, porém, nada é impossível. Ela foi visitada por Júpiter na forma de uma chuva de ouro e dele teve um filho, a quem deu o nome de Perseu.

Como seria de esperar, seu pai, Acrísio, ficou furioso. Não seria capaz de executar sua própria filha e neto, mas chegou o mais perto disso que pôde. Abandonou-os em mar aberto em um pequeno barco sem provisões, na certeza de que eles se afogariam ou morreriam de fome. No entanto, a vontade dos deuses era outra. Os ventos e as ondas empurraram o barco até a pequena ilha de Sérifo e, ali, mãe e filho foram encontrados por um pescador chamado Díctis, que, apesar de sua pobreza, os tratou com bondade e lhes deu uma casa.

O rei da ilha de Sérifo chamava-se Polidectes. Quando Perseu se tornou adulto, o rei começou a sentir inveja e medo dele. Tinha inveja porque Perseu era mais forte, mais belo e mais corajoso do que todos os outros jovens da ilha. Tinha medo porque desejava casar-se com Dânae contra a vontade dela e sabia que, enquanto Perseu estivesse próximo, não conseguiria fazê-lo.

Por isso, traçou um plano para se ver livre de Perseu. Convidou todos os homens mais importantes da ilha para um grande banquete, deixando claro que cada convidado deveria levar-lhe algum presente de valor – um cavalo, uma armadura ou algum rico ornamento. Deliberadamente, convidou também Perseu, sabendo que ele era muito pobre para poder oferecer-lhe um presente caro. Quando todos os outros haviam entregado seus presentes ao rei, Perseu, envergonhado por não ter nada a dar, disse a Polidectes que, embora fosse pobre demais para agir como os outros, ficaria feliz em usar o que tinha, ou seja, sua coragem e habilidade, para prestar ao rei qualquer serviço que este julgasse adequado.

– Então vai – disse Polidectes – e traz-me a cabeça da Górgona Medusa.

Perseu levantou-se e saiu da sala de banquete. Sabia que teria de fazer o que o rei havia ordenado ou nunca mais poderia pôr os pés em Sérifo; e sabia que o rei estava planejando destruí-lo, pois ninguém jamais vira as Górgonas e sobrevivera. As Górgonas eram monstros, uma das quais, Medusa, com seus cabelos de cobras, já havia sido um ser humano. Elas viviam nos confins do mundo, e todos os que as fitavam eram imediatamente transformados em pedra.

Perseu poderia ter-se desesperado, mas os deuses o ajudaram. Plutão emprestou-lhe um capacete que tinha o poder de tornar invisível quem o usasse. Minerva entregou-lhe seu escudo reluzente. Mercúrio cedeu-lhe suas sandálias aladas, com as quais ele poderia voar pelo céu, e também uma curiosa espada curva, enfeitada com diamantes e tão afiada que podia cortar com facilidade qualquer metal. Minerva também lhe mostrou o caminho que deveria seguir e preveniu-o sobre alguns dos perigos que teria de enfrentar.

Assim, Perseu despediu-se da mãe, deixando-a aos cuidados do bom pescador, Díctis. Prendeu nos pés as sandálias aladas, pegou o escudo e a espada e voou sobre terra e mar na direção do extremo oeste.

Chegou a um país em que seres humanos jamais haviam pisado antes. Os únicos habitantes eram três velhas bruxas solteiras, filhas de Fórquis e irmãs das Górgonas. Tinham um só olho e um só dente para as três e faziam uso destes em turnos.

Perseu aproximou-se delas usando o capacete que o tornava invisível e, quando uma das velhas criaturas estava passando o olho para outra, agarrou-o de sua mão e recusou-se a devolvê-lo até que elas lhe dissessem onde suas irmãs, as Górgonas, viviam.

Muito contra a vontade e com lábios trêmulos, elas lhe informaram o caminho e, uma vez mais, Perseu atravessou terras longínquas e inexploradas, bosques inóspitos e rochedos pontiagudos, até chegar ao local onde as Górgonas estavam. Soube logo que estava no lugar certo, pois, por toda parte nos campos e caminhos, havia figuras de homens e animais que tinham sido transformados em pedra por um simples olhar da Medusa.

Não demorou a encontrar, em uma área rochosa, as três Górgonas adormecidas, com as longas asas enroladas no corpo. Aproximou-se delas, invisível, tomando muito cuidado para não olhar diretamente para Medusa. Guiava-se apenas pelo reflexo de seu rosto e do cabelo de serpentes no escudo que carregava. Então, aproveitando que ela e as serpentes que caíam em espirais por seu rosto dormiam, separou a cabeça do pescoço com um único golpe da espada afiada e, rápido como uma flecha, veloz demais para que fosse perseguido, fugiu pelos caminhos do ar.

Guardou a cabeça, ainda sangrando, dentro de um saco que havia trazido para isso. Da primeira gota de sangue que caiu no solo pedregoso, surgiu uma criatura maravilhosa, o cavalo alado Pégaso. Esse belo e ágil animal saiu voando para o Monte Hélicon, onde vivem as musas, e tornou-se seu protegido e animal de estimação.

Enquanto isso, Perseu, com suas asas rápidas, cruzava os céus levando a cabeça da Górgona. Enquanto voava sobre as areias da Líbia, mais gotas de sangue caíram ao chão. Quando tocaram a terra, ganharam vida na forma de cobras, e é por isso que o país da Líbia ainda hoje é infestado dessas criaturas.

Perseu era lançado de um lado para outro por ventos e tempestades discordantes, ora para cá, ora para lá, como uma nuvem cinzenta. Olhando para baixo daquela grande altura, admirava as terras abaixo enquanto voava por toda a superfície do mundo. Até o norte gelado ele foi levado, depois de volta até o sul abrasador; muitas vezes as tempestades o empurraram para o poente e muitas vezes para o leste. Por fim, como a noite começava a cair e ele temia confiar-se à escuridão, desceu na terra da Hespéria, o reino do gigante Atlas, e pediu permissão para descansar até que a Aurora despertasse no dia seguinte.

O enorme Atlas era, de longe, a maior de todas as criaturas de forma humana. Governava o lado do mundo em que, no poente, os cansados cavalos do sol mergulham no mar cintilante. Em seus jardins havia uma árvore com folhas douradas cobrindo galhos de ouro e douradas maçãs. Perseu foi até Atlas e disse:

– Senhor, peço-te permissão para descansar aqui. Se alta estirpe significar algo, informo que meu pai é Júpiter. Ou, se estiveres mais interessado em grandes feitos, acho que gostarás de saber o que eu fiz. Peço, portanto, tua hospitalidade.

Atlas, porém, lembrou-se de um antigo oráculo que lhe havia dito que, um dia, um filho de Júpiter viria e roubaria suas maçãs douradas; por causa desse oráculo, havia construído enormes muros em torno do pomar, pusera um grande dragão para guardar as frutas e recusava-se a permitir que estrangeiros entrassem em seu país. Respondeu, portanto, a Perseu:

— Sai imediatamente! Todas as tuas mentiras sobre Júpiter e teus grandes feitos não te serão de nenhuma valia aqui.

Começou, então, a empurrá-lo para fora de seu palácio. Perseu resistiu, enquanto tentava acalmá-lo com palavras educadas; mas, constatando que isso não fazia efeito, e que o gigante era forte demais para ele (quem, de fato, poderia ser tão forte quanto Atlas?), disse:

— Pois, se não queres me fazer um favor tão pequeno como esse que te peço, vou te dar um presente diferente.

E, desviando o olhar, ergueu à sua frente a cabeça terrível da Medusa. Imediatamente, Atlas transformou-se em uma montanha do mesmo enorme tamanho que ele havia tido em vida. Sua barba e seus cabelos tornaram-se florestas; os ombros e braços transformaram-se em longas cristas; a cabeça era o pico e os ossos viraram rochas. Então (porque essa foi a vontade dos deuses), ele cresceu ainda mais em todas as partes e o céu inteiro, com todas as suas estrelas, apoiou-se em suas costas.

No dia seguinte, ao amanhecer, Perseu calçou as sandálias novamente, pegou a espada curva e retomou seu caminho pelo ar. Depois de passar sobre muitas terras, foi parar no país dos etíopes, onde governava o rei Cefeu. Quando olhou para baixo em direção ao litoral, viu uma bela jovem acorrentada a uma rocha. Ela estava tão imóvel que quase lhe pareceu uma estátua de mármore, se não fosse o cabelo se movendo ao vento e as lágrimas mornas que desciam pelo rosto. Perseu apaixonou-se de imediato e ficou tão impressionado com a beleza da moça que quase se esqueceu de mover as asas. Pousou perto dela e perguntou-lhe quem era e por que estava usando aquelas correntes cruéis. A princípio, ela não respondeu e teria tampado o rosto tímido com as mãos se estas não estivessem presas. Seus olhos encheram-se de lágrimas e, por fim, para que ele não pensasse que ela havia feito alguma coisa errada, contou-lhe sua história. Estava sendo castigada pelas palavras insensatas de sua mãe, Cassiopeia, que se gabara de ela ser mais bela do que as deusas do mar, as Nereidas. O resultado da bazófia foi que Netuno, o deus do mar, enviou um monstro do oceano para devastar a terra. Seu pai, o rei Cefeu, consultou o oráculo e foi-lhe dito que deveria entregar sua filha Andrômeda (pois esse era o nome da jovem) em sacrifício ao monstro. Agora, acorrentada, ela estava esperando o monstro aparecer. Havia sido prometida em casamento a seu tio Fineu, mas ele não fez nada para ajudá-la.

Enquanto ela falava, Perseu viu o rei e a rainha, com muitas outras pessoas, vindo para a praia em choros e lamentos pelo destino da garota inocente. A própria Andrômeda tinha ainda mais razão para chorar, pois, nesse instante, um grande rugido soou no mar e um monstro enorme apareceu, levantando água dos dois lados do largo peito enquanto se movia. A jovem gritou de terror. Perseu aproximou-se rapidamente do rei e da rainha e falou-lhes:

– Meu nome – disse ele – é Perseu. Sou filho de Júpiter e de Dânae, que meu pai visitou na forma de uma chuva de ouro. Fui eu também que matei a Górgona Medusa. Acho, portanto, que sou digno de ser marido de vossa filha. Agora, com a ajuda dos deuses, tentarei salvar a ela e ao vosso reino lutando contra o monstro. Prometeis conceder-me vossa filha em casamento se eu conseguir salvar-lhe a vida?

Os pais de Andrômeda, esquecendo-se de sua promessa anterior a Fineu, concordaram de imediato, e Perseu voou do solo e pairou no ar. O monstro, que vinha cortando o mar como um grande navio, estava quase na praia. Viu a sombra de Perseu na água e, em sua fúria selvagem, começou a atacá-la. Mas Perseu, como uma águia mergulhando sobre uma cobra para abocanhar-lhe o pescoço, arremeteu de cabeça e enfiou a espada até o punho no ombro direito do monstro. A fera golpeada elevou-se no ar e caiu novamente, tingindo o mar com seu sangue. Então virou e retorceu-se como um javali cercado por uma matilha de cães. Perseu, em suas asas rápidas, evitava as mandíbulas terríveis e atacava o monstro repetidamente, mergulhando a espada curva no grande dorso coberto de cracas, ou nas laterais do corpo, ou no ponto onde começava a cauda escamosa. A fera vomitou sangue e água enquanto se debatia no mar. As penas nas asas de Perseu ficaram úmidas e pesadas, mas, apoiando-se parcialmente em uma rocha que se projetava do mar, ele enfiou a espada três vezes no coração do animal. A praia e o céu ressoaram com os gritos aliviados das pessoas que aplaudiam a vitória do herói. Cefeu e Cassiopeia saudaram Perseu como seu genro, e Andrômeda, libertada das correntes, mostrou-se pronta a casar com ele de imediato.

Antes, porém, de irem ao palácio para a festa de casamento, Perseu lavou o sangue de seu corpo e de suas mãos na água do mar. A fim de que a cabeça da Górgona não se machucasse roçando nas pedras duras, fez uma pilha de algas para acomodá-la. O estranho poder da cabeça passou para essas algas, que se tornavam duras e rígidas, murchando até parecerem pedras. As ninfas do mar ficaram fascinadas com esse milagre e trouxeram mais algas e galhinhos e, quando estes endureciam, levavam-nos de volta para o mar. Essa é ainda a natureza do coral, que se mantém como raminhos sob a água, mas endurece quando exposto ao ar.

Perseu construiu três altares para os deuses que o haviam ajudado e sacrificou nos altares uma vaca, um novilho e um touro. Pediu, então, sua noiva e, no grande palácio dourado de Cefeu, foi montada a festa de casamento. As paredes foram decoradas com guirlandas; incensos de doce aroma foram colocados nas fogueiras; músicos tocavam em liras e flautas ou cantavam ao som da harpa diante dos nobres etíopes que tinham vindo assistir ao enlace.

Ao final do banquete, quando todos já haviam comido e bebido a contento, o rei pediu que Perseu lhes contasse a história de suas andanças e como havia cortado a cabeça da Górgona. Perseu iniciou sua narrativa, mas, no meio dela, veio repentinamente de fora das portas douradas um barulho confuso de gritos e o choque de armas, um som totalmente inadequado para uma festa de casamento. As portas abriram-se de repente e o irmão do rei, Fineu, empunhando uma longa lança cinzenta, entrou no salão à frente de um grande grupo de homens armados. Com a lança pesada em posição, dirigiu-se a Perseu.

– Aqui estou. Vim vingar o roubo de minha noiva. Agora tuas asas não poderão salvar-te, nem tuas histórias de Júpiter transformado em ouro.

Estava prestes a atirar a lança quando Cefeu se levantou e gritou:

– Irmão, o que estás fazendo? É loucura pensar em tal crime. Se realmente merecesses minha filha, deverias ter ido salvá-la quando ela estava acorrentada na rocha. Se não fosse por Perseu, ela agora estaria morta. Como, então, pode alguém ter mais direito a minha filha do que ele?

Fineu fitou-o com ar sombrio e pareceu hesitar se lançaria a arma primeiro contra seu irmão ou contra Perseu. Por fim, arremessou-a na direção de Perseu, que conseguiu desviar-se do golpe, e a lança ficou balançando cravada no encosto do banco onde ele estivera sentado. Perseu levantou-se, arrancou a lança da madeira e a teria arremessado de volta contra Fineu se este, covarde, não se tivesse refugiado atrás do altar. O rei

Cefeu ergueu as mãos e declarou aos deuses que aquele ato de agressão era contrário à sua vontade e às leis de hospitalidade. Os homens de seu irmão eram muito mais numerosos do que os seus e parecia não haver esperança para ele, ou para Andrômeda, ou para Perseu. No entanto, invisível a todos, a deusa guerreira Minerva estava ali presente, protegendo Perseu e dando forças a seu coração.

Agora, lanças voavam como chuva pelo salão, zunindo ao passar diante de olhos e orelhas ou atravessando armaduras, coxas e estômagos. Perseu postou-se de costas para um pilar, investindo à direita e à esquerda com sua espada curva e retalhando homens como uma ceifadeira em um gramado denso. Os nobres etíopes lutavam ao seu lado e, atrás deles, o rei, a rainha e sua filha clamavam pelos deuses e choravam. Logo todo o chão estava inundado de sangue e o salão, cheio de gritos dos feridos ou dos moribundos. Mais e mais homens de Fineu continuavam a entrar no palácio, e Perseu, lutando como um tigre, começou a sentir a força falhar ao ver que os inimigos não tinham fim. Então, gritou:

— Como me forçam a isso, só há uma coisa que posso fazer. Desviai o olhar todos os que são meus amigos!

E ele ergueu bem alto a terrível cabeça da Górgona.

Enquanto Perseu falava, um dos mais fortes capitães de Fineu levantou sua lança e o desafiou:

— Tenta tua mágica em outra parte! Nós não temos medo dela.

Estava pronto para arremessar a lança quando, de repente, se transformou em uma estátua de pedra, com a lança levantada rígida e imóvel. Outros também pararam congelados, alguns com lábios semiabertos ou a boca escancarada em gritos de guerra; outros no ato de desviar-se de alguma arma; outros com expressão de espanto no rosto de mármore. Duzentos haviam sobrevivido à luta; duzentas estátuas, em atitudes diversas, ocupavam agora os salões.

Quanto a Fineu, ele não vira a cabeça da Górgona, mas, para onde quer que olhasse, percebia seus amigos e companheiros transformados em pedra. Desviando o olhar e estendendo os braços, disse:

— Perseu, tu és o vencedor. Leva embora, eu suplico, esse rosto terrível que transforma homens em pedra. Admito que fui derrotado. Admito que mereces Andrômeda. Não peço nada, ó grande herói, a não ser minha vida.

Assim ele falou, sem ousar voltar os olhos na direção de Perseu.

— Covarde — respondeu-lhe Perseu —, eu não te matarei com a espada, mas te transformarei em um monumento que permanecerá pelos séculos e que agradará aos olhos de meu sogro e de minha esposa.

Levou, então, a cabeça da Górgona até Fineu e, embora este lutasse para não fitá-la, sentiu o efeito de seu poder. As lágrimas em seu rosto covarde viraram pedra; suas mãos em súplica, as costas curvadas e a expressão abjeta fixaram-se em mármore.

Agora, Perseu estava vitorioso sobre os inimigos e seguro na posse de sua esposa. Precisava ainda descobrir o que vinha acontecendo à sua mãe, na pequena ilha de Sérifo, enquanto ele estivera ausente. Chegou lá precisamente a tempo de salvar-lhe a vida, pois, embora o bom pescador Díctis tivesse feito o melhor para protegê-la, o rei Polidectes continuara a persegui-la; quando Perseu alcançou a ilha, Dânae havia se refugiado no altar de Minerva. Perseu foi imediatamente para o palácio, onde encontrou no rei um inimigo tão inflexível e cruel quanto antes. Polidectes ameaçou o herói com violência e recusou-se a acreditar que ele havia matado a Górgona.

– Então acredita em teus próprios olhos, e que eles fiquem perpetuados nessa crença – disse Perseu.

E, segurando a cabeça diante do rosto do rei, transformou-o em pedra exangue e, em seu lugar, fez do bom Díctis o novo rei da ilha.

Em seguida, Perseu ofereceu a Minerva, em seu templo, a cabeça da Górgona, que a deusa agora traz presa em seu terrível escudo. Quanto ao próprio Perseu, ele voltou, com a mãe e a esposa, à sua terra ancestral de Argos, sentindo-se seguro de que, após seus grandes feitos, seu avô Acrísio ia perdoá-lo e ansioso também para ajudá-lo em uma guerra em que este se via envolvido. No caminho para Argos, parou em Larissa, onde o rei do país estava realizando uma competição atlética. Perseu competiu no evento de lançamento de disco, e seu primeiro arremesso ultrapassou em muito os limites do estádio e alcançou os espectadores. Ele soube com tristeza que o disco havia matado um homem idoso, mas a tristeza foi ainda maior quando descobriu que esse homem não era outro senão seu avô Acrísio. Este, ao ter notícia de que Perseu estava voltando para Argos, e ainda temeroso do oráculo, partira de seu país sem jamais imaginar que, por acidente, acabaria encontrando o neto no caminho.

Depois desse acontecimento, Perseu recusou-se a ser rei de Argos. Viveu, primeiro, no litoral próximo, no enorme castelo de Tirinto. Mais tarde, fundou o notável reino de Micenas. Em Atenas, um templo foi construído em sua homenagem e, nesse templo, havia um altar consagrado especialmente a Díctis, por sua bondade para com a mãe do herói.

Ceres e Prosérpina

A enorme ilha de três cantos da Sicília está apoiada no corpo do gigante rebelde Tifeu, que certa vez ousou atacar os deuses no céu. Ele luta muito para se libertar, mas suas mãos e braços estão presos por montanhas e, sobre a cabeça, encontra-se o peso do Etna, através do qual ele cospe cinzas e labaredas em sua ira violenta e insaciável. No entanto, seus esforços para empurrar e afastar de cima de si as cidades e montanhas que cobrem seu corpo produzem terremotos com frequência, e, nessas horas, Plutão, o rei do mundo inferior, teme que a terra possa fender-se e que a luz possa entrar e aterrorizar as tênues e trêmulas sombras dos mortos.

Foi com receio de que tal coisa acontecesse que, um dia, Plutão saiu de seu reino sombrio e, em um carro puxado por cavalos negros, foi até a terra da Sicília inspecionar suas fundações e verificar se tudo estava bem. Fez um exame minucioso e, vendo que não havia sinais de debilidade em nenhuma parte, deixou de lado seus temores.

Mas Vênus, a deusa do amor, que é venerada na cidade siciliana de Érix, viu-o andando pela ilha. Ela envolveu com os braços seu filho alado, Cupido, e lhe disse:

– Meu filho querido, que me trazes todo meu poder e meu sucesso, pega tuas flechas, com que conquistas tudo, e atira uma no coração daquele deus que governa o mundo inferior. O céu e o mar já possuem o poder do amor. Por que o mundo inferior deveria ser exceção? Além disso, já é hora de algo ser feito para mostrar nosso poder, porque no céu eu não recebo a mesma honra que costumava receber. Duas deusas, Minerva e a caçadora Diana, não querem nada comigo, e a filha de Ceres, Prosérpina, se eu não agir, escolherá permanecer solteira. Portanto, se quiseres aumentar o meu prestígio e o teu, faz Plutão apaixonar-se por Prosérpina.

Cupido, atendendo ao pedido da mãe, pegou sua aljava e escolheu entre suas mil flechas aquela que lhe parecia mais afiada e mais precisa no voo. Vergou o arco sobre o joelho e, com a flecha farpada do amor, acertou o coração de Plutão.

Não muito distante da cidade de Etna, há um lago de águas profundas e, ali, mais ainda do que nas plácidas correntes dos rios da Ásia, podem-se ouvir os cantos de cisnes. Bosques circundam as águas como uma coroa e protegem-nas dos raios do sol. À sombra dos ramos, crescem flores de todas as cores. Aqui é perpetuamente primavera, e Prosérpina, com suas companheiras, estava brincando e colhendo violetas ou lírios brancos. Em seu entusiasmo juvenil, ela encheu seu cesto e acumulava flores nos braços tentando colher mais do que qualquer uma das outras, quando, de repente, em um único instante, Plutão a viu, se apaixonou por ela e a levou consigo, de tão violentos que haviam sido seus sentimentos.

Aterrorizada, a jovem gritou por seus amigos e especialmente por sua mãe. Ao tentar resistir, havia rasgado o vestido e todas as flores começaram a cair. A perda das flores a fez chorar ainda mais.

Enquanto isso, Plutão acelerava seu carro, incitando seus cavalos pelo nome e sacudindo as rédeas pretas em seus fortes pescoços e crinas ondulantes. Eles galoparam através de lagos profundos, sobre montanhas e por lagoas que emanavam enxofre. Prosérpina continuava a gritar por socorro, mas apenas uma criatura tentou ajudá-la. Foi a ninfa Ciane, que, até a cintura, se ergueu das águas que têm seu nome, reconheceu Prosérpina e gritou para Plutão:

– Para agora mesmo! Não podes casar com a filha de Ceres contra a vontade da mãe dela, e, quanto à filha, deverias primeiro tê-la cortejado, e não a tomado à força.

Ao falar, ela estendeu os braços no caminho de Plutão para impedi-lo de passar, mas ele, furioso com ela por obstruir-lhe a passagem, instigou seus cavalos terríveis e, pegando o cetro real com o braço forte, bateu com ele na lagoa até tocar-lhe o fundo. Nisso, a terra se abriu e nela mergulharam o carro e os cavalos negros.

Ciane, no entanto, amargurada pelo destino da deusa e pela maneira como os direitos de sua própria fonte haviam sido violados, começou a desfazer-se em lágrimas e a dissolver-se nas águas de que ela tinha sido a ninfa guardiã. Era possível ver seus membros ficando moles, os ossos começando a se curvar e as unhas perdendo a firmeza. Primeiro, as partes mais finas dissolveram-se; os cabelos escuros, os dedos, as pernas e os pés transformaram-se em água fria. Depois, os ombros, as costas e o peito se liquidificaram. Água em vez de sangue corria por suas veias que se derretiam e, no fim, não restava mais nada que se pudesse tocar.

Enquanto isso, assustada, a mãe de Prosérpina procurava por ela, em vão, por todas as terras e todos os mares. Durante o dia inteiro buscava a filha e, à noite, acendia duas tochas do fogo do Etna e continuava a procura na escuridão fria. Demoraria muito tempo para citar os nomes de todas as terras e mares por onde ela andou; depois de ter estado em toda parte do mundo, voltou à Sicília e passou por Ciane. Se esta ainda fosse uma ninfa, e não se tivesse transformado em água, teria contado à mãe onde a filha se encontrava. Agora não tinha como falar, mas conseguiu enviar um sinal, pois, flutuando em suas águas, trazia o cinto de Prosérpina, que havia caído ali quando a jovem fora levada para o mundo inferior.

Ao reconhecer o cinto, Ceres puxou os cabelos e bateu no peito, como se só então tivesse tomado consciência de que sua filha havia sido raptada. Ainda não sabia onde ela estava, mas amaldiçoou todos os países do mundo, em especial a Sicília, dizendo que eram ingratos a ela e não mereciam ter os frutos da terra. Quebrou em pedaços os arados que sulcam o solo; trouxe a morte para lavradores e seus animais; fez as plantações secarem; e colocou pragas e doenças entre as plantas jovens. Nada mais crescia, a não ser mato, espinhos e cardos. Em todo o mundo, as pessoas morriam de fome ou de peste; e Ceres ainda não havia conseguido descobrir para onde sua filha tinha sido levada.

Há um rio chamado Aretusa que nasce na Grécia, desce para dentro da terra e, depois de mergulhar sob o mar, ressurge na Sicília. Esse rio Aretusa ergueu a cabeça em sua corrente siciliana e, afastando de lado os cabelos molhados, falou a Ceres:

– Ó, mãe dos frutos – disse – e mãe da jovem tão procurada por todo o mundo, põe um fim em teus longos trabalhos e não fiques furiosa com esta terra que não merece a tua ira, pois não ajudou no roubo de tua filha. Posso te dar notícias seguras dela. Enquanto eu deslizava em meu caminho sob a terra, pelas profundezas do mundo inferior, vi Prosérpina lá com meus próprios olhos. Ela certamente parecia triste e seu rosto mostrava que ainda não se havia recuperado do medo, mas ela reina ali como a grande rainha do mundo das trevas, a poderosa esposa do rei dos mortos.

Quando Ceres ouviu essas palavras, ficou imóvel, como se tivesse sido transformada em pedra, e, por um longo tempo, pareceu estar fora de si. Por fim, a dor e a tristeza tomaram o lugar do horror. Entrou em seu carro e subiu para as claras regiões do céu. Lá, com uma expressão soturna e os cabelos soltos, postou-se indignada diante de Júpiter e disse:

– Júpiter, vim implorar tua ajuda para a filha que é minha e tua. Se não tens respeito pela mãe, pelo menos a filha deve comover o coração de um pai. Finalmente eu a encontrei, se é que se pode chamar isso de encontrar, quando ela ainda está perdida para mim e quando tudo o que sei é para onde ela foi levada. Exige que Plutão a devolva. Tua filha não merece ter um raptor como marido.

— É verdade que ela é nossa filha e posso entender teus sentimentos — respondeu Júpiter. — Mas, se chamarmos as coisas pelo devido nome, vais ver que nenhum grande mal foi cometido. Foi o amor que causou o rapto. Se aprovares a união, Plutão não será um genro indigno de nós. Ser irmão de Júpiter e ter em seu próprio reino um poder tão grande quanto o meu é algo considerável. Se, ainda assim, estás determinada a separá-los, Prosérpina retornará ao céu. Mas apenas com uma condição: apenas se ela não tiver tocado nenhum alimento com seus lábios enquanto esteve no mundo inferior. Esta é a decisão das Parcas.

Assim ele falou, e Ceres ainda estava decidida a ter a filha de volta. Isso, porém, era algo que as Parcas não permitiriam, porque a jovem já havia provado alimentos. Enquanto caminhava distraída pelos jardins de Plutão, ela pegara uma romã vermelha de um ramo pendente, partira a casca amarela de dentro e comera sete sementes da fruta. A única pessoa que a vira fazer isso foi um menino chamado Ascalafo, filho de uma das ninfas dos lagos subterrâneos de Averno. Esse menino testemunhou contra ela e impediu seu retorno. Prosérpina, furiosa, lançou água em seu rosto e transformou-o em um pássaro, dando-lhe bico e penas, grandes olhos redondos e longas garras recurvas. Ele se tornou a desagradável ave de mau agouro que é a lenta coruja-das-torres.

Júpiter, atuando como árbitro entre seu irmão Plutão e sua triste irmã Ceres, dividiu o ano em duas partes. Agora, Prosérpina é deusa de ambos os mundos e passa metade do ano com a mãe e metade do ano com o marido. Seu rosto alegrou-se novamente, assim como seu coração. Antes, até Plutão a achara triste, mas agora ela era como o sol, que, depois de se esconder atrás de uma nuvem de chuva, se revela novamente no céu aberto.

Fáeton

O pai de Fáeton era o Sol. Certo dia, quando ele se ostentava e se vangloriava do pai Febo, um amigo não aguentou mais e disse:

– És um tolo que acreditas em tudo que tua mãe te diz. Orgulhas-te porque imaginas que Febo é teu pai, quando ele não é nada disso.

Fáeton ficou vermelho de raiva, mas uma sensação de vergonha impediu-o de agir. Procurou sua mãe Climene e contou a ela como havia sido insultado.

– O que te aborrecerá ainda mais, mãe – disse ele –, é que eu, com minha natureza nobre e ardente, tive de conter a língua. Que vergonha que tais coisas possam ser ditas e não tenhamos como provar que estão erradas. Mas tu, se eu de fato sou descendente do sangue dos deuses, dá-me um sinal de meu nascimento ilustre, dá-me meu lugar no céu.

Envolveu, então, o pescoço da mãe com os braços e implorou-lhe que, por ele, por Mérops, seu marido, e pela felicidade futura de suas irmãs, ela lhe desse uma prova de que Febo era de fato seu pai. Quanto a Climene, seria difícil dizer se ela se sentira mais movida pela súplica de Fáeton ou pela ira provocada pelo insulto que lhe fora feito. Ergueu os braços para o céu e, olhando na direção da luz do sol, disse:

– Por essa estrela que fulgura ali com raios cintilantes, o Sol que nos ouve agora e nos fita, eu te juro, meu filho, que ele para quem olhas agora, ele, o senhor do mundo, o Sol, é teu pai. Se o que eu digo for falso, que ele desapareça de minha vista e que esta seja a última vez que o contemplo. Mas não é difícil para ti encontrar a casa de teu pai. Sua morada fica nos limites de nossa terra, no nascente. Se tiveres coragem para isso, vai até lá e ele o reconhecerá como filho.

Assim que sua mãe terminou de falar, Fáeton ergueu-se com alegria e a mente inundada de céu. Atravessou o país dos etíopes, que ele considerava que lhe pertencessem, e dos indianos, que vivem sob constelações de fogo. Resoluto, aproximou-se da terra de onde seu pai ascendia ao céu.

Lá estava o palácio do Sol, imponente, com suas altas colunas, luminoso de ouro e metais faiscantes que brilhavam como se estivessem em chamas. O telhado elevado era coberto de mármore reluzente e uma luz prateada irradiava de suas portas duplas amplamente abertas. Mais maravilhoso do que tudo isso era o que a arte havia produzido; pois, aqui, Vulcano esculpira relevos das águas que circundam a Terra, do mundo inteiro e do céu acima. Na água estavam os deuses do mar azul, o ressonante Tritão, Proteu, que muda de forma, e Egeon, que se eleva das ondas pressionando com os cotovelos os enormes dorsos de baleias. Ali estavam também Dóris e suas filhas. Algumas pareciam estar nadando; outras, sentadas em um quebra-mar, secavam os cabelos esverdeados; outras montavam em peixes. Seus rostos não eram todos iguais nem totalmente diferentes, como devem ser as irmãs. Sobre a terra, havia homens e cidades, florestas e animais selvagens, rios e ninfas e todos os outros deuses desse domínio. E, acima de tudo isso, via-se um modelo do céu radiante. Seis signos do zodíaco estavam na porta da direita e seis, na da esquerda.

Quando o filho de Climene subiu o caminho íngreme e entrou na morada do Sol, dirigiu seus passos diretamente para o rosto do pai, mas parou enquanto ainda estava distante dele, pois não suportou chegar mais perto da luz. Com um manto púrpura, Febo estava sentado em um trono que reluzia de esmeraldas. À sua esquerda e à sua direita estavam os deuses do Dia, do Mês, do Ano e dos Séculos; e as Horas também se encontravam ali, postadas lado a lado com os mesmos intervalos entre si. A Primavera estava lá, com uma coroa de flores; e o Verão, despido, com espigas de trigo trançadas em guirlandas; o Outono também, todo manchado das uvas pisadas; e o gélido Inverno com seu cabelo branco eriçado. No centro, o próprio Sol, com aqueles olhos que enxergam tudo, viu o rapaz atordoado diante da cena prodigiosa e disse:

— Fáeton, meu filho que eu me alegro de possuir, por que fizeste essa viagem? O que vieste buscar nesta minha cidadela?

E Fáeton respondeu:

– Ó, luz geral de todo o mundo, Febo, meu pai, se me permites chamar-te de Pai e se Climene é livre de culpa quando te chama de marido, dá-me, senhor, algum sinal seguro para que eu possa ser reconhecido como verdadeiramente teu filho e para que eu não sinta mais nenhuma dúvida sobre isso.

Assim ele falou e, então, seu pai colocou de lado os raios ardentes que brilhavam resplendorosamente em torno de sua cabeça. Fez sinal para Fáeton se aproximar e o beijou.

– Foi meu filho verdadeiro – disse – que Climene gerou e mereces ser reconhecido por mim. Para eliminar toda tua dúvida, pede qualquer presente que desejar. Eu te darei para que tu leves. Isso eu juro pelo lago do mundo inferior, o lago do Estige que nossos olhos nunca viram. Este é um juramento inviolável para os deuses.

Ele mal havia acabado de falar quando Fáeton lhe pediu o seu carro e que lhe fosse permitido dirigir os cavalos alados por um dia.

Febo arrependeu-se do juramento. Três e quatro vezes bateu na testa reluzente.

– Imprudente foi a palavra que eu disse e que tu aproveitaste. Não nos deveria ser permitido fazer promessas. Filho, admito que essa é a única coisa que eu deveria negar-te. Mas posso ainda tentar dissuadir-te. O que desejas é perigoso. Estás pedindo algo muito grande, Fáeton, algo que é excessivo para a tua força e para os teus poucos anos. Teu destino é o de um mortal e pedes o poder que pertence aos deuses. Na verdade, vais ainda mais longe e, sem saber, buscas algo que está além do alcance dos próprios deuses. Por mais que outros pudessem ter esse desejo, não há ninguém além de mim que possa dirigir este carro de fogo. Nem mesmo o governante do imenso Olimpo, ele que lança raios com sua mão direita, nem mesmo ele pode conduzir este carro. E quem tem mais poder do que Jove?

– A primeira parte da estrada é íngreme – prosseguiu ele –, e os cavalos, embora estejam descansados ao amanhecer, fazem a subida com dificuldade. A metade do curso é no ponto mais elevado do céu. Eu mesmo posso ter medo e sentir o coração palpitar no peito quando olho para baixo, daquela altura, para a terra e o mar. A última parte do caminho é descida e exige a mão firme nas rédeas. Lá, a deusa do mar, a própria Tétis, em cujas amplas ondas eu mergulho, muitas vezes teme que eu seja lançado de cabeça nas águas. Lembra-te, também, que o próprio céu gira em revolução contínua, levando consigo as constelações em seu rápido movimento. Eu luto contra isso, e essa força, que governa tudo o mais, não governa a mim; minha trilha veloz a atravessa. Agora, suponhamos que eu te entregasse o carro. O que tu farias? Saberias seguir uma trajetória contra o giro dos polos para impedir que o movimento do céu te desviasse do caminho correto? Talvez imagines que, naquelas regiões, haja grutas sagradas, cidades dos deuses, santuários cheios de riquezas. Na realidade, o caminho é repleto de armadilhas e segue entre formas de feras. Ainda que te mantenhas no curso certo e não sejas desviado, terás de passar diretamente por entre os chifres do Touro, pelo arco do Arqueiro e as mandíbulas ferozes do Leão, pelo Escorpião de um lado e o Caranguejo do outro, cada um estendendo as pinças cruéis de suas garras. E não é nada fácil controlar os cavalos, que são animais fogosos com as chamas que queimam em seu coração e que eles exalam da boca e das narinas. Mesmo eu mal consigo fazê-los me obedecer quando seu espírito impetuoso se exalta e eles tentam arrancar as rédeas do pescoço. Filho, não me faças dar-te um presente que representará tua ruína. Sê sensato, agora que tens a oportunidade, e pede-me outra coisa. É um sinal seguro que desejas? Pois eu te darei um sinal seguro, que é este medo que sinto por ti, e provo ser teu pai demonstrando solicitude paterna pelo filho. Gostaria que pudesses ver meu coração e enxergar ali toda a ansiedade que teu pai está sentindo. Agora, olha para toda a riqueza que o mundo contém e, de todas as coisas boas da terra, do céu e do mar, pede algo para ti e não te será recusado. É apenas isto que não desejo te dar, e é algo que tem mais chance de prejudicar-te do que de honrar-te. Estás me pedindo que te prejudique, Fáeton, não para ajudar-te. Pobre inocente, por que pões teus braços em torno de meu pescoço para convencer-me? Não tenhas receio, o que quiseres te será dado (não jurei pelas águas do Estige?). Mas eu te imploro que sejas mais sensato em teu pedido.

Ele disse tudo que podia para conter o rapaz, mas Fáeton recusou-se a ouvir e, ardendo de desejo pelo carro, insistiu em seu pedido. O pai, depois de ter adiado tanto quanto lhe foi possível, levou o jovem até o carro majestoso, obra de Vulcano. O eixo era feito de ouro e também os varais; os aros das rodas eram de ouro e os raios, de prata. Crisólitos e joias brilhavam em fileiras ao longo da canga e cintilavam com a luz que recebiam de Febo.

Com o coração aos pulos, Fáeton parou boquiaberto a examinar o belo trabalho. Enquanto o fazia, Aurora de repente despertou na manhã nascente e escancarou as portas púrpuras que se abriam para seus salões cheios de rosas. As estrelas se dispersaram e Lúcifer, que é quem mantém sua posição por mais tempo, seguiu na retaguarda das fileiras em retirada. Quando viu Lúcifer em seu caminho para a terra, e o mundo começando a se tingir de vermelho, e as pontas dos chifres da lua desaparecendo lentamente, o Titã ordenou que as rápidas Horas atrelassem seus cavalos ao carro. As deusas cumpriram a ordem sem demora. Trouxeram dos magníficos estábulos os cavalos que expeliam fogo, alimentaram-nos com suco de ambrosia e colocaram-lhes no pescoço as rédeas tilintantes. Febo, então, passou uma pomada mágica no rosto do filho para que ele pudesse suportar as chamas violentas e, em sua cabeça, colocou a coroa de raios. Suspirou, pressentindo a dor que estava a caminho, e foi com grande ansiedade que falou:

– Meu querido filho, tenta ouvir pelo menos o que eu vou dizer agora. Mantém a mão firme nas rédeas e não uses o chicote. Os cavalos são suficientemente rápidos por si sós. A dificuldade é contê-los. E não sigas reto através das cinco zonas do céu. A trajetória descreve uma curva e passa apenas por três delas, evitando o polo sul e os ventos cortantes do norte. Esse é o teu caminho e verás claramente as marcas de minhas rodas no céu. E, para que terra e céu possam ter a quantidade certa de calor, não deves seguir nem baixo demais nem deixar o carro subir para o topo do céu. Se for muito alto, incendiará as casas dos deuses; se for muito baixo, queimará a terra. A distância mais segura é no centro. Não vás demais para a direita, na direção da Serpente ondulante, nem demais para a esquerda, na direção da constelação do Altar, mas mantém-te exatamente entre elas. O resto, tenho de deixar à Fortuna e orar para que ela cuide de ti melhor do que cuidaste de ti mesmo. Mas, vê, enquanto eu falava, a noite úmida chegou à sua divisa no horizonte ocidental. Não podemos esperar mais. Minha presença é necessária; a escuridão está indo embora, e o alvorecer está luzindo. Pega as rédeas em tuas mãos ou, se mudar de ideia, aceita meu conselho em lugar de meu carro. Enquanto ainda há tempo e ainda estás em solo firme, sem ter partido no carro que tão tolamente me pediste, deixa que eu dê luz à terra, enquanto tu me assistes em segurança.

Mas Fáeton pulou com as pernas jovens para dentro do carro aéreo, assumiu sua posição e sentiu um arrepio de alegria ao pegar as rédeas leves. Depois agradeceu ao pai pelo favor que este concedera tão contra a sua vontade. Enquanto isso, os quatro cavalos alados do Sol – Fogo, Alvorada, Brilhante e Chamejante – enchiam o ar com seus relinchos e seu hálito de fogo e batiam as patas com impaciência contra as barreiras que os detinham. Tétis, sem nada saber do destino do neto, abriu os portões e lhes deu a liberdade do céu imensurável. Os cavalos saltaram para a estrada e, cortando o ar com as patas, atravessaram as nuvens à frente, passando com suas asas potentes pelos ventos do leste que subiam com eles. O peso do carro, porém, era leve, leve demais para que os cavalos do Sol o sentissem. A canga não tinha o peso habitual em seu dorso; e, como naves curvas com pouca carga, oscilam e balançam instáveis no mar pela insuficiência de lastro, assim o carro sem a carga usual balançava pelo ar, indo para cima e para baixo como se estivesse vazio. Os quatro cavalos, ao perceberem a instabilidade, descontrolaram-se, deixaram o caminho tantas vezes trilhado e seguiram um curso diferente. Fáeton assustou-se. Não sabia como lidar com as rédeas que tinha nas mãos, nem onde estava a rota certa, nem, mesmo que soubesse, como dirigir os cavalos para ela. Então as estrelas frias do norte sentiram pela primeira vez o calor dos raios de sol e tentaram em vão mergulhar no mar proibido. Mas quando o pobre Fáeton olhou para baixo, do alto do céu, para as terras distantes, muito distantes abaixo dele, seu rosto empalideceu e, de repente, os joelhos começaram a tremer de pânico. Em meio a toda aquela luz, uma névoa subiu diante de seus olhos. Naquele instante, ele daria qualquer coisa para nunca ter tocado os cavalos de seu pai. Desejava nunca ter sabido de quem era filho e nunca ter tido seu pedido atendido. Estava totalmente disposto a ser chamado de filho do marido mortal de Climene, agora que era carregado como um navio em um furacão, quando o timoneiro larga o leme e nada mais pode fazer senão rezar. O que ele poderia fazer? Boa parte do céu ficou para trás, mas ainda há muito mais à frente. Ele mede ambas as distâncias com o olhar, fitando a região do ocaso, que está fadado a jamais alcançar, depois a região do alvorecer. Sem saber o que fazer, ele fica ali, atônito, ainda com as rédeas nas mãos, mas sem forças para segurá-las adequadamente. Não sabe nem sequer o nome dos cavalos. Percebe, então, espalhados pelo céu colorido, estranhos prodígios e, aterrorizado, vê diante de seus olhos as formas de bestas enormes. Há um lugar onde o Escorpião estende as pinças de suas duas garras; com as patas e a cauda dobradas, sua forma se esparrama por dois dos signos do zodíaco. Quando o rapaz o viu coberto de um suor negro e venenoso, pensou que o monstro ia picá-lo com sua ameaçadora cauda enrolada. Gelado de medo, perdeu todo o controle e deixou cair as rédeas.

Ao sentirem as rédeas soltas sobre seu dorso, os cavalos saíram em disparada. Sem ninguém para contê-los, entraram nas regiões desconhecidas do ar e, para onde quer que sua fúria os levasse, lá iam eles desgovernados. No alto do céu, corriam entre as estrelas fixas, arrastando o carro atrás de si por caminhos não transitados, ora subindo muito no ar, ora mergulhando de cabeça em direção à terra. A Lua viu com espanto os cavalos de seu irmão correndo abaixo dos seus. As nuvens pegaram fogo e soltaram fumaça. Os cumes das montanhas incendiaram-se e a terra, com toda a umidade evaporada, fendeu-se em grandes rachaduras. A grama embranqueceu pelo calor; as árvores queimaram com todas as suas folhas e as plantações inflamaram-se ainda mais facilmente porque estavam maduras. Pior ainda, grandes cidades muradas foram destruídas. Labaredas transformaram em cinzas nações inteiras. As florestas e as montanhas estavam em chamas. Atos queimava, e Tauro na Cilícia, e Tmolo, Eta e Ida, com suas muitas fontes finalmente secas. O Hélicon, para onde as musas donzelas vão, e Hemus ardiam; os fogos do Etna rugiam no céu com duas vezes sua força habitual. Os picos duplos do Parnasso, Érix, Cíntio e Ótris queimavam; agora, por fim, Ródope perde sua neve; Mimas, Dindima, Micale e o religioso Citéron, todos ardem. O clima ártico não protege os citas. O Cáucaso incendeia-se com Ossa e Pindo, e Olimpo, maior do que ambos, os elevados Alpes e os enevoados Apeninos.

Para onde quer que olhasse, Fáeton via o mundo em chamas. Não podia mais suportar o calor. O ar que respirava era como o sopro de uma fornalha. Sentia o carro ficar incandescente sob seus pés; não conseguia manter a cabeça levantada por causa das cinzas e fagulhas; a fumaça quente o envolvia, e esse manto escuro o impedia de ver onde estava ou para onde estava indo, arrastado à livre vontade dos cavalos voadores. Foi nessa ocasião, dizem, que os etíopes ficaram com a pele escura, porque todo o sangue foi puxado para a superfície do corpo pelo calor. A Líbia também teve a sua umidade evaporada, e essa foi a origem do deserto do Saara. As ninfas soltaram os cabelos e choraram por suas fontes e suas lagoas. Os rios têm a sorte de ter as margens bem separadas, mas nem isso os preservou. O vapor subia do meio da corrente do Don. O Eufrates babilônio incendeia-se e também o Orontes e o rápido Termodonte; Ganges, Fásis e Danúbio; o Alfeu ferve; as margens do Espérquio ardem; o ouro que o rio Tago transporta em sua areia é liquefeito pelas chamas. Os cisnes que vivem no Caister e que costumavam cantar em grandes grupos pelas margens estão crestados no meio da corrente. O Nilo fugiu de terror até o fim do mundo e ainda hoje ninguém descobriu onde ele escondeu sua nascente. Suas sete fozes estão vazias e cheias de pó, sete canais e nenhuma água em nenhum deles. A mesma coisa aconteceu com os rios da Trácia, o Hebro e o Estrimon, e com os do Ocidente, o Reno, o Ródano e o Pó, e o rio que viria a ter o domínio do mundo, o Tibre.

Toda a terra se abriu em fendas e, pelas rachaduras, a luz penetrou até o Hades para assustar o rei e a rainha dos mortos. O mar encolheu, e o que antes havia sido um oceano se tornou uma planície de areia seca; e, agora, as ilhas tiveram seu número ampliado pelo aparecimento de montanhas que, até então, haviam estado submersas nas profundezas. Os peixes foram para o fundo e os golfinhos arqueados não mais ousavam pular no ar como costumavam fazer. Corpos de focas, de barriga para cima, boiavam na superfície. Conta a história que o próprio Nereu e Dóris, com suas filhas, escondidos nas cavernas do mar profundo, nem ali conseguiam se refrescar. E Netuno, furioso, por três vezes levantou os braços para fora do oceano e em nenhuma delas conseguiu suportar a atmosfera abrasadora.

A Mãe Terra, porém, que estava cercada pelo mar, entre as águas do oceano e de seus próprios rios, que se haviam encolhido e corrido a se esconder nos recessos escuros de seu corpo, ainda que ressequida, ergueu o rosto sufocado. Quando passou a mão pela testa, a terra tremeu e assentou-se mais baixa do que havia estado antes. A mãe sagrada, então, falou:

– Rei dos Céus, se isso é o que desejas e o que eu mereci, por que não estás lançando teus raios? Se eu devo morrer pelo fogo, que seja pelo teu fogo. A morte seria mais suportável se eu soubesse que vinha de tua mão. No entanto, mal consigo abrir a boca para dizer o que estou dizendo – pois a fumaça a sufocava. – Vê como meu cabelo está queimado e como as fagulhas caem sobre meus olhos e lábios! É para isso que sou fértil e laboriosa, que suporto os sulcos dos arados curvos e os arranhões das enxadas e sou revolvida o ano inteiro; e que proporciono alimento bom e nutritivo para o gado, trigo para a raça dos homens e o incenso que lhe oferecem? Mesmo supondo que *eu* mereça ser destruída, que mal fez o mar, ou teu irmão Netuno? Por que as águas que ele ganhou por partilha estão encolhendo e se afastando cada vez mais do céu? E, se não sentes nada por mim ou por teu irmão, então pelo menos tem piedade do céu, que te pertence. Olha à tua volta. Há fumaça emanando de ambos os polos. Se o fogo os consumir ainda mais, teu próprio palácio vai desmoronar. Olha para Atlas e vê o problema que ele enfrenta. Ele mal consegue segurar sobre os ombros o firmamento incandescente. Se mar e terra e o reino dos céus perecerem, voltaremos ao caos original. Ó, recolhe o que ainda resta entre as chamas e salva o universo!

Assim falou a Terra e, como não podia mais aguentar o calor e não conseguia dizer mais nada, afundou em si mesma, para as cavernas mais próximas das sombras do mundo inferior.

O Pai poderoso chamou todos os deuses, em particular aquele que havia dado o carro a Fáeton, para testemunhar que, se ele não agisse, o mundo inteiro pereceria miseravelmente. Subiu até o alto do céu, ao lugar aonde vai quando espalha nuvens sobre o mundo, ou ativa os trovões, ou arremessa raios pelo ar. Mas não tinha nuvens para espalhar nem chuva para fazer cair do céu. Ele fez trovar e equilibrou um relâmpago na mão; então, erguendo-o à altura de sua orelha direita, atirou-o contra Fáeton e lançou-o para fora do carro e da vida, extinguindo com o seu próprio fogo o fogo que Fáeton havia acendido. Os cavalos entraram em pânico e separaram-se uns dos outros, arrancando o jugo do pescoço e deixando as rédeas soltas no ar. Os arreios, o eixo desprendido do varal, os raios das rodas quebradas e vários fragmentos do carro destruído espalharam-se por uma grande extensão.

Quanto a Fáeton, chamas saíam de seus cabelos ruivos. Despencava de cabeça em sua longa descida do céu, como uma estrela cadente que, embora nunca alcance de fato a terra, dá a impressão de que o fará. Caiu no rio Eridano, longe de sua terra natal, em uma parte totalmente diferente do globo, e a água do rio lavou seu rosto chamuscado. As Ninfas de Hespéria soltaram do raio bifurcado o corpo ainda fumegante e o enterraram. Sobre o túmulo, escreveram o verso:

Fáeton conduziu o Sol e jaz agora nesta campina.
Foi a sua imprudência que o levou à ruína.

O grande dilúvio

Havia, certa vez, tanta maldade na terra que a Justiça fugiu para o céu e o rei dos deuses decidiu acabar com a raça dos homens. Júpiter soltou o Vento Sul e este avançou com suas asas encharcadas. Cobriu a face terrível com escuridão profunda; tinha a barba pesada de tempestade e a chuva escorria de seus cabelos cinzentos. Nuvens pousavam em sua testa e a água corria das penas das asas e das dobras da túnica. Ele espremeu com as mãos as massas suspensas de nuvem e ouviu-se um estrondo. Vapores espessos enchiam o ar e Íris, a mensageira de Juno, vestida nas cores do arco-íris, transportava água para alimentar as nuvens.

As plantações foram arrasadas e os lavradores choraram por suas esperanças desfeitas, pois todo o trabalho do ano se tornara inútil.

A ira de Júpiter não se confinou ao seu domínio do céu. Netuno, seu irmão do mar azul, enviou as ondas para ajudá-lo. Convocou os rios e, quando estes entraram no palácio de seu senhor, disse-lhes:

– Não há necessidade de muitas palavras. Basta que despejeis toda a vossa força. É isso que quero. Abri todas as vossas portas, não deixeis que nada vos detenha. Dai total liberdade às vossas torrentes!

Assim o deus ordenou e eles se foram. As nascentes, então, começaram a jorrar sem controle e os rios precipitaram-se sem rédeas em direção ao mar. Netuno golpeou a terra com seu tridente e esta tremeu e se agitou, dando livre passagem às águas subterrâneas. Os rios transbordaram das margens e avançaram pela terra, arrastando consigo campos de trigo e pomares, homens e animais, casas e prédios religiosos com todas as suas imagens sagradas. Se alguma casa conseguiu resistir ao dilúvio sem ser demolida, ficou com o telhado submerso e as torres escondidas sob a ondulação das ondas. Logo não havia como distinguir entre terra e mar. Todo o mundo era mar, mas um mar sem praias.

Era possível ver os homens, um subindo em uma colina, outro sentado em seu barco recurvo, usando agora remos no mesmo local em que estivera plantando apenas um momento antes. Outro homem está velejando acima de campos de trigo ou sobre o telhado de uma grande casa submersa; outro ainda está pegando peixes entre os galhos mais altos de um olmo. Talvez suas âncoras se prendam na grama verde das campinas, ou as quilhas curvas rocem as videiras que crescem sob a água. E onde os bodes de pernas ágeis costumavam pastar a relva, agora pulam focas de formas grosseiras.

Sob a água, as Nereidas, ninfas do mar, contemplam com espanto os bosques, casas e cidades. As florestas estão agora cheias de golfinhos, que nadam velozmente entre o topo das árvores e batem a cauda em troncos flutuantes. Era possível ver um lobo nadando com um rebanho de ovelhas e leões amarelos arrastados pela água ao lado de tigres. O javali, ainda que forte como um raio, não pode fazer nada para se salvar, nem são as patas rápidas do veado de algum uso para ele. Também este é levado pela corrente; e os pássaros, depois de voarem até muito longe, procurando por toda parte algum lugar para pousar, não têm mais força para bater as asas e caem na água.

O mar, com seu poder ilimitado, havia achatado as colinas menores, e as ondas lavavam as cristas das montanhas, onde nunca antes haviam estado. Quase todos os homens pereceram na água e os que escaparam da água, sem alimentos, morreram de fome.

Há um lugar chamado Fócida, que era uma terra fértil enquanto ainda existia terra, mas agora é apenas parte do mar, uma enorme planície de águas velozes. Ali há uma montanha cujos picos gêmeos parecem mirar as estrelas. Chama-se Parnasso e seu cume fica acima das nuvens. Toda a região em volta estava submersa, mas Deucalião e sua esposa, em um pequeno barco, chegaram a essa montanha e ali desceram. Não havia homem mais correto ou mais devotado a atos justos do que Deucalião, e não havia mulher mais reverente do que sua esposa Pirra.

Quando Júpiter viu que toda a terra tinha se tornado um único lago de águas rápidas e que, de tantos milhares de homens e mulheres, apenas aquele homem e aquela mulher haviam restado e que ambos eram inocentes e bons, decidiu dispersar as nuvens, fez o Vento Norte levar a chuva embora e descobriu novamente toda a abóbada do céu. O mar já não se agitava com violência. O senhor das profundezas deixou de lado sua lança de três pontas e acalmou as águas. Chamou pelo azul Tritão, que não tardou a erguer a cabeça do fundo do mar, exibindo os ombros cobertos de cracas. Netuno lhe disse para soprar em sua concha o sinal de retirada para as ondas e rios. Tritão levantou a concha espiralada, de bocal recurvo e ampla abertura na outra extremidade. Quando ele inspira e sopra nessa concha, o som repercute do meio do mar até os confins do mundo. Assim também agora nem bem a concha tocou nos lábios e na barba gotejante do deus e ele soprou para ordenar a retirada, o som foi ouvido por todas as águas da terra e do mar, e todas elas obedeceram. O mar volta a ter praias, os regatos correm entre as margens, os rios retornam a seus leitos e as colinas começam a aparecer. A terra emerge; os campos aumentam conforme a água se afasta e, aos poucos, os bosques surgem abaixo dos picos lisos das colinas, embora ainda com lama grudada nas folhas das árvores.

Assim, o mundo reapareceu. Quando, porém, Deucalião viu tudo vazio e todas as terras desoladas, em profundo silêncio, vieram-lhe lágrimas aos olhos e ele falou a Pirra:

– Minha irmã, minha esposa, tu, a única mulher que restou, se antes eram nossa família, nosso nascimento e nosso casamento que nos uniam, agora temos nossos perigos como um novo vínculo. Nós dois somos a população de todas as terras que o sol contempla quando se levanta e quando se põe. O mar fica com o resto. E, mesmo agora, ainda não podemos ter certeza da segurança. O terror daquelas nuvens ainda assombra minha mente. Pobre criatura, o que estarias sentindo agora se tivesses sido preservada da morte sem mim? Como enfrentarias o terror se estivesses sozinha? Quem tentaria consolar-te? Quanto a mim, não tenho dúvida de que, se tu tivesses te afogado, eu iria atrás e me afogaria também. Ó, como gostaria de ter a habilidade de Prometeu, meu pai, e poder trazer de volta todas as pessoas e despejar a vida em moldes de argila! Mas a raça humana está reduzida a nós dois e parecemos ter sido preservados apenas como espécimes da humanidade. Essa foi a vontade do céu.

Assim ele disse, chorando, e decidiram orar para as potências do céu e pedir ajuda ao oráculo sagrado. Juntos, foram direto para as águas do Céfiso, que ainda não estavam claras, mas eles sabiam onde ficavam as partes rasas e conseguiram passar. Pegaram água do rio e aspergiram com ela a cabeça e as roupas; depois, seguiram para o santuário da deusa sagrada e viram o telhado coberto de lodo e os altares sem o fogo queimando. Ao chegarem aos degraus do templo, ambos se prostraram, beijaram com reverência as pedras frias do chão e disseram:

— Se as potências do céu puderem comover-se ou ser tocadas pelas preces dos justos, se a ira dos deuses não for inflexível, então nos diz, ó Têmis, de que maneira poderíamos consertar a ruína da raça. Concede tua ajuda, ó misericordiosa, aos afogados!

Movida pela compaixão, a deusa deu sua resposta:

— Saí do templo. Cobri a cabeça e desatai o cinto das vestes. Depois espalhai pelo solo atrás de vós os ossos de vossa venerável mãe.

Por um longo tempo eles ficaram ali imóveis, atordoados, até que Pirra rompeu o silêncio e disse que não poderia fazer o que a deusa lhes ordenara. Com os lábios trêmulos, ela pedia perdão; mas como ousaria ofender o espírito de sua mãe espalhando-lhe os ossos? Enquanto isso, ambos reviravam na mente as palavras difíceis da resposta da deusa, tão complicadas de entender, tentando refletir sobre elas.

Por fim, Deucalião encontrou palavras de conforto para tranquilizar a esposa.

— Oráculos — disse ele — são coisas boas e nunca nos diriam para fazer algo ruim. Ou minha inteligência habitual se desorientou ou "nossa venerável mãe" é a terra. E por "ossos" imagino que o oráculo se refira às pedras que estão no corpo da terra. São pedras que devemos espalhar atrás de nós.

Pirra ficou muito impressionada com a interpretação do marido, mas eles ainda receavam que sua esperança não fosse justificada, tão incertos estavam ambos das ordens do céu.

Ainda assim, não havia mal em tentar, portanto saíram do templo, cobriram a cabeça, desataram o cinto da túnica e, como lhes tinha sido ordenado, espalharam pedras atrás de si enquanto caminhavam. A antiguidade da tradição é a prova do que aconteceu em seguida. Caso contrário, duvido que alguém acreditasse. Pois as pedras começaram a perder sua dureza. Pouco a pouco, ficaram macias e foram assumindo nova forma. E continuavam crescendo; algo menos duro do que pedra agitava-se dentro delas, algo como humanidade, embora isso ainda não estivesse muito claro; eram mais como peças de escultura começando a ser moldadas, que se assemelham mais ou menos ao que virão a ser, mas ainda não têm as formas totalmente definidas. A terra e o barro grudados nas pedras tornaram-se carne; o núcleo sólido transformou-se em ossos; os veios das rochas viraram veias, agora com sangue em seu interior. E, em pouco tempo, pelo poder dos deuses, todas as pedras que Deucalião semeou geraram homens, e mulheres surgiram das pedras espalhadas por Pirra.

Por isso nós, seres humanos, somos uma raça resistente, adequada para o trabalho; e é assim que provamos que essa história de nosso nascimento é verdadeira.

Jasão

Jasão, que conseguiu recuperar o Velo de Ouro, foi o primeiro homem a construir um navio. Foi também o primeiro a comandar uma expedição de gregos contra o Oriente. Seu pai, Éson, havia sido deposto do trono de Iolco por Pélias, seu meio-irmão, e fora forçado a viver em uma casa pobre, destituído de toda a sua riqueza e de todas as suas honras. Nessa época, Jasão era pequeno, sem forças para se defender, e Éson temeu pela segurança do filho. Por isso, entregou o menino aos cuidados do sábio centauro Quíron, meio homem e meio cavalo, que vivia nas montanhas verdejantes em torno de Iolco. Na música, na medicina e no manejo do arco, ele era o mais famoso dos mestres e, em todas essas artes, o próprio Jasão tornou-se rapidamente um especialista.

Ao chegar à idade adulta, destacou-se também pela beleza, inteligência e força. Quíron, orgulhoso de seu pupilo, aconselhou-o a consultar o oráculo sobre o que deveria fazer com sua vida.

– Volta a Iolco – o oráculo lhe respondeu. – E exige de Pélias a coroa que pertence por direito a teu pai.

Diante disso, Jasão despediu-se de Quíron e desceu das montanhas para a planície. Levava espada e lança e vestia-se com uma pele de leopardo. No caminho para Iolco, tinha de atravessar um rio, que, nessa época do ano, estava com o volume aumentado por causa da neve que derretera nos picos das montanhas. Quando Jasão chegou ao rio, viu à margem uma velha senhora que lhe pediu ajuda para fazer a travessia. Ele concordou prontamente, mas, quando estava no meio da corrente, ficou surpreso ao perceber que, apesar de sua força, a velha parecia dificultar-lhe o avanço, como se fosse muito mais pesada do que o seu tamanho sugeria. Em seu esforço para enfrentar a correnteza, uma de suas sandálias escorregou do pé e foi levada pelas águas.

Chegando ao outro lado, pousou a velha senhora na margem e virou-se para olhá-la. Ao voltar a cabeça, porém, viu que ela havia desaparecido e entendeu que tinha sido visitado por um dos deuses. De fato era Juno, a esposa de Júpiter, que fora negligenciada pelo rei Pélias e, depois disso, passou a ajudar Jasão e a ficar sempre ao seu lado.

Jasão ofereceu uma oração à deusa e seguiu seu caminho para a cidade. Lá, seus cabelos loiros, constituição forte e bela aparência logo chamaram atenção. Entre aqueles que olharam com interesse para o estrangeiro estava o próprio rei Pélias; este, porém, fitou-o não só com admiração, mas com medo. Isso porque um oráculo certa vez lhe dissera que, um dia, ele seria destronado por um homem com um único pé de sandália. Pélias chamou imediatamente Jasão à sua presença e lhe perguntou quem era e o que viera fazer em Iolco. Sem medo e na frente de todo o povo, Jasão falou seu nome e disse que viera reivindicar o trono que havia sido tomado de seu pai. O povo admirou a coragem do jovem e mostrou claramente que estava do seu lado. Tudo o que Pélias podia fazer era tentar ganhar tempo. Disse, então, a Jasão:

– Se és de fato digno do que reivindicas, deves provar o teu valor. Tu és jovem e precisas de algum feito nobre para recomendar-te antes de poder ser considerado apto a governar. O que eu quero que faças é o seguinte: vinga a morte de nosso parente Frixo e traz de volta para a Grécia o Velo de Ouro.

Jasão conhecia a história de Frixo, que lhe havia sido contada, ao lado de outras histórias de deuses e heróis, pelo centauro Quíron. Sabia também que Frixo era seu parente, porque seu próprio avô fora irmão de Atamas, que acabara enlouquecendo por obra de Juno; mas, antes disso, tivera dois filhos, Frixo e Hele, com sua primeira esposa, Nefele. Posteriormente, Atamas casou-se com Ino, filha de Cadmo, e esta, com ciúme dos enteados, montou um plano para matá-los, mas o menino e a menina foram salvos por um carneiro de pelagem dourada que lhes fora enviado por Mercúrio. Montados nesse animal, eles escaparam de Tebas e até atravessaram o mar. A menina Hele cansou-se no caminho e caiu no mar, que ainda é chamado Helesponto em sua homenagem; mas

Frixo chegou em segurança à corte do rei Eetes, que governava a terra da Cólquida, na extremidade mais distante do Mar Negro. Pouco se sabia nessa época sobre Eetes, exceto que seu pai era o Sol e que ele era um feiticeiro com estranhos poderes. Em vez de tratar Frixo com hospitalidade, Eetes o matou para ficar com o Velo de Ouro do carneiro que Frixo havia sacrificado ao chegar a Cólquida.

Muitas pessoas teriam se acovardado diante do que parecia ser uma tarefa tão sem esperança como a recuperação do Velo de Ouro, mas Jasão, embora soubesse que a ideia do rei Pélias era que essa aventura lhe custasse a vida, mostrou-se determinado a cumpri-la. Espalhou por toda a Grécia a notícia de que estava preparando uma expedição para o Oriente, e, de toda parte, vieram jovens e heróis para Iolco, ansiosos pela glória de participar da ambiciosa iniciativa. No fim, 53 homens e uma mulher velejaram no *Argo*, um navio miraculoso construído pelo artífice Argos. A embarcação tinha na proa um mastro cortado dos bosques de carvalhos de Dodona. Esse mastro era capaz de falar com voz humana e pronunciar oráculos.

O navio foi lançado ao mar ao som da música do famoso cantor Orfeu, que também partiu na expedição. Tífis era o piloto. Outros heróis que navegaram com Jasão foram Hércules, o filho de Júpiter; Linceu, cuja vista era tão aguçada que ele podia ver com facilidade pequenos objetos a uma distância de mais de doze quilômetros; Esculápio, o grande médico; Calais e Zetes, os filhos alados do Vento Norte; Meleagro de Cálidon e muitos outros. A única mulher que seguiu com eles foi Atalanta, famosa como caçadora e corredora. Todos esses heróis são conhecidos como os Argonautas, por terem sido marinheiros no *Argo*.

A viagem dos Argonautas

Muitas aventuras aconteceram no caminho pelo mar até a Cólquida. Primeiro os Argonautas pararam na ilha de Lemnos e surpreenderam-se ao não encontrar nem um único homem no local. Ele era governado inteiramente por mulheres, sob o comando da rainha Hipsipila.

A razão para esse estado de coisas pouco comum era a ira de Vênus. As mulheres da ilha haviam negligenciado sua obrigação de fazer sacrifícios à deusa e Vênus resolveu vingar-se delas. Fez que elas fossem impregnadas por um cheiro extremamente desagradável, que as tornou não só pouco atraentes, mas decididamente insuportáveis para seus maridos. O resultado foi que os maridos tomaram outras esposas, entre suas escravas ou entre as mulheres do continente. Furiosas por terem sido tratadas desse modo, as mulheres de Lemnos uniram-se e montaram um plano cruel: cada uma delas deveria, em uma determinada noite, matar seus parentes do sexo masculino para que não restasse mais nenhum homem na ilha. O plano terrível foi executado por todas, exceto pela rainha Hipsipila, que poupou a vida de seu pai Toas.

Não foi muito depois desse assassinato dos homens que os Argonautas chegaram a Lemnos, onde as mulheres, agora restauradas à sua condição normal, ficaram muito felizes em vê-los. A rainha Hipsipila, em particular, apaixonou-se profundamente por Jasão e este lhe prometeu que, depois de ter conseguido o Velo de Ouro, voltaria a Lemnos e a tomaria como esposa. Como vamos ver, ele não cumpriu a promessa e, no fim, Hipsipila foi forçada a deixar a ilha, sendo capturada por piratas e vendida como escrava. Mas os Argonautas foram recebidos com tanta hospitalidade em Lemnos que permaneceram ali durante um ano. Outros além de Jasão fizeram promessas de fidelidade às mulheres que lhes haviam feito companhia, mas nenhuma dessas promessas foi cumprida.

Depois de um ano de estada em Lemnos, o *Argo* voltou ao mar e, em Quios, onde haviam parado para se reabastecer de água, Jasão perdeu os serviços de um dos mais fortes e mais corajosos de seus companheiros. Hércules era muito dedicado a seu jovem pajem Hilas, um belo rapaz que, junto com outros, pegou seu jarro de água e entrou pelos bosques à procura de alguma fonte ou lago. Tendo ido mais longe do que o restante do grupo, ele chegou, no silêncio do meio-dia, a uma bela lagoa de águas claras, cercada de choupos. Sobre a lagoa pendiam maçãs orvalhadas que ninguém havia cultivado e que cresciam em árvores que poucos olhos já tinham visto. Em volta, na grama fresca, cresciam lírios brancos e papoulas vermelhas. Aquele era um lugar sagrado para as ninfas chamadas Dríades, e Hilas, impressionado com a beleza do cenário e encantado com as flores e a água cintilante, esqueceu-se de sua tarefa e começou a colher flores. Depois de algum tempo, deitou-se junto ao lago e, apoiado no cotovelo direito, inclinou-se sobre a água para beber. As ninfas do lago viram-no inclinar-se em direção a elas e admiraram-se com sua beleza. Erguendo a cabeça e os braços molhados acima da superfície, puxaram-no gentilmente para dentro do lago para que ficasse com elas. Hilas, ao sentir que o puxavam, gritou pedindo ajuda, e seu amigo Hércules, embora estivesse a alguma distância, escutou-o. Então, por um dia inteiro, Hércules e o resto do grupo procuraram pelos bosques e clareiras, que ressoavam aos gritos de "Hilas! Hilas!". Mas nenhum traço do rapaz foi encontrado. Havia uma longa jornada pela frente e os Argonautas decidiram partir; mas Hércules se recusou a ir com eles. Quando o navio se fez novamente ao mar, ele ficou ali e, por muito tempo, procurou em vão pelo amigo. O rapaz nunca foi encontrado; porém, até hoje, em memória de seu desaparecimento, o povo dessa região entra todo ano no bosque chamando "Hilas! Hilas!", como se ainda houvesse uma esperança de encontrá-lo.

Entre os Argonautas havia dois irmãos, Castor e Pólux, filhos de Zeus. Pólux era particularmente habilidoso como boxeador e essa habilidade foi muito útil para seus companheiros quando, depois de terem deixado Hércules para trás, eles chegaram aos domínios do rei Amico, filho de Netuno, que tinha o costume de desafiar todos os estrangeiros para uma luta de boxe. Os que perdessem a luta (e o rei era tão forte que nunca havia sido derrotado) eram obrigados a servi-lo como escravos ou seriam condenados à morte. Os Argonautas, tendo escolhido Pólux como seu representante, observavam ansiosos enquanto os dois boxeadores colocavam as grandes luvas de couro com barras de ferro na altura dos nós dos dedos. Com essas luvas, não era impossível matar alguém. Os partidários de Pólux e do rei Amico postaram-se em um círculo para assistir à luta e logo ficou evidente que, embora Amico talvez fosse o mais forte dos dois, Pólux era o mais habilidoso. Ele evitava com agilidade os golpes potentes do rei e, penetrando-lhe a defesa, produzia grandes marcas vermelhas em suas costelas e estômago quando o atingia com as luvas pesadas. Movia-se de forma deliberada para fazer que o rei ficasse de frente para o sol e, de repente, mudando de tática, começou a golpear o rosto de seu oponente, que logo estava cuspindo sangue e dentes. Por fim, desesperado, Amico prendeu o braço direito de Pólux com o seu braço esquerdo e, enquanto o mantinha seguro, desferiu-lhe um golpe que, se fosse certeiro, certamente o teria matado. Mas Pólux desviou a cabeça e, com um movimento do ombro, acertou em Amico uma pancada tão violenta na lateral do rosto que os ossos estalaram e o rei caiu sem forças. Pólux poderia ter matado seu inimigo, mas, em vez disso, obrigou-o a fazer o juramento solene de que nunca mais oprimiria os estrangeiros.

Em seguida, os Argonautas chegaram à corte do cego rei Fineu, que possuía dons proféticos. O rei tentou recebê-los com hospitalidade, mas, assim que se sentaram às mesas e a comida foi servida, surgiram no ar três monstros terríveis chamados Hárpias, ou "Arrebatadoras". Essas criaturas tinham rosto de mulher e corpo e asas de grandes abutres. Desciam sobre as mesas batendo as asas enormes, estragando tudo com a desordem que faziam, derrubando as taças de vinho e enchendo as bocas gulosas e repugnantes com o que conseguiam pegar. Assim Fineu, no meio de todas as suas riquezas, há anos não conseguia fazer uma única refeição em paz. Aquilo era um castigo que lhe fora enviado pelos deuses por ele ter usado os seus poderes proféticos para revelar coisas secretas. Finalmente, porém, chegara o dia de sua libertação, pois, entre os Argonautas, estavam os dois filhos alados do Vento Norte, Calais e Zetes, que eram de fato cunhados do rei, já que Fineu fora casado com a irmã deles, Cleópatra, que não vivera para ver o marido cego e perseguido.

Os jovens filhos do Vento Norte pegaram as espadas e elevaram-se no ar, pois eram alados. As Hárpias fugiram, virando-se e torcendo-se para escapar dos golpes das espadas dos irmãos. A perseguição prosseguiu sobre terra e mar, até que, no alto do céu, sobre um grupo de ilhas dispostas como joias na água azul, Íris, a deusa do arco-íris, apareceu e disse:

– Parai com essa perseguição, Calais e Zetes! Não cabe a vós destruir as Hárpias. Mas Júpiter promete que elas nunca mais virão afligir Fineu. Agora, voltai e pedi que o rei vos conte os perigos que tereis de enfrentar junto com Jasão e vossos amigos.

Os irmãos obedeceram e, virando agilmente no ar, voaram de volta para o palácio de Fineu, onde, pela primeira vez em anos, o rei conseguia desfrutar uma refeição tranquila.

Quando a refeição terminou, Jasão virou-se para o rei e disse:

– Foi com satisfação que te ajudamos a escapar de tua perseguição. Agora pedimos que nos ajudes em troca. Conta-nos, por favor, que outros perigos devemos esperar antes de chegar à terra da Cólquida.

Fineu voltou os olhos cegos para Jasão.

– Teus maiores perigos – disse ele – serão na própria terra da Cólquida e desses não posso falar. O que posso dizer é que, antes de entrar no Mar Negro, logo em seu limiar, tereis de passar entre duas rochas azuis que são chamadas de Simplégadas, ou Entrechocantes. Essas rochas guardam os estreitos. Em um momento, elas se afastam uma da outra; no momento seguinte, chocam-se com tamanha violência que qualquer coisa, ave ou navio, que seja pega entre elas é imediatamente esmagada e despedaçada. Quando chegardes a essas rochas, o que vos aconselho a fazer é pegar uma pomba e soltá-la. Se a pomba conseguir passar incólume entre as rochas, isso será um sinal de que os deuses não estão hostis. Observai as rochas com atenção e, quando elas se afastarem, remai com toda a força. Se conseguirdes passar em segurança, tereis feito um ato glorioso, pois tereis aberto para sempre uma passagem da Grécia para o mar oriental.

Jasão e os Argonautas escutaram-no com espanto e com algum medo. Esse era um perigo que nunca haviam imaginado. Ainda assim, não haviam chegado tão longe para desistir agora e, depois de fazer sacrifícios para os deuses e de ter desfrutado por alguns dias da hospitalidade de Fineu, lançaram-se novamente ao mar. Os ventos foram favoráveis, e não tardou para que, no horizonte distante, eles vissem o que parecia ser uma coluna de água jorrando para o ar. Ao se aproximarem mais, ouviram um barulho como de um trovão e logo puderam ver claramente as duas rochas azuis e escarpadas que, a intervalos, se separavam e colidiam, fazendo subir nuvens de água quando se encontravam e ensurdecendo os ouvidos com o estrondo de seu impacto. Do outro lado das rochas, estava a superfície de outro mar, mas não havia como alcançá-lo a não ser passando entre aquelas montanhas flutuantes.

Jasão assumiu sua posição na popa, de onde poderia comandar os remadores. Após orar para todos os deuses e, em especial, para Juno, ele soltou uma pomba branca. Todos observaram com atenção enquanto a pomba passava veloz como uma flecha entre as rochas. A ave foi rápida, mas, quando as rochas colidiram ruidosamente, a impressão foi de que a tinham pego e esmagado. Um momento depois, porém, quando a nuvem de água baixou, os Argonautas gritaram de alegria. Uma das penas da cauda da pomba de fato boiava nas ondas, mas a ave, como eles puderam ver, passara em segurança e já seguia seu caminho sobre o mar desconhecido.

Jasão gritou para seus companheiros e pediu-lhes (não que fosse mesmo necessário fazer esse pedido) que pusessem toda a sua força nos remos assim que ele desse o sinal. Uma vez mais, as rochas colidiram. Assim que elas se separaram, Jasão deu o comando. Os remadores inclinaram-se sobre os remos e o madeirame do navio até parecia tremer enquanto ele avançava pela água agitada e espumante. O piloto, Tífis, manteve-o firmemente no curso; o navio movia-se como se alguma potência divina tivesse lhe dado asas. Com uma violenta colisão, as rochas uniram-se novamente; mas o *Argo* já havia passado. Um pedaço do leme foi despedaçado, mas o navio e todos a bordo estavam bem. Os Argonautas olharam um para o outro com espanto, mal acreditando que haviam escapado de tamanho perigo. Amigos abraçaram-se e todos ofereceram preces de agradecimento aos deuses. Surpreendeu-os, então, o súbito silêncio no mar. Eles olharam para trás e viram que as duas rochas, que nunca antes tinham dado passagem a nenhum homem ou navio, agora estavam imóveis, uma de cada lado do canal. E assim elas estão até hoje, permitindo a passagem tranquila de navegantes vindos do Ocidente. Os Argonautas, mantendo a costa norte da Ásia Menor à sua direita, seguiram até a Cólquida, no limite do mar.

O Velo de Ouro

Chegaram, por fim, às águas rápidas e barrentas do rio Fásis. Essa é a terra de onde vieram os faisões. Remando rio acima, alcançaram a corte do rei Eetes e, lá, cercado por seus corajosos companheiros, Jasão explicou o motivo de sua vinda e pediu que o Velo de Ouro fosse devolvido aos parentes de Frixo.

O rei, vendo tantos e tão valentes heróis à sua frente, ficou, por um momento, sem saber o que responder. Disse, então:

— Admito que teu pedido é justo, mas só posso atendê-lo sob algumas condições. Amanhã, ao nascer do sol, deverás atrelar meus touros ao arado. Prepara um campo e semeia nele os dentes de um dragão. Se tiveres sucesso nesses testes, poderás levar o Velo de Ouro, mas terás de obtê-lo pessoalmente e sozinho da serpente que é sua guardiã. Esses são os meus termos. Dize-me se os aceitas.

Os deuses tornaram Jasão ousado. "Eles me ajudaram até aqui", pensou. "Por que não me ajudariam até o fim?". Olhou resoluto para o rei e respondeu:

— Eu aceito tuas condições. Mas, se eu cumprir minha parte, deverás também cumprir a tua.

O rei sorriu e concordou. Apenas ele e sua filha Medeia, que estava sentada ao seu lado, sabiam que as tarefas propostas estavam acima da força de qualquer mortal. Quanto a Medeia, sua mente balançava para lá e para cá enquanto olhava para o pai, a quem devia lealdade, e para o corajoso e belo estrangeiro, que via pela primeira vez. "O que eu sinto", disse a si mesma, "só pode ser amor ou algo como o que as pessoas chamam de amor. Não posso suportar a ideia de ver esse estrangeiro perecer e quero salvá-lo. No entanto, se o fizer, estarei traindo meu pai e minha terra. Sei que deveria apoiar meu pai; ainda assim, mesmo sabendo claramente o que deveria fazer, meus sentimentos me levam na direção oposta. Não seria cruel deixar este jovem sentir o hálito de fogo dos touros de meu pai, lutar contra um exército que brotará da terra ou ser dado como presa indefesa para o terrível dragão? E são essas coisas que acontecerão a ele se eu não o ajudar. Mas depois, quando ele tiver o Velo de Ouro, o que acontecerá comigo? Não suporto a ideia de perdê-lo. Se eu conseguir ajudá-lo, ele terá de me levar consigo para a Grécia e fazer de mim sua esposa. Terei de deixar meu pai e meu lar, mas serei a esposa de um grande herói e terei renome eu também pelas minhas artes mágicas e por salvar os melhores da Grécia."

Assim ela pensou consigo mesma e, ao anoitecer, quando estava a caminho de fazer um sacrifício a Hécate, a grande deusa das feiticeiras e bruxas, encontrou-se com Jasão em um bosque e olhou-o fixamente como se o estivesse vendo pela primeira vez. Jasão segurou-lhe a mão direita e, em voz baixa, suplicou-lhe que o ajudasse, prometendo que, se ela o fizesse, ele a levaria consigo e se casaria com ela. Medeia respondeu com lágrimas nos olhos:

– Eu sei que o que estou fazendo é errado, mas o farei. Apenas jura que manterás a tua promessa.

Jasão jurou por Hécate, pelo Sol que tudo vê e por todos os deuses que seria fiel à promessa. Medeia deu-lhe as ervas mágicas e ensinou-lhe como deveria usá-las nos perigos do dia seguinte.

Quando amanheceu, uma multidão dirigiu-se ao campo sagrado de Marte e postou-se nos terrenos elevados à volta. O rei Eetes, com um manto púrpura e carregando um cetro de marfim, sentou-se no trono com Medeia a seu lado e o povo em torno. De repente, os touros entraram no campo. Tinham cascos e chifres de bronze e sopravam fogo e fumaça pelas narinas duras como ferro. A grama secava e incendiava com seu hálito, e o barulho de sua respiração era como o de uma fornalha ardente. Jasão foi ao encontro deles. Sentindo a aproximação, os touros voltaram para ele a face terrível, bateram os cascos de bronze no chão e sacudiram os chifres de metal, enchendo o ar de mugidos ferozes. Os Argonautas assistiam rígidos e mudos de terror; mas Jasão avançou em direção aos touros e tão grande era o poder das ervas mágicas que havia recebido que não sentia a ardência de sua respiração de fogo. Com uma das mãos, afagou corajosamente a papada balouçante dos animais; colocou-lhes, então, o jugo no pescoço e forçou-os a puxar o pesado arado e a sulcar o campo que nunca antes havia sentido o ferro. Os homens da Cólquida fitavam-no com assombro. Os Argonautas gritaram de entusiasmo e incentivaram-lhe a coragem com aplausos.

Em seguida, Jasão pegou os dentes de dragão em um capacete de bronze e começou a semeá-los no campo arado. Os dentes, embebidos como estavam em poderosa magia, amoleceram na terra e começaram a assumir novas formas. Como uma criança cresce gradualmente dentro do corpo da mãe e não sai para o mundo enquanto não for uma criatura humana completamente formada, assim aquelas sementes cresceram sob o solo e não brotaram na superfície da terra até que tivessem tomado a forma de homens plenamente adultos e com armas que eles batiam com estrondo umas nas outras. Quando os gregos viram esse exército de guerreiros se preparando para atirar suas lanças afiadas contra a cabeça de Jasão, novamente baixaram os olhos e sentiram o coração apertar. A própria Medeia estava assustada e pálida ao ver aquele homem sozinho cercado de tantos inimigos. Sentada ali em silêncio, começou a murmurar para si outros feitiços, caso aqueles que ela já lhe havia entregado não se mostrassem suficientemente fortes. Mas Jasão pegou uma grande pedra e lançou-a no meio do exército recém-surgido da terra. Isso teve o efeito de voltar toda a fúria e raiva deles uns contra os outros, e eles lutaram entre si até todo o grupo de homens armados ter perecido pelas próprias mãos.

 Os Argonautas aglomeraram-se em torno de Jasão, abraçando-o, comemorando e saudando-o pela vitória. Medeia também gostaria de abraçá-lo, mas tinha medo do que as pessoas poderiam dizer. Tudo o que fez foi olhar para ele com silenciosa alegria e agradecer aos deuses que haviam dado a ela magias tão poderosas.

Agora faltava apenas enfrentar o terrível dragão que guardava o Velo de Ouro. Era uma criatura com uma grande crista sobre a cabeça, uma língua de três pontas e dentes recurvados. Estava enrolada na base da árvore onde, entre as folhas escuras e cerradas, reluzia um brilho dourado que indicava onde estava o velo. Jasão aspergiu o dragão com os sucos de ervas do esquecimento que Medeia havia lhe dado. Em seguida, recitou três vezes um encantamento forte o bastante para acalmar o oceano revolto ou para forçar rios transbordados a voltar ao seu leito. Gradualmente, e pela primeira vez, o sono fechou os olhos do dragão. Jasão jogou o pesado velo sobre o ombro e, temendo algum ataque traiçoeiro do rei Eetes, correu para o navio com os gregos e com Medeia, que o havia salvado. Subiram a bordo com presteza e logo se posicionaram nos bancos dos remos. Estavam navegando rio abaixo quase antes de Eetes se dar conta do que havia acontecido.

Quando, porém, o rei descobriu que sua própria filha fugira com Jasão, saiu no encalço deles com toda a sua frota. Uma vez mais, Medeia salvou o marido e os gregos, mas usou para isso um recurso terrível. Ela levara consigo ao navio seu pequeno irmão Absirto. Para escapar do pai, matou o menino e lançou na água os pedaços do seu corpo, de modo que o rei Eetes tivesse de retardar a perseguição a fim de coletar os fragmentos do corpo de seu filho para sepultá-lo. Assim, os

Argonautas chegaram a mar aberto em segurança. Naquela situação de perigo, ninguém culpou Medeia por seu ato cruel, mas, depois, muitos viriam a censurá-la por isso. Com a tarefa cumprida, navegaram alegremente de volta a Iolco.

Jasão e Medeia

Seria de esperar agora que Jasão, que havia realizado a mais nobre façanha, e sua bela esposa Medeia, a maior das feiticeiras, tivessem sido felizes; mas, seja por causa do assassinato cruel de Absirto ou por alguma outra razão, a realidade seria bem diferente.

Quando os Argonautas voltaram triunfantes para Iolco, a cidade encheu-se de multidões em festa, e tudo o que era possível fazer para comemorar o retorno glorioso e bem-sucedido dos heróis foi feito. Lançou-se incenso nas chamas dos altares. Grandes banquetes foram realizados e touros com chifres dourados foram sacrificados para os deuses. Mas houve um homem que não pôde participar das festividades. Este era o pai de Jasão, Éson, que estava muito velho e próximo da morte e não podia mais sair de casa. Pesaroso e compadecido, Jasão falou com Medeia.

– Minha querida esposa, a quem devo minha salvação, tu já me deste tudo; mas, como teus encantamentos são tão fortes, será que poderias, talvez, me dar só mais uma coisa? Poderias tirar alguns dos anos que eu mesmo estou destinado a viver e dá-los a meu pai, para que ele possa viver um pouco mais?

Medeia lembrou-se de como havia abandonado seu próprio pai e comoveu-se com o amor de Jasão pelo velho Éson.

– Claro, Jasão – respondeu ela. – Nem que pudesse eu tiraria anos de tua vida. Mas, se Hécate me ajudar, tentarei fazer algo ainda melhor. Tentarei devolver a juventude a teu pai.

Dentro de três noites seria lua cheia. Quando a terceira noite chegou e toda a terra embranqueceu sob o esplendor redondo e pleno da lua, Medeia colocou um vestido leve e solto e saiu de casa. Estava descalça e com os cabelos desatados sobre os ombros. Homens, animais e aves dormiam um sono profundo; não havia nenhum movimento nas sebes; as folhas mantinham-se imóveis nas árvores; o ar orvalhado estava parado e silencioso. Apenas as estrelas cintilavam e, estendendo seus braços para elas, Medeia girou em círculo três vezes (porque os deuses da bruxaria gostam de números ímpares), três vezes espargiu água sobre a cabeça e três vezes emitiu um uivo. Depois, ajoelhou-se no chão duro e orou:

– Ó Noite, que escondes nossos mistérios, e Hécate, que és a deusa das bruxas e feiticeiras, e Terra, que nos forneces as ervas mágicas, preciso agora de vossa ajuda. Com meus feitiços, já fiz rios correrem para trás, tirei a lua do céu, destruí florestas e montanhas e obriguei os fantasmas a se erguerem de seus túmulos. Agora, preciso de drogas que transformem a velhice em juventude, e sei que as encontrarei, porque as estrelas reluzem sua resposta para mim e vejo meu carro, puxado por dragões alados, vindo a mim pelo ar.

Enquanto ela falava, seu carro mágico veio de dentro da noite. Medeia entrou nele e, depois de ter acariciado o pescoço dos dragões, voou para as planícies da Tessália e, por nove dias e nove noites, colheu de leitos de rio, florestas e campos abertos as ervas e capins de que precisava. Algumas ela arrancou pela raiz, outras cortou com uma foice de bronze. Por fim, depois de percorrer uma ampla área, voltou para o carro. Os dragões que o puxavam apenas cheiraram as ervas mágicas e sua velha pele enrugada transformou-se em uma nova pele das mais brilhantes cores.

Quando Medeia chegou de volta, ela não entrou em casa nem permitiu que o marido ou qualquer outra pessoa a tocasse. Construiu dois altares de turfa, um para Hécate e outro para a Juventude. Cavou uma vala ao lado de cada altar e encheu-as do sangue de um carneiro negro que havia sacrificado. Sobre o sangue, despejou tigelas de vinho e de leite quente.

Depois ordenou que suas criadas trouxessem o velho Éson para fora da casa. Carregaram-no em uma maca, pois ele estava muito fraco para se mover e, na verdade, quase morrendo. Medeia, com seus feitiços, fez que ele adormecesse profundamente e o deitou em uma cama de ervas. Mandou então que Jasão e todos os outros se retirassem. Ninguém poderia testemunhar os seus ritos secretos.

Todos saíram e ela, com os cabelos soltos às costas, foi de altar a altar, avivando o fogo e mergulhando no sangue a madeira ali queimada. Depois, em um caldeirão de bronze, começou a misturar a poção. Para dentro do caldeirão foram as raízes que ela havia cortado nos vales da Tessália, junto com sementes e flores e sucos. A isso, acrescentou seixos do extremo Oriente e areia da corrente do Oceano. Adicionou, em seguida, geada colhida sob a lua cheia, as asas com alguma carne da medonha coruja-das-torres e as entranhas de um lobisomem – o animal que se pode transformar de lobo em homem. Também no caldeirão juntou a pele escamosa de uma cobra d'água, o fígado de um veado, os ovos e a cabeça de um corvo que havia vivido por nove gerações. Tudo isso e mil outras coisas estranhas foram misturadas no recipiente e, quando a poção começou a ferver, Medeia a mexeu com um velho galho seco de oliveira. Essa vareta seca, ao tocar o líquido quente, primeiro tornou-se verde, depois se encheu de folhas e, por fim, cobriu-se de azeitonas novas. E, quando gotas da mistura borbulhante pulavam para fora do caldeirão, no solo onde os pingos caíam crescia relva e começavam a brotar flores.

Ao ver isso, Medeia tirou sua espada da bainha e cortou a garganta do velho Éson. Deixou escorrer todo o sangue e, em lugar dele, encheu o corpo, em parte pelos lábios e em parte pela ferida, com sua poção mágica. Quando o sangue novo espalhou-se pelas veias, a barba e o cabelo grisalhos de Éson começaram a escurecer; seus membros finos e macilentos encheram-se de carne; a face pálida e descuidada adquiriu cor; as rugas desapareceram e ele se levantou em toda a força da juventude. Olhando com espanto para si mesmo, lembrou-se de que aquele era o seu corpo de quarenta anos antes.

Infelizmente, porém, Medeia não se satisfez com aquele ato de misericórdia. Decidiu usar a fama que havia obtido para vingar-se cruelmente de Pélias, que roubara o trono de Éson e recusava-se a entregá-lo a Jasão. Para poder realizar seu plano, ela fingiu que havia brigado com Jasão e dirigiu-se à casa de Pélias, onde foi gentilmente recebida pelas filhas dele. Era natural que essas moças estivessem interessadas pelos poderes mágicos de Medeia, que não perdia uma oportunidade de lhes repetir como havia feito o velho Éson voltar à juventude. As filhas de Pélias lhe perguntaram se poderia fazer a mesma coisa para o pai delas. Medeia, ardilosamente, fingiu hesitar, para que as moças se mostrassem ainda mais dispostas a fazer o que ela lhes ordenasse. Depois de parecer ponderar por algum tempo sobre o pedido, ela disse:

— É necessário que confieis em mim e, para que de fato possais ter essa confiança, peço-vos o carneiro mais velho de todos os vossos rebanhos. Vereis como meus encantamentos farão dele um cordeiro novamente.

Imediatamente, as filhas de Pélias trouxeram um carneiro lanoso tão velho que mal conseguia ficar em pé, com grandes chifres curvados sobre as têmporas cavas. Medeia cortou-lhe a garganta, o que mal manchou a lâmina, tão ralo que era o sangue. Depois mergulhou o corpo em um caldeirão de bronze onde ervas poderosas ferviam na água. Essas ervas fizeram o corpo encolher e consumiram os chifres e os anos do animal. Um balido frágil veio de dentro do caldeirão e, enquanto as moças ainda se entreolhavam espantadas, pulou para fora um cordeirinho, que, depois de hesitar um momento sobre as pernas vacilantes, se afastou correndo em busca de algum úbere para lhe dar leite.

Tendo visto isso, as filhas de Pélias ficaram ainda mais ansiosas para que Medeia experimentasse suas artes no pai delas. Isso era exatamente o que Medeia queria para o sucesso de seu plano traiçoeiro.

A noite veio e ela acendeu o fogo sob o caldeirão de água fervente. Na água, colocou ervas que não tinham poder mágico algum. Depois conduziu as filhas de Pélias até o quarto onde seu velho pai estava dormindo.

– Por que hesitais agora? – disse a elas. – Pegai vossas espadas e deixai escorrer o sangue do velho para que eu possa enchê-lo de sangue novo. Se amais vosso pai, fazei o que eu digo.

Elas de fato vacilavam diante daquele ato, mas, no fim, acreditando que a felicidade futura de seu pai dependia delas, enterraram as espadas no corpo de Pélias. O velho, mortalmente ferido, acordou e começou a gritar.

– Minhas filhas, o que estais fazendo comigo?

Então Medeia cortou-lhe a garganta com sua espada e mergulhou o corpo na água fervente, o que extinguiu de imediato qualquer resto de vida que ainda existisse.

Essa vingança tão terrível não agradou nem a Jasão nem ao povo de Iolco. Apesar da grande fama de Jasão, ele e Medeia foram forçados a fugir do país. Dirigiram-se a Corinto, a cidade entre dois mares, onde, depois da viagem dos Argonautas, Jasão havia ancorado o *Argo* e dedicado-o aos deuses. Ali, durante dez anos, viveram felizes e tiveram dois filhos. Essa felicidade, porém, não estava destinada a durar.

Fosse pela natureza violenta de Medeia ou por querer obter as vantagens de um parentesco com o rei de Corinto, o fato é que Jasão resolveu deixar a esposa. Esqueceu-se das promessas que lhe havia feito quando ela lhe salvara a vida na Cólquida e pediu a Creonte, rei de Corinto, a mão de sua filha Gláucia. Creonte estava feliz em casar a filha com o famoso líder dos Argonautas, mas tinha medo de Medeia. Por isso, decidiu que ela e os filhos seriam expulsos de Corinto.

Ao ouvir a ordem de que deveria partir, Medeia conseguiu, com grande dificuldade, convencer o rei a deixá-la ficar mais um dia, a fim de fazer seus preparativos. E o que ela preparava era uma terrível vingança. Fingiu que não estava zangada nem com Jasão nem com a princesa Gláucia e enviou seus filhos ao palácio, com uma túnica ricamente bordada e um diadema de ouro como presentes de casamento. A jovem princesa foi correndo experimentar as belas roupas. Pôs o diadema na cabeça e colocou o lindo vestido. Acontece que tanto o vestido como o diadema haviam sido mergulhados em poções poderosas. A princesa, que caminhava pelo quarto estendendo vez por outra uma das pernas para admirar a queda do tecido, soltou de repente um grito de dor. O vestido estava grudando em sua pele, queimando-a. Os cabelos estavam em chamas e, quando ela sacudia a cabeça para tentar se livrar do diadema, o fogo inflamava-se ainda mais. Ninguém ousou tocá-la até que seu pai, Creonte, ouvindo os gritos, correu até ela e a abraçou enquanto ela morria. Então o fogo o atingiu também e, por mais que lutasse, ele não conseguia se soltar do corpo da filha, que se prendia a ele como hera em torno de uma árvore. Ambos morreram abraçados, vítimas do feitiço de Medeia.

Enquanto isso, Medeia ocupava-se de outro ato ainda mais pavoroso. Determinada a fazer Jasão sofrer o máximo, matou seus dois filhos e, quando Jasão, furioso e abalado com o assassinato da noiva, chegou a seu palácio, apareceu diante dele em seu carro alado, com os corpos das crianças. Não permitiu sequer que ele tocasse os corpos ou lhes desse sepultamento, mas fugiu para a terra de Atenas, onde o velho rei Egeu deu-lhe acolhida.

Quanto a Jasão, apesar da grande fama de que desfrutara na juventude, seus últimos anos, privado do reino, da esposa e dos filhos, foram de muito sofrimento. Um dia, já velho, ele estava sentado à beira do mar à sombra de seu antigo navio, o *Argo*, que fora trazido à terra para ser um monumento. Boa parte da madeira já estava apodrecida e, enquanto Jasão ali se encontrava, um grande mastro da proa quebrou e caiu sobre sua cabeça. Assim, Jasão foi morto pelo mesmo barco que o tornara famoso.

Eco e Narciso

O famoso profeta tebano Tirésias deu muitas respostas verdadeiras àqueles que buscaram seus conselhos. Entre essas respostas esteve a que ele deu a uma ninfa, mãe de um belo menino chamado Narciso. Ela perguntara ao profeta se seu filho viveria até idade avançada, e o profeta respondeu:

– Apenas se ele jamais conhecer a si mesmo.

Por um longo tempo, a resposta pareceu não ter sentido, mas, no fim, a morte e a estranha paixão de Narciso mostraram que o velho profeta estava certo.

Pois, quando o rapaz chegou aos dezesseis anos de idade, ele era amado por muitos rapazes e muitas moças. Mas em seu belo corpo havia tanto orgulho que ele não queria aproximar-se de ninguém.

Um dia, na floresta, quando Narciso tentava fazer um veado assustado cair em sua rede, uma ninfa chamada Eco o viu. Eco não podia iniciar uma conversa nem ficar em silêncio quando outros falavam. Naquela ocasião, ela possuía um corpo e não era, como agora, apenas voz. Sua fala, porém, já era como a conhecemos hoje: ela só podia repetir as últimas palavras que os outros diziam. Fora Juno a responsável por isso, furiosa por Eco tê-la mantido presa em uma longa conversa para que ela não pudesse investigar muito de perto o que seu marido Júpiter estava fazendo.

Quando viu Narciso vagando pela floresta sem caminhos, Eco apaixonou-se no mesmo instante e, escondida, seguiu seus passos. Como desejava falar com ele e dizer coisas doces ao seu ouvido! Mas não podia. Não tinha o poder de falar primeiro e só lhe restava esperar que ele falasse para poder usar as próprias palavras dele.

Narciso, que se havia separado de seus companheiros de caçada, chamou alto:

– Há alguém aqui?

Eco respondeu:

– Aqui!

Ele olhou em volta, surpreso.

– Então vem até mim! – gritou, e ouviu novamente a resposta de Eco:

– Então vem até mim.

Novamente ele olhou em volta e, como ninguém apareceu, perguntou:

– Por que estás me evitando? – E outra vez as mesmas palavras voltaram a seus ouvidos. Ele ficou parado, imaginando o que poderia ser aquela voz, e falou: – Vamos nos encontrar!

– Encontrar – Eco respondeu, e nunca uma resposta a deixara tão feliz.

Seguindo as próprias palavras, ela saiu do meio das árvores onde estivera escondida, aproximou-se de Narciso e quis lançar os braços em torno do pescoço dele. Mas o rapaz se esquivou e, enquanto se afastava, gritou:

— Tira tuas mãos de mim e não me toques! Prefiro morrer a deixar que me possuas!

— Que me possuas — ela respondeu e, então, não pôde mais falar. Rejeitada, voltou a se esconder na floresta, cobrindo o rosto enrubescido com as folhas, e para sempre passou a viver em grutas solitárias. Seu amor, porém, persistiu e até se tornou mais forte pela dor que havia sofrido. De vigílias e tristeza, seu corpo foi definhando. Ficou magra e enrugada; toda a umidade de seu corpo evaporou no ar e apenas seus ossos e sua voz restaram. A voz ainda permanece. Os ossos, dizem, transformaram-se em pedras. Ela ainda se esconde nos bosques e não é mais vista pelas montanhas. Mas todos podem ouvi-la, porque sua voz, e apenas sua voz, continua viva.

Não só Eco, mas muitas ninfas das águas e das montanhas foram desprezadas por Narciso, assim como a companhia de outros rapazes. Um dia, uma das que haviam sido tratadas com tanto orgulho por ele orou aos deuses:

— Que um dia ele próprio se apaixone assim e não consiga conquistar o objeto de seu amor!

Era uma prece justa e a deusa Nêmesis a ouviu.

Existia uma lagoa límpida, de águas como prata reluzente, um lugar onde nenhum pastor jamais chegara, ou cabritos que se alimentam nas montanhas, ou qualquer outro animal de rebanho. Nem ave, nem animal silvestre, nem mesmo um galho caído de uma árvore jamais perturbara sua superfície espelhada. Havia relva verdejante às margens, fresca e macia pela proximidade da água, e ramos de plantas entrelaçados que protegiam do calor do sol. Ali Narciso, fatigado da caçada, veio parar e, tendo gostado do lugar e da fonte, inclinou-se para matar a sede. Ao fazê-lo, porém, viu-se tomado por um tipo diferente de sede. Olhou com admiração para sua própria imagem na água e ficou imóvel, com a mesma expressão, como uma estátua fitando seus próprios olhos, sua face lisa, seu pescoço como marfim, os tons brancos e vermelhos de seu belo rosto. Sem saber que o que via era ele mesmo, apaixonou-se pelo que tinha diante dos olhos e, ao fitar com amor o seu próprio reflexo, o rosto que ele admirava também olhava para ele com amor. Muitas vezes mergulhou em vão os braços na água, tentando abraçar o pescoço que via ali. Em nenhum momento passou por sua mente tola que a imagem que ele perseguia ia dar-lhe às costas se ele virasse as costas também, que o objeto de seus desejos era apenas uma sombra.

Nem fome nem sono foram capazes de arrancá-lo daquele lugar. Estendido na grama sombreada, ele continuava a fitar com olhos que jamais se satisfaziam aquela imagem enganosa de si mesmo. Seus próprios belos olhos o levavam para a morte. Ele se ergueu um pouco do solo e estendeu os braços para as árvores em volta.

– Ó bosques e florestas – disse –, que testemunhastes tantos amores, alguém já foi mais infeliz no amor do que eu? Pois eu vejo, mas não posso tocar o que desejo. E não é como se houvesse um grande oceano entre nós, ou longas estradas, ou montanhas, ou muralhas de cidades. Só estamos separados por um pouco de água. E o rosto que vejo olha para mim com amor, sorrindo quando sorrio, chorando quando choro. Por que, então, ele sempre me escapa?

Assim ele falou e, meio fora de si, olhou novamente para a imagem na água. Quando suas lágrimas caíram na superfície do lago, o reflexo pareceu oscilar e se desfazer e, repetidamente, Narciso gritava:

– Ó, não me deixes!

Assim, ali deitado, ele começou a definhar de tristeza, como cera amarela ao calor ou como geada aos raios do sol da manhã.

Eco, embora estivesse magoada com ele e se lembrasse de como ele a tratara, ficou triste ao vê-lo. Ouviu-o gritar:

– Ai!

E repetiu o lamento. As últimas palavras de Narciso, de olhos fixos na água, foram:

– Adeus, rosto que amei em vão!

E Eco respondeu a ele:

– Amei em vão.

Ele deixou, então, a cabeça cansada pousar sobre a grama verde. A morte fechou os olhos que se haviam maravilhado com a própria beleza. Dizem que, mesmo quando foi recebido no mundo inferior dos mortos, continuava olhando para seu rosto refletido nas águas escuras do Estige.

As ninfas das florestas e dos rios choraram por ele, e Eco repetiu seus gritos de dor. Prepararam seu funeral com tochas e uma pilha de madeira para cremá-lo. Mas não encontraram mais o corpo em parte nenhuma. Em seu lugar, havia apenas uma flor, amarela por dentro e circundada de pétalas brancas.

Meleagro de Cálidon

Meleagro era filho do rei de Cálidon. As três Parcas, Cloto, Láquesis e Átropos, estavam presentes em seu nascimento. Cloto previu que ele seria um grande herói; Láquesis disse que ele teria o dom de uma grande força; Átropos declarou que sua vida duraria tanto quanto o pedaço de madeira que agora queimava no fogo.

Sua mãe, Alteia, ao ouvir isso, tirou imediatamente a madeira do fogo, mergulhou-a em água e guardou-a com cuidado, sabendo que dela dependia a duração da vida de seu filho.

Quando Meleagro cresceu, tudo o que as Parcas previram se tornou verdade. Ele foi um dos heróis que navegaram com Jasão no *Argo*. Sua coragem e habilidade salvaram seu país e seu pai de muitos inimigos. Mas ele é lembrado principalmente pela caçada ao javali de Cálidon, uma nobre façanha, embora viesse a se mostrar desastrosa para ele.

O pai de Meleagro, em um grande Festival da Colheita, havia sacrificado cereais para Ceres, vinho para Baco e óleo de oliva para Minerva. Para todos os outros deuses os sacrifícios também foram apropriados. Mas ele negligenciou a deusa

Diana e deixou seus altares sem incenso ou oferendas. Os deuses ficam bravos como os homens.

– Posso ter sido desonrada – disse Diana –, mas não ficarei sem vingança.

E enviou aos campos de Cálidon, para vingar-se, um enorme javali, tão grande quanto os touros encontrados no norte da Grécia e maior do que os touros da Sicília. Os olhos da fera faiscavam de sangue e fogo; seu pescoço era como uma trave sólida; as cerdas no dorso erguiam-se rígidas como hastes de lanças; espuma quente escorria sobre os ombros quando ele grunhia e urrava; suas presas eram tão longas quanto as do elefante indiano; raios saíam de sua boca; a grama secava quando era tocada por sua respiração.

O animal pisoteava o trigo recém-brotado e devastava as plantações prontas para a colheita. As eiras e celeiros estavam vazios. Pesados cachos de uvas com suas longas gavinhas verdes eram derrubados e esmagados, assim como os ramos e troncos da sempre verde oliveira. Depois, voltava sua fúria contra os animais das fazendas. Pastores e cães não conseguiam proteger seus rebanhos nem touros fortes eram capazes de preservar a própria manada. As populações do campo fugiam em todas as direções e não se consideravam seguras a não ser que estivessem atrás de muralhas de cidades.

Meleagro convocou de toda a Grécia um grupo de jovens ansiosos pela glória de matar esse javali. Muitos dos heróis que haviam navegado com Jasão no *Argo* vieram agora para

Cálidon. Entre eles estavam o próprio Jasão, Castor e Pólux e muitos outros. Havia Peleu, o pai de Aquiles; Nestor, um jovem que muitos anos depois viria a lutar na Guerra de Troia; Laerte, o pai de Ulisses; Teseu, com seu grande amigo Pirítoo. Havia também Atalanta, a famosa caçadora dos bosques da Arcádia. Um broche reluzente segurava sua túnica sobre o ombro; os cabelos eram presos com um simples nó atrás da cabeça; em seu ombro esquerdo, pendia uma aljava de marfim que retinia quando ela andava; na mão esquerda, levava o arco. Seu rosto era de um tipo que podia ser considerado um pouco masculino em uma moça e um pouco feminino em um rapaz. Assim que a viu, Meleagro se apaixonou.

– Feliz seria o homem que essa mulher julgasse digno de si! – disse ele.

Sua própria modéstia, porém, e a importância da ocasião impediram que ele dissesse mais. Chegara o momento do grande conflito com o javali.

Havia uma floresta em que os troncos das árvores cresciam muito unidos, intocados por um machado há séculos. Começava na planície e, subindo as encostas, estendia-se acima dos campos. Ao chegar a essa floresta, alguns dos caçadores puseram-se a estender as redes, outros soltaram seus cães de caça, outros seguiram rastros pelo chão, todos ansiosos para enfrentar o perigo. Assim chegaram a um vale profundo para onde fluíam as correntes de águas pluviais vindas de terrenos mais elevados. Na base do vale cresciam salgueiros, papiros, capim-do-brejo, caniços e vários tipos de junco. Do meio dessa vegetação, de repente, o javali saiu em investida contra seus inimigos como um raio caído das nuvens. Árvores e arbustos eram devastados à sua passagem; ouvia-se o estalar de galhos caindo em seu veloz trajeto pela floresta.

Os jovens caçadores gritaram, seguraram as lanças com firmeza e as levantaram em posição, com as largas cabeças de ferro apontadas, prontos para arremessar. O javali continuava avançando e, com movimentos laterais mortíferos da cabeça, dispersava os cães que latiam tentando detê-lo. A primeira lança arremessada errou o alvo e arrancou parte da casca de um bordo. A seguinte, lançada por Jasão de Iolco, parecia seguir certeira para o dorso do animal, mas fora atirada com excesso de força e aterrissou longe demais. Nessa primeira rodada, apenas uma lança acertou o javali, mas dessa lança, durante o voo, Diana quebrou a ponta, de modo que apenas a haste de madeira atingiu o alvo. Mesmo esse golpe, porém, incitou a fúria do animal. Ele avançou como um raio. Seus olhos brilhavam ferozes e da boca parecia sair fogo. Como uma pedra arremessada de uma catapulta vem girando pelo ar contra muralhas e torres com soldados, assim o javali sanguinário atacava implacavelmente os caçadores. Derrubou dois deles à direita da linha, que foram logo recolhidos e carregados para um local seguro por seus companheiros. Outro caçador, de nome Enésimo, não teve tanta sorte. Quando se virou para fugir, caiu com os músculos de trás do joelho rasgados pelas presas da fera. Nestor de Pilos jamais teria vivido para ir à Guerra de Troia se não tivesse usado sua lança como vara de salto e pulado para os galhos de uma árvore próxima. Seguro na árvore, ele pôde observar o inimigo do qual havia escapado. O javali afiou as presas na casca de um carvalho e, ainda atacando furiosamente, fez um grande corte na coxa de outro caçador. Os irmãos gêmeos Castor e Pólux avançaram, ambos facilmente reconhecíveis por seus cavalos brancos como a neve, ambos posicionando juntos suas lanças e arremessando-as pelo ar. E teriam pelo menos manchado de sangue suas armas se a fera cerdosa não tivesse penetrado no mato espesso, fora do alcance de armas ou cavalos. Os heróis foram atrás e, então, Atalanta posicionou uma flecha rápida na corda e a lançou com o arco recurvo. A flecha zuniu sobre o dorso do javali e se encravou atrás da orelha. O sangue começou a escorrer pelas cerdas. Meleagro ficou tão feliz com o sucesso dela quanto a própria Atalanta. Ele foi o primeiro a ver o sangue e o primeiro a dar a informação para o resto do grupo.

– Terás o prêmio que tua coragem merece! – gritou para ela.

Os homens, enquanto isso, enrubesciam de vergonha por terem sido superados por uma mulher. Incentivaram uns aos outros com gritos, derivando coragem do próprio barulho que faziam, mas arremessavam as lanças sem uma ordem adequada, de modo que o ataque não surtia efeito. Havia um deles, chamado Anceu, que estava armado com um machado duplo. Ele correu na frente dos outros, vangloriando-se.

— Agora olhai, amigos — disse ele —, e eu vou mostrar-vos como as armas de um homem são melhores que as de uma moça. Deixai tudo comigo. Ainda que a própria Diana, com seu arco e flecha, tente proteger esse javali, ele cairá pela minha mão, quer ela goste ou não.

Assim ele falou, cheio de orgulho, e, firmando os dedos no solo, esticou-se com o machado erguido sobre a cabeça, pronto para enterrá-lo no inimigo. Mas o javali lançou-se diretamente contra ele, mirando com as presas a parte inferior do estômago, onde os ferimentos trazem a morte mais depressa. Anceu caiu com o estômago dilacerado. Rios de sangue encharcaram o chão.

Teseu arremessou sua pesada lança com ponta de bronze. A mira foi perfeita, mas, no caminho, a arma bateu no ramo folhoso de um carvalho e errou o alvo. Jasão tentou novamente, mas teve a infelicidade de errar o javali e acertar um cachorro inocente, que a lança prendeu ao chão.

O próprio Meleagro teve sorte diversa. Ele arremessou duas lanças. A primeira delas cravou-se tremulante no solo. A segunda, porém, penetrou com firmeza no meio do dorso do javali. Meleagro avançou com rapidez e, enquanto o animal furioso girava em círculos cuspindo sangue e espuma, golpeou-o várias vezes e acabou conseguindo enfiar a lança reluzente bem no ombro da fera. Seus amigos gritaram com força para demonstrar sua alegria e correram a cumprimentá-lo. Depois olharam com admiração para o enorme corpo estendido por uma grande área do terreno. Ainda agora não parecia seguro tocá-lo, mas todos mergulharam as armas em seu sangue.

Meleagro colocou o pé sobre a cabeça terrível do javali e disse a Atalanta:

— Tu foste a primeira a feri-lo e deves receber o prêmio que mereces. Quero partilhar minha glória contigo.

Deu-lhe, então, os troféus da caçada: a pele com as cerdas duras e a cabeça com as enormes presas.

Atalanta alegrou-se com o presente e com a pessoa que lhe fazia a homenagem, mas os outros se encheram de inveja e ressentimento. Murmúrios irritados eram ouvidos em toda parte.

Dois dos caçadores, Plexipo e Toxeu, eram tios de Meleagro, por serem irmãos de sua mãe Alteia. Esses dois gritaram, sacudindo os braços:

— Larga esses prêmios, moça, e não penses que poderás escapar com o que pertence a homens! Não penses também que tua beleza te dará alguma vantagem. Meleagro pode estar apaixonado por ti, mas isso não adiantará para ajudar-te.

E tomaram dela os presentes e dele o direito de entregá-los a quem bem entendesse.

Aquilo foi demais para Meleagro. Ele mordeu os lábios, enfurecido, e gritou:

—Vós que tomais o que pertence a outros, vou mostrar-vos a diferença entre bravata e ação real.

Imediatamente, voltou-se contra Plexipo, que não esperava tal reação, e enfiou-lhe a espada no peito. Depois, enquanto Toxeu hesitava quanto ao que fazer, dividido entre o desejo de vingar o irmão e o medo de ter o mesmo destino, Meleagro pôs um fim rápido à hesitação cravando a espada ainda quente do sangue de um irmão no corpo do outro.

Enquanto isso, a mãe de Meleagro, Alteia, levava oferendas aos templos dos deuses em honra à vitória do filho. No caminho, porém, viu os corpos de seus irmãos sendo levados à cidade para o sepultamento. Bateu então no peito e encheu todo o lugar com seus gritos. Em vez da túnica dourada, vestiu-se de preto. Ao saber, porém, que o assassino tinha sido seu próprio filho, sua dor arrefeceu e as lágrimas deram lugar ao desejo de vingança.

Em uma parte secreta da casa, estava guardado há muitos anos o pedaço de madeira que estivera no fogo no momento do nascimento de Meleagro e que, por ter sido mantido em segurança, mantivera em segurança o próprio Meleagro. Alteia tirou essa madeira de seu esconderijo e ordenou aos criados que juntassem galhos de pinheiro e pequenos gravetos para acender o fogo cruel. Por quatro vezes ameaçou lançar a madeira ao fogo; por quatro vezes se deteve no momento de fazê-lo. Seus sentimentos de mãe e seus sentimentos de irmã puxavam de lados opostos e em diferentes direções. Às vezes seu rosto era de raiva, às vezes de compaixão. E, quando o calor da ira parecia ter consumido as lágrimas, estas teimavam em surgir novamente. Assim, como um navio batido de um lado pelo vento e de outro pelas ondas sente ambas as forças e se move ora para cá, ora para lá, Alteia oscilava entre direções opostas e ora deixava de lado a ira, ora a sentia com força outra vez.

Por fim, seu amor pelos irmãos venceu seus sentimentos pelo filho. Vendo que o fogo já estava bem quente, pegou a madeira e disse:

— Essas chamas ardentes devem agora devorar minha própria carne. Odeio o que estou fazendo, mas de que outra maneira eu poderia satisfazer o espírito de meus irmãos que clamam por vingança? Meu filho merece morrer, mas por que tenho de ser eu a trazer-lhe a morte? Matando-o, estarei matando a mim mesma. No entanto, diante de meus olhos estão os ferimentos de meus queridos irmãos. Faço o que deve ser feito.

Assim ela falou. Desviando o olhar, e com a mão trêmula, lançou a madeira fatal no meio do fogo. A lenha gemeu, ou pareceu gemer, enquanto as chamas a envolviam e o fogo obstinado a consumia.

Meleagro, distante na floresta e sem saber o que estava acontecendo, pareceu queimar na mesma chama. Sentia o fogo comendo seu corpo e, com resoluta coragem, esforçou-se para dominar a dor. Mas estava triste por sua morte não ter vindo em combate, mas daquela maneira pouco honrada, e considerou Anceu feliz pelo modo como morrera. Prestes a deixar a vida e gemendo de dor, chamou por seu velho pai, por seus irmãos e irmãs amorosas e por sua esposa. Sem dúvida chamou também pela mãe. As chamas aumentaram e, com elas, a sua dor. Ambos morreram juntos e, quando o espírito de Meleagro sumiu no ar, também as cinzas claras assentaram na fogueira.

A alta Cálidon abateu-se. Velhos e jovens, ricos e pobres uniram-se no lamento, golpeando o peito e puxando os cabelos. O pai de Meleagro estendeu-se no chão, reclamando por ter vivido tanto. Agora perdera a esposa também, porque Alteia, horrorizada com seu próprio ato, punira-se cravando uma espada no coração. Era impossível descrever a dor das irmãs de Meleagro. Chorando e gemendo, elas beijavam repetidamente o corpo do irmão e, depois que ele foi cremado na pira funerária, recolheram as cinzas e as apertaram contra o peito. Por muito tempo permaneceram em luto junto ao túmulo, até que Diana, que já se satisfizera com sua vingança, compadeceu-se delas, colocou longas asas em seus braços, deu-lhes bico em lugar da boca, transformou-as em pintalgadas galinhas-d'angola e lançou-as ao ar.

A história de Teseu

A viagem para Atenas

Não muito longe de Atenas, pelo mar, está a cidade de Trezena. Para essa cidade foi certa vez o rei de Atenas, Egeu, e lá ele e Etra, filha do rei de Trezena, tiveram um filho que se chamou Teseu.

Egeu retornou a Atenas, mas, antes de partir, pegou sua espada com a bainha de marfim e colocou-a sob uma grande rocha. Disse, então, a Etra:

– Quando o menino for suficientemente forte para levantar esta rocha, deixa-o pegar a espada de seu pai e vir até mim em Atenas.

Aos dezesseis anos, Teseu não só era forte, como também inteligente e ambicioso. Quando sua mãe lhe mostrou a pedra, ele a ergueu com facilidade e pegou a espada, ainda brilhante e reluzente na bainha protetora de marfim. Sua tarefa seguinte era visitar o pai em Atenas. Em vez de ir até lá pelo mar, que era o caminho mais fácil e seguro, ele decidiu viajar por terra. Isso significava uma jornada por estreitas passagens de montanha e caminhos difíceis, em uma região infestada de ladrões e animais selvagens. Há muito tempo ninguém de Trezena ousava utilizar essa rota.

A primeira parte da estrada seguia pela praia e Teseu ainda não havia chegado muito longe quando encontrou um gigante chamado Perifetes, ou "Famoso", que era filho de Vulcano, o deus de fogo, e carregava uma enorme clava de ferro para arrebentar a cabeça de qualquer viajante que tentasse passar por ele. Como seu pai, Vulcano, ele coxeava de uma perna, mas era imensamente forte e impiedoso. Teseu era bem treinado no uso da espada e, com sua agilidade, conseguiu evitar os grandes golpes circulares da clava do gigante, atacando-o repetidamente com sua lâmina. Desse modo, Teseu o matou e continuou seu caminho pela estrada solitária, levando consigo, como troféu, a clava de metal.

A estrada para Atenas seguia para o norte até o Istmo de Corinto, onde dois mares são separados por uma estreita faixa de terra. Perto dali vivia o bandido Sínis, chamado de "o Vergador de Pinheiros", porque, quando capturava um viajante, ele puxava para baixo dois pinheiros e, depois de amarrar o topo deles aos braços ou pernas de suas infelizes vítimas, soltava as árvores, despedaçando assim os homens ou as mulheres que tivessem caído em seu poder. Esse notável salteador tentou derrotar Teseu para tratá-lo do mesmo modo como já havia tratado tantos outros. Mas Teseu, com um golpe da clava, fez seu inimigo cair ao chão meio atordoado e, vergando ele mesmo dois pinheiros, amarrou-os aos membros do próprio Sínis. Depois soltou as árvores e o criminoso sofreu a mesma morte que muita vezes infligira a pessoas inocentes. A partir desse dia, a estrada que vinha do sul até o Istmo ficou aberta para todos os viajantes.

Teseu virou, então, para o leste. À sua frente, à direita, estava a ilha de Salamina e, à esquerda, as duas cidadelas arredondadas de Mégara. Perto dali, em penhascos que se elevavam sobre o mar, vivia Círon, outro bandido de terrível fama. Primeiro ele saqueava os viajantes e, depois, forçava-os a lavar os pés dele em uma vasilha de bronze. Enquanto eles se ocupavam dessa tarefa, Círon, do próprio lugar onde estava sentado, chutava-os de repente do penhasco para o mar, onde seus corpos eram devorados por uma grande tartaruga que há muitos anos nadava na base dos penhascos, continuamente alimentada com carne humana.

Teseu já ouvira falar desse cruel assassino e, quando o encontrou na passagem estreita sobre as rochas, fingiu estar disposto a lavar-lhe os pés. Porém, no momento que Círon se preparava para lançá-lo ao mar com um golpe de seu pé, Teseu segurou com firmeza o pé do bandido, girou-o e, agarrando-o pelos ombros, atirou-o para a água. Lá embaixo, o mar ficou branco de espuma onde o corpo caiu e, logo em seguida, Teseu viu o dorso e a cabeça da monstruosa tartaruga vindo à superfície para sua última refeição de carne de um homem.

Houve ainda mais um inimigo cruel de estrangeiros que Teseu tratou do mesmo modo como suas vítimas eram tratadas. Foi este o forte Procusto, que lutava com todos os viajantes e, depois de tê-los vencido, fazia-os deitar em sua cama. Se a pessoa fosse muito baixa para o comprimento do móvel, ele esticava seus braços e pernas com pesos ou martelava-os até que estivessem suficientemente longos. Se a pessoa fosse alta demais para caber na cama, ele cortava partes de seus membros até que ficassem do tamanho exato. Finalmente, porém, esse ladrão perverso encontrou alguém capaz de desafiá-lo. Teseu, após lutar com ele por um longo tempo, conseguiu atirá-lo ao solo. Amarrou-o, então, à cama e, embora ele fosse exatamente do comprimento certo, cortou-lhe a cabeça.

Teseu agora estava perto de Atenas e havia vencido todos os inimigos humanos que teria de encontrar pelo caminho. Mas havia ainda uma porca monstruosa que há muito tempo aterrorizava os moradores dos distritos rurais nas proximidades de Atenas. Alguns dizem que essa porca era a mãe do grande javali que Meleagro matou em Cálidon. De qualquer modo, ela era um animal imenso, forte e feroz, que costumava arrancar as plantações com seu focinho, derrubar as videiras de seus suportes e matar e comer crianças pequenas e velhos indefesos. Teseu foi sozinho caçar essa porca. Esquivou-se dos ataques furiosos da fera e, cada vez que ela passava em disparada a seu lado, fincava-lhe uma lança de caça no dorso. Por fim, com um golpe da clava que havia tirado de Perifetes, matou a porca e possibilitou que o povo da região continuasse a trabalhar nos campos sem ser importunado.

Logo depois, do alto de uma colina, ele viu abaixo de si a cidade de Atenas, que os poetas chamaram de "coroada de violeta", porque, ao pôr do sol, o anel de colinas rochosas que circunda a cidade vai se colorindo de violeta a ametista. Aproximou-se mais e chegou às grandes muralhas de pedra da cidadela, ou Acrópole, onde ficava o palácio de seu pai. Tendo realizado tantos atos de coragem em sua viagem, ele estava certo de que Egeu o receberia bem.

A verdade, porém, foi que ele quase encontrou a morte pelas mãos do pai. A feiticeira Medeia havia fugido para Atenas depois do cruel assassinato de seus próprios filhos e da casa real de Corinto. Em Atenas, Egeu a protegera, fizera uso de seus poderes mágicos e com ela tivera um filho. Medeia, por seus encantamentos, sabia que Teseu estava a caminho de Atenas. Tinha ciúme da fama que ele já havia obtido e queria que seu próprio filho ficasse com o trono de Atenas depois da morte de Egeu. Por isso, fingiu ter descoberto por suas artes mágicas que o estrangeiro que estava para chegar a Atenas era um criminoso que viera para assassinar o rei. Instruiu Egeu a lhe dar, assim que ele chegasse e sem sequer conversar com ele, uma taça de vinho em que ela havia despejado venenos mortíferos. Egeu acreditou nela e, quando Teseu chegou e se postou diante dele, deu a seu filho a taça envenenada. Teseu levou-a aos lábios e estava prestes a beber quando, no último instante, Egeu notou ao lado do filho a bainha de marfim da espada que ele havia deixado há tantos anos sob a pedra em Trezena. Arrancou depressa a taça dos lábios do jovem e puxou-o para seus braços. Em seguida, voltou-se irado para Medeia, que quase o fizera matar o próprio filho. Mas Medeia, sabendo que, desta vez, não haveria desculpas para salvá-la, já havia entrado em seu carro alado e desaparecido pelo ar. Esse foi o último de seus atos cruéis. Alguns dizem que ela voltou à sua terra natal da Cólquida e reconciliou-se com a família, mas nada se sabe ao certo sobre o que aconteceu.

Ainda assim, Teseu e seu pai não estavam totalmente seguros na terra de Atenas. Primeiro, houve o herói Palas que, com seus cinquenta filhos, tentou tomar o trono de Egeu. Eles fizeram um ataque traiçoeiro a Teseu, mas este, lutando com a ajuda de um pequeno grupo de amigos, conseguiu matar todos os adversários.

Além disso, na época em que Teseu chegou a Atenas, toda a planície ao norte, a planície de Maratona, onde, mais tarde, o grande exército dos persas seria destruído, estava sendo devastada por um grande touro. O povo da região recorrera em vão ao seu rei em busca de ajuda. Nenhum homem ou grupo de homens ousava enfrentar esse animal tremendamente feroz. Teseu foi para Maratona sozinho. Capturou o touro vivo, amarrou-o com cordas e levou-o para Atenas. Ali, depois de um desfile triunfante pelas ruas, sacrificou o animal a Minerva, a deusa da cidade. As multidões jubilosas aclamaram-no alegremente como seu futuro rei e como um herói que expulsara de sua terra e das vizinhanças ladrões e feras. Ninguém no mundo, dizem, com exceção de Hércules, realizara façanhas de tal porte.

Teseu e o Minotauro

Atenas agora estava segura e em paz dentro dos limites de sua própria terra, mas ainda tinha, todo ano, de fazer um sacrifício cruel para uma potência estrangeira. Nessa época, Minos, o rei de Creta, dominava o mar com sua frota de navios. Certa vez, ele fizera guerra contra Atenas porque seu filho, um lutador famoso, tinha sido assassinado por atenienses, e recusara-se a aceitar a paz a não ser sob a condição de que, a cada ano, Atenas lhe enviasse sete rapazes e sete moças. Estes, quando chegassem a Creta, seriam colocados dentro do famoso labirinto construído pelo grande artista Dédalo, para serem devorados pela criatura monstruosa metade homem metade touro conhecida como Minotauro. Os atenienses foram forçados a aceitar essa condição. Assim, todo ano, os rapazes e as moças eram escolhidos por sorteio e, todo ano, entre os lamentos de todo o povo, eram enviados a Creta em um navio com velas pretas em sinal de luto.

Quando Teseu ficou sabendo desse cruel costume, decidiu que ele próprio seria um dos sete rapazes entregues a Minos.

— Eu salvarei meu povo ou morrerei com ele — declarou. — Seja como for, terei feito todo o possível.

Seu velho pai Egeu relutou em deixá-lo ir, mas Teseu insistiu no plano que havia feito.

— Então vai — disse seu pai —, e que os deuses te protejam! Quando o tempo chegar, esperarei a cada dia pelo teu retorno. Se tiveres tido sucesso e estiveres voltando vivo, hasteia velas brancas no navio para que eu saiba logo o que aconteceu.

Teseu prometeu fazer como o pai lhe pedia. Ele e as outras treze vítimas, moças e rapazes, despediram-se de sua cidade, de seus amigos e de seus familiares e embarcaram em um navio negro com velas negras que os levaria a Creta.

Quando chegaram à grande cidade do rei Minos, eles viram com admiração os enormes prédios decorados com pinturas de todas as cores. Eram pinturas de corridas de touros, em que os cretenses eram especialistas, de criaturas do mar, polvos, golfinhos e algas entrelaçadas. Havia outras pinturas mostrando a vida do país: pinturas de oficiais cretenses com suas tropas de negros mercenários; de sacerdotisas nuas da cintura para cima com os braços esticados, em torno dos quais se enrolavam serpentes sagradas. Havia altos salões e galerias, construções imensas; e, no porto, aglomeravam-se os navios do Egito e da Ásia fazendo comércio com o reino de Minos.

De acordo com o costume, Teseu e seus companheiros foram bem recebidos no palácio do rei por uma noite. No dia seguinte, seriam enviados para os corredores intricados do labirinto. Todos sabiam que não havia como escapar daquele lugar. O máximo que alguém podia esperar era morrer de fome enquanto vagueava pelas incontáveis passagens, antes de se deparar com o monstruoso Minotauro, que devoraria qualquer criatura humana que encontrasse.

Durante o jantar, enquanto contava suas façanhas ao rei Minos, Teseu ganhou não só a admiração, como também o amor da filha do rei, Ariadne. Para ela parecia insuportável a ideia de ver aquele jovem tão belo e notável morrer barbaramente no dia seguinte e, por isso, resolveu ajudá-lo.

Quando os catorze jovens atenienses foram conduzidos à entrada do labirinto, Ariadne puxou Teseu de lado e colocou em sua mão um novelo de lã.

– Amarra uma ponta do fio do lado interno das portas – disse ela – e vai desenrolando o novelo enquanto caminhas. Assim, se conseguires matar o monstro, poderás encontrar o caminho de volta. Eu estarei à tua espera. Em troca por ajudar-te, quero que me leves contigo para a Grécia e faças de mim tua esposa.

Teseu concordou prontamente com a proposta. Além do novelo de lã, ela lhe trouxe uma espada. Escondendo-a sob a túnica, ele entrou no labirinto. Os outros jovens ficaram esperando do lado de dentro das portas, enquanto ele avançava por corredores que viravam, volteavam e se comunicavam com outras passagens, fazendo curvas para um lado e para o outro, mudando de direção abruptamente ou serpenteando por trajetos sinuosos. Durante o caminho, ele desenrolava o novelo de lã, atento a qualquer som que lhe pudesse indicar a presença do estranho monstro com o qual deveria lutar. Por muito tempo, vagueou em completo silêncio, até que, quando se aproximou de uma parte do labirinto em que as paredes viravam em ângulos retos, escutou o ruído de uma respiração pesada, um som que poderia ser de um animal ou quase poderia ser de um homem. Colocou no chão o novelo de lã, segurou firmemente a espada e avançou com cautela até a quina da parede. Olhando para o corredor seguinte, viu uma forma monstruosa. De pé, com a cabeça baixa, era a figura de um gigante; porém, sobre o largo pescoço e os fortes ombros, não havia uma cabeça humana, mas a barbela balouçante, o focinho achatado e os enormes chifres de um touro. Por um momento, Teseu e o Minotauro fitaram-se. De repente, o monstro bateu as patas no chão, baixou a cabeça e atacou. Na estreita passagem, Teseu não tinha espaço para se esquivar. Com a mão esquerda, segurou um dos chifres da criatura e empurrou-lhe a cabeça violentamente para trás, enquanto enterrava a espada nos grossos músculos do pescoço. Com um rugido de dor, o Minotauro sacudiu a cabeça e caiu para trás. Teseu agarrou-se à garganta da fera e, evitando os golpes dos grandes chifres, cravou-lhe repetidamente a espada, enchendo de sangue o chão e as paredes. A luta não demorou muito. Teseu deixou o grande corpo ali caído e, pegando novamente o novelo de lã, começou a enrolá-lo e, assim, voltou sobre seus próprios passos até o local onde havia deixado seus companheiros. Vendo-o chegar ileso, os jovens souberam que ele tinha sido vitorioso e aglomeraram-se à sua volta para apertar sua mão e saudá-lo.

Não havia tempo a perder. Ariadne estava esperando por eles e os escondeu até o cair da noite. No escuro, dirigiram-se ao navio, içaram as velas e escaparam. Nunca mais Atenas teria de pagar o abominável tributo ao rei de Creta.

Em sua viagem de volta, eles pararam para passar a noite na ilha de Naxos. Lá, algum deus colocou no coração e na mente de Teseu e seus companheiros um estranho e cruel esquecimento. Eles se levantaram ao amanhecer e partiram, deixando Ariadne adormecida na praia. Quando ela acordou, viu o navio a distância no horizonte e percebeu que havia sido abandonada, chorou e puxou os cabelos, chamando todos os deuses para testemunhar o modo traiçoeiro como fora tratada pelo homem cuja vida ela salvara. Sozinha e infeliz, caminhou pela praia rochosa, com medo de animais selvagens, mas sofrendo ainda mais pela perda de seu amor.

Ali, em seu terror, tristeza e solidão, ela foi salva pelo deus Baco. Tigres e linces puxavam a carruagem em que ele viajava. Atrás dele vinha, montado em uma mula, seu velho e bêbado companheiro Sileno, com um grupo de faunos, sátiros e seguidoras dançando com seus bastões de hera e cabelos soltos enfeitados com hera ou murta. Na areia e pedras da praia brotavam vinhas verdes conforme a procissão passava. Ariadne também sentiu a alegria da presença do deus. Baco a amou e fez dela sua mulher. Pegou a coroa que ela usava na cabeça e colocou-a no céu como uma constelação entre as estrelas.

Enquanto isso, Teseu seguia para Atenas. A alegria e a glória de seu retorno, porém, foram estragadas por mais um ato de esquecimento. Seu pai, Egeu, havia lhe dito que, se ele voltasse em segurança, deveria trocar as velas pretas do navio por velas brancas, como um sinal de vitória. Isso Teseu se esqueceu de fazer e, quando seu velho pai, perscrutando o mar do alto dos rochedos, viu um navio de velas negras aproximar-se pelo sul, achou que seu filho estava morto e atirou-se na água. Assim, o dia do retorno de Teseu foi de triunfo e de luto.

Teseu, rei de Atenas

Com a morte de Egeu, Teseu tornou-se rei de Atenas e das regiões circundantes. Seu governo, tanto na guerra como na paz, foi firme e justo, embora no fim de sua vida os atenienses tenham se mostrado ingratos, e muito tempo depois de sua morte passaram a prestar-lhe as honras devidas aos deuses e heróis.

Durante seu reinado, ele salvou Atenas de duas grandes invasões. Primeiro, a nação guerreira das Amazonas conquistou as passagens ao norte e chegou até as muralhas de Atenas. As Amazonas eram mulheres que passavam a vida lutando. Seu poder já se estendia por boa parte da Ásia e, agora, seu grande exército entrara na Grécia. Essas mulheres lutavam a cavalo com lanças e arcos e carregavam escudos com a forma da lua crescente. Lideradas por sua rainha Hipólita, elas já tinham vencido muitos exércitos de homens e, à sua aproximação, o povo abandonava os campos e fazendas e vinha abrigar-se na cidade de Atenas para escapar da ferocidade dessa hoste de mulheres. Teseu liderou seu exército contra elas e, por um longo tempo, a sorte da batalha oscilou entre um lado e o outro. As flechas das Amazonas escureciam o céu e seus cavalos investiam repetidamente contra a infantaria ateniense. Foi só quando a guerra chegou ao corpo a corpo e o próprio Teseu lutou com a rainha Hipólita, arrancou-a de seu cavalo e a fez prisioneira que as fileiras das Amazonas perderam a força. Muitos guerreiros de ambos os lados ficaram mortos na planície, mas os atenienses saíram vitoriosos. O exército das Amazonas retirou-se da Grécia. Hipólita, sua rainha, tornou-se esposa de Teseu e, antes de morrer, deu à luz um filho chamado Hipólito, um rapaz forte e nobre que se dedicou à caça e ao culto da deusa Diana.

A invasão seguinte da terra de Atenas terminou sem derramamento de sangue e com uma amizade memorável. Pirítoo, rei dos lápitas, que viviam ao norte perto da terra dos centauros, ouvira falar da fama de Teseu e decidira ver por si mesmo se ele era tão corajoso quanto diziam. Assim, com um grande exército, invadiu os campos e chegou à planície de Maratona, onde Teseu, à frente de seu próprio exército, veio encontrá-lo. De um lado estava o mar e, do outro, as montanhas. Os dois grandes exércitos encontravam-se em posição de combate, com Teseu e Pirítoo, de armadura, postados diante de seus homens. Os dois reis se examinaram atentamente e ambos ficaram tão impressionados com a beleza e a nobreza do adversário que decidiram baixar as armas e, desde então, se tornaram amigos inseparáveis. Pirítoo ofereceu-se para pagar qualquer dano que seu exército tivesse causado na Ática. Teseu prometeu ajuda e aliança para sempre no futuro. Assim, em vez de combaterem, os dois amigos entraram em Atenas em paz e passaram muitos dias em banquetes e festejos.

Não muito tempo depois, Pirítoo casou-se com uma mulher chamada Hipodâmia. Para a festa de casamento, convidou não só seu amigo Teseu, mas todos os heróis da Grécia. Convidou também os centauros, meio homens meio cavalos, que viviam em uma área vizinha ao seu território. Também convidou os deuses, mas deixou um de fora. Esse foi Marte, o deus da guerra.

Furioso por ter sido esquecido, Marte decidiu fazer do banquete de casamento um cenário de sangue e guerra. Um dos centauros já estava bêbado de vinho e Marte pôs em seu coração o desejo de ser violento com a noiva. Em uma fúria embriagada, ele tentou levar Hipodâmia consigo; mas Teseu matou imediatamente o agressor da esposa de seu amigo. Esse foi o sinal para uma briga generalizada. Os centauros levantaram-se, cada um em suas quatro patas, e começaram a atacar os lápitas com flechas e com as maças curtas e pesadas que carregavam. As mulheres fugiram do palácio gritando, e a batalha se estendeu por um longo tempo. Teseu, Pirítoo e Hércules eram os principais representantes de um dos lados. Do outro, havia uma profusão de maças girando no ar, cascos batendo e grandes corpos peludos se lançando em combate. Por fim, os centauros foram derrotados. Com gritos selvagens, eles fugiram do salão. Pirítoo e seus lápitas os perseguiram enquanto eles galopavam pela planície em direção à sua morada nas montanhas.

Ou porque essa batalha terrível a chocou profundamente, ou por alguma outra razão, Hipodâmia morreu pouco depois. Teseu também havia perdido sua mulher e os dois amigos resolveram encontrar novas esposas. Isso era a coisa natural a fazer, mas o modo como o fizeram não foi nem natural nem certo.

Primeiro, decidiram levar à força a menina Helena, que, muito mais tarde, viria a ser a causa da grande guerra em Troia. Raptaram-na de sua casa em Esparta e, como ela tinha apenas dez anos, Teseu a colocou sob os cuidados de sua mãe, Etra, até que ela tivesse idade suficiente para se casar com ele. Mas os dois grandes irmãos de Helena, Castor e Pólux, logo souberam do acontecido e foram a Atenas salvar a irmã. Teseu nunca havia lutado em uma guerra injusta. Ele sabia que havia agido mal e, por isso, devolveu Helena incólume à sua casa.

Mas a aventura seguinte de Teseu e Pirítoo foi ainda mais leviana e ainda menos bem-sucedida. Pirítoo ousou tentar raptar Prosérpina, a rainha do mundo inferior e esposa de Plutão. Teseu havia prometido ajudar seu amigo em tudo e, assim, o acompanhou ao mundo inferior. Passaram com sucesso pelo terrível cão de guarda Cérbero e avançaram para os pálidos domínios dos mortos. Mas tanto Plutão como Prosérpina haviam sido alertados sobre o plano criminoso que estava destinado a não dar em nada. Enquanto os dois amigos caminhavam pela espessa escuridão das cercanias do Inferno, Teseu sentou-se para descansar em uma pedra. Ao fazê-lo, sentiu suas pernas mudarem e ficarem rígidas. Tentou levantar, mas não conseguiu. Estava fixo na pedra em que se sentara. Virou-se para gritar por seu amigo Pirítoo e viu que ele gritava também. À volta dele estavam as terríveis Fúrias, com cobras nos cabelos, tochas e longos chicotes nas mãos. Diante desses monstros, a coragem do herói o abandonou e ele foi levado para o castigo eterno. Enquanto Pirítoo desaparecia de vista, ouviu-se uma voz dizendo:

— Aprendei com esta advertência a ser sábios e não desprezar os deuses.

Assim, por muitos meses, Teseu ficou ali sentado, preso irremediavelmente à pedra, lamentando sua sorte e a de seu amigo. Acabou sendo salvo por Hércules, que, tendo vindo ao Hades buscar o cão Cérbero, convenceu Prosérpina a perdoá-lo pela participação que tivera na inconsequente aventura de Pirítoo. Desse modo, Teseu pôde voltar ao seu mundo, mas Pirítoo nunca mais deixou o reino dos mortos.

O próprio Teseu não estava fadado a terminar a vida alegremente. Durante o tempo de sua prisão no reino de Plutão, um usurpador, Menesteu, havia tomado o trono de Atenas e expulsado os filhos de Teseu. Em parte por meio de subornos, em parte pela imposição do terror, ele conseguira estabelecer-se na posição e, quando Teseu retornou, seu povo ingrato recusou-se a reconhecê-lo como seu verdadeiro rei. Teseu teve de se retirar para o exílio na pequena ilha de Ciros e, lá, foi traiçoeiramente morto pelo rei da ilha, que, fingindo querer mostrar a seu hóspede a vista do alto de uma colina, o empurrou em um precipício.

Muitos anos mais tarde, quando Atenas passou a ser conhecida como a grande potência marítima que derrotara a Pérsia, um almirante ateniense chegou a Ciros e encontrou ali, em um enorme ataúde, os ossos do grande herói. Ele trouxe com honras os ossos de volta a Atenas, onde o povo passou a cultuar o santuário e o templo em que os restos mortais foram depositados.

Orfeu e Eurídice

Orfeu, filho de uma das Musas, famoso poeta e músico, casou-se com Eurídice. O casamento, porém, não lhe trouxe felicidade, porque, caminhando pela grama alta com duas amigas, sua noiva pisou em uma serpente venenosa que lhe picou o tornozelo. Eurídice caiu e nenhuma habilidade de nenhum médico conseguiu salvar-lhe a vida.

Suas amigas, as Dríades, choraram por ela e seus gritos ecoaram pelas montanhas. Orfeu, sentado sozinho junto à praia, lamentou a perda da esposa, do amanhecer ao pôr do sol, ao som da música triste de sua lira. Ousou até mesmo descer ao mundo inferior onde os espíritos insubstanciais esvoaçam, de um lado para outro, o reino terrível de Prosérpina. Ao ouvir a música da lira, os espíritos vieram em multidões, como os bandos de pássaros que o cair da noite ou uma súbita chuva de inverno fazem descer das montanhas para pousar entre as folhas das árvores. Havia mães e pais, os espíritos de grandes heróis, meninos e meninas não casadas, rapazes que haviam morrido cedo e sido colocados sobre a pira fúnebre diante dos olhos de seus pais. Todos esses estavam encerrados entre as margens escuras e barrentas dos lentos rios do Inferno com seus juncos sombrios, o rio Cócito e o rio Estige que envolve os fantasmas com seus nove círculos ondulantes. Não só esses espíritos, mas a própria casa da prisão e as câmaras de tortura dos mortos foram apaziguadas pela música de Orfeu. Até as Fúrias, com as cobras entrelaçadas nos cabelos, pararam para ouvir e, pela primeira e única vez, ficaram com a face molhada de lágrimas. Tântalo esqueceu-se de estender os lábios para a água que sempre escapava dele; o abutre fez uma pausa sobre o corpo gigante de Títio e parou de bicar seu fígado; a roda onde Íxion estava sendo torturado imobilizou-se; as Belides largaram seus cântaros e Sísifo sentou-se na pedra que estava condenado a empurrar para sempre colina acima.

Orfeu postou-se diante de Prosérpina e de seu marido, o terrível rei Plutão. Ainda tocando sua lira, falou-lhes:

— Potências do mundo inferior, a quem todos nós que somos mortais temos de vir no fim da vida, deixai-me falar-vos sinceramente e dizer a verdade. Não vim aqui como ladrão ou para perturbar-vos em vosso reino. A razão que me trouxe aqui foi minha esposa. Uma serpente a picou e levou sua vida quando ela ainda estava começando a crescer. Tentei suportar a perda, mas não consegui. Meu amor é forte demais. No mundo acima, o Amor é um deus muito conhecido: não sei se ele é conhecido aqui também, mas acredito que seja, pois, se a velha história for verdadeira, foi o Amor que vos uniu também. Por isso peço-vos, pelo temível silêncio de vosso vasto reino, que me deis de volta Eurídice, que lhe deis de volta a vida que lhe foi tão rapidamente tirada. No fim, todos nós viremos à vossa presença. Esta é a nossa morada final e sois vós que tendes o governo mais longo sobre a raça humana. Eurídice também, mais cedo ou mais tarde, voltará para cá. Mas agora eu vos peço, como uma dádiva, que me permitais desfrutá-la por mais algum tempo. Se as Parcas não o permitirem, então estou decidido a não voltar também e a dar-vos a satisfação da morte de nós dois.

Prosérpina e Plutão comoveram-se com as palavras e com a música. Não podiam rejeitar aquele pedido e, portanto, chamaram Eurídice. Ela estava entre os espíritos que haviam acabado de chegar e veio ainda mancando por causa da ferida em seu pé.

Orfeu recebeu sua esposa de volta, mas só com a condição de que deveria caminhar na frente dela e não voltar os olhos para trás até que tivesse subido a íngreme rota de saída do mundo inferior e alcançado a superfície acima.

Assim, pela névoa escura e densa, no imenso silêncio do Hades, eles seguiram a trilha íngreme e já estavam perto da borda do mundo superior quando passou pela mente de Orfeu, em seu amor e receio por Eurídice, uma súbita loucura, algo que se imaginaria que lhe pudesse ser perdoado, se as potências lá de baixo soubessem perdoar. Agora, porém, todo o seu esforço estava perdido. Ele desobedecera as condições que o feroz Plutão havia estabelecido e por três vezes soou o estrondo de um trovão nos lagos e rios do Inferno. Eurídice gritou:

– Ó, Orfeu, que loucura é essa que nos traiu? Ó, vê, as Parcas cruéis estão chamando-me novamente e o sono está caindo sobre meus olhos marejados. Adeus, Orfeu. Ainda estico para ti minhas mãos frágeis, mas não sou mais tua. Estou sendo puxada de ti e tudo à minha volta é a vastidão da noite.

Enquanto falava, ela se dissolveu de repente diante de Orfeu e desapareceu no ar. Ele estendeu avidamente os braços para segurá-la, mas não havia mais nada para ser tocado. Falou com ela, mas não havia mais ninguém para escutá-lo. Os guardas do mundo inferior não lhe permitiram cruzar novamente o rio que o separava dos mortos. Nesse rio, Eurídice, já fria da morte, navegava de volta para as moradas dos espíritos.

Dizem que, durante sete meses, Orfeu cantou com sua lira pelos rochedos, lamentando a esposa duas vezes perdida. Por mais pedregoso que fosse o lugar, porém, este logo se sombreava, pois as árvores vinham ouvir sua música – carvalhos e freixos, abetos, choupos, todas as árvores dos bosques, com as vinhas, heras e trepadeiras. Todos os animais e pássaros também vinham para ouvi-lo. Havia tigres e vacas juntos, lobos e carneiros, águias e pombas trêmulas. E Orfeu continuava a cantar, sofrendo pela perda da esposa, assim como o rouxinol canta na folhagem densa do choupo em sofrimento pela perda de suas crias que algum agricultor rude viu e tirou do ninho antes de elas saberem voar: a mamãe pássaro solta seus lamentos pela noite e, pousada em um galho, repete infinitamente o seu canto triste, de modo que em toda a região se ouvem as notas pungentes. Assim Orfeu cantava, aquietando o coração feroz dos tigres e atraindo para si as árvores.

Por todo esse tempo, ele não pensou em mulheres, embora muitas o tenham amado e desejado casar com ele. Por fim, dizem, um bando de mulheres, enlouquecidas por suas danças nas montanhas à noite e furiosas por terem sido desprezadas por ele, avançaram sobre o cantor divino e o despedaçaram membro por membro, espalhando os fragmentos de seu corpo por uma grande extensão dos campos da Trácia. Quanto à cabeça, arrancada do pescoço branco como mármore, o rio Ebro a levou para o mar e até a ilha de Lesbos. E, enquanto a cabeça rolava na corredeira do rio, a voz e a língua fria ainda gritavam:

– Eurídice, minha pobre Eurídice!

E o nome Eurídice ecoou nas margens.

As partes de seu corpo foram recolhidas para o sepultamento e, na cidade trácia onde está seu túmulo, os rouxinóis ainda cantam com maior beleza do que em outros lugares. Seu espírito desceu abaixo da terra e, nessa última viagem, reconheceu os locais que já havia visitado. Procurando pelos campos Elíseos, onde estão os espíritos abençoados, ele encontrou Eurídice e a tomou nos braços. Agora, eles vagueiam juntos; às vezes caminham lado a lado, às vezes ele a segue e às vezes vai na frente, mas já pode olhar para trás com segurança, sem medo de perdê-la outra vez.

Os trabalhos de Hércules

Hércules sofreu muito durante sua vida, mas, depois de morto, tornou-se um deus. Era filho de Alcmena e de Júpiter e foi o mais forte de todos os heróis que viveram em seu tempo.

Ao longo de sua vida, ele foi perseguido pelo ódio e ciúme de Juno, que tentou destruí-lo desde o berço. Ela enviou duas grandes serpentes para atacar o bebê adormecido, mas Hércules acordou, agarrou-as pelo pescoço e as estrangulou.

Antes de completar dezoito anos, ele já havia realizado muitas façanhas célebres na terra de Tebas, e Creonte, o rei, deu-lhe sua filha em casamento. Mas Hércules não pôde escapar por muito tempo da ira de Juno, que o afligiu com uma súbita loucura; assim, em um acesso de insanidade, sem saber o que estava fazendo, ele matou sua esposa e filhos. Quando voltou a si, horrorizado e envergonhado pelo que fizera, visitou os grandes rochedos de Delfos, que as águias sobrevoam em círculos o dia todo e onde está localizado o oráculo de Apolo. Lá, perguntou como poderia ser purificado de seu pecado, e foi-lhe dito pelo oráculo que ele deveria ir a Micenas e, durante doze anos, obedecer a todas as ordens do covarde rei Euristeu, que era seu parente. Parecia uma sentença dura e cruel, mas o oráculo disse-lhe também que, no fim de muitos trabalhos, ele seria recebido entre os deuses.

Assim, Hércules partiu para a cidadela rochosa de Micenas, que se ergue sobre as águas azuis da baía de Argos. Ele era habilidoso no uso de todas as armas, tendo sido criado, assim como Jasão, pelo sábio centauro Quíron. Era alto e imensamente forte. Quando Euristeu o viu, ficou amedrontado e, ao mesmo tempo, com inveja de seus grandes talentos. Começou, então, a inventar trabalhos que pareciam impossíveis, mas Hércules conseguiu cumprir todos eles.

Primeiro, ele recebeu a ordem de matar e trazer para Micenas o leão da Nemeia, que há muito tempo vinha devastando os campos ao norte. Hércules pegou seu arco e flechas e, na floresta da Nemeia, cortou para si uma grande clava, tão pesada que um homem de hoje mal a conseguiria levantar. Essa clava ele passou a carregar consigo como sua principal arma.

Suas flechas não tinham nenhum efeito contra a pele grossa do leão, mas, quando o animal saltou para atacá-lo, Hércules o atordoou com uma pancada de sua clava; depois, aproximando-se rapidamente, agarrou-o pelo pescoço e matou-o com as próprias mãos. Dizem que, quando ele apareceu de volta em Micenas carregando nos ombros o corpo da enorme fera, Euristeu fugiu aterrorizado e ordenou que Hércules nunca mais pisasse dentro dos portões da cidade, mas esperasse do lado de fora até receber ordens para entrar. Euristeu também mandou construir para si uma sala reforçada especial de bronze, onde poderia esconder-se se ficasse novamente com medo da força e da coragem de Hércules. Enquanto isso, Hércules tirou a pele do leão e fez com ela um manto que passou a usar dali em diante, às vezes com a cabeça do leão cobrindo a sua própria cabeça como um gorro, às vezes deixando-a pender para trás sobre os ombros.

A tarefa seguinte dada a Hércules por Euristeu foi matar uma enorme serpente aquática, chamada Hidra, que vivia nos pântanos de Argos, era cheia de veneno e tinha cinquenta cabeças peçonhentas. Hércules, com seu amigo e companheiro, o jovem Iolau, partiu de Micenas e chegou a uma grande caverna, dedicada a Pã, que é um lugar sagrado nas colinas próximas de Argos. Abaixo dessa caverna, há um rio que jorra das rochas. Salgueiros e plátanos circundam a fonte e o verde reluzente da relva. É um lugar fresco e agradável. Mas, conforme o rio desce em direção ao mar, torna-se largo e raso, estendendo-se em pântanos pestilentos, lar de mutucas e mosquitos. Foi nesses pântanos que eles encontraram a Hidra. Hércules, com sua grande clava, começou a esmagar as cabeças do monstro e a cortá-las com sua espada. No entanto, quanto mais trabalhava, mais difícil a tarefa se tornava. Do toco de cada cabeça que ele cortava surgiam imediatamente outras duas, com suas línguas bífidas sibilantes. Vendo-se diante desse trabalho interminável e cada vez maior, Hércules ficou sem saber o que fazer. Pareceu-lhe que o calor talvez funcionasse melhor do que o aço frio e pediu que Iolau queimasse rapidamente com ferro quente o toco de cada cabeça assim que ele a decepasse. O plano foi bem-sucedido. As cabeças pararam de brotar e logo o destrutivo e perigoso animal estava morto, embora ainda se contorcesse no pântano escuro entre os juncos. Hércules abriu-lhe o corpo e mergulhou suas flechas no sangue. Daí em diante, essas flechas trariam morte certa, mesmo que apenas arranhassem a pele, de tão poderoso que era o veneno da Hidra.

Euristeu ordenou em seguida que Hércules capturasse e trouxesse vivo um veado consagrado a Diana, que era famoso por sua assombrosa rapidez, vivia nas montanhas e florestas isoladas e nunca fora alcançado por nenhum homem na caça. Um ano inteiro Hércules perseguiu esse animal, descansando durante a noite e pondo-se novamente em seu encalço no dia seguinte. Por vários meses não conseguiu se aproximar; vales e florestas separavam-no de sua presa. No final do ano, porém, exausto com a longa caçada, o veado não podia mais correr. Hércules o segurou com suas mãos fortes, amarrou as pernas dianteiras, depois as traseiras, colocou-o sobre os ombros com a cabeça de chifres pendida e tomou o caminho de volta para o palácio do rei Euristeu. No entanto, enquanto seguia pelo bosque, percebeu de repente uma luz brilhante à sua frente e, no meio da luz, viu uma mulher alta – ou melhor, como imediatamente reconheceu, uma deusa – que segurava nas mãos um arco e encarava-o com olhos brilhantes e furiosos. Soube na mesma hora que aquela era a deusa Diana, que certa vez havia transformado Actéon em um veado e que agora se encolerizava com a perda daquele outro veado que lhe era consagrado. Hércules pousou no chão a sua presa e ajoelhou-se diante da deusa:

– Não foi por meu desejo – declarou – que capturei este nobre animal. O que faço é por ordem de meu pai Júpiter e do oráculo de teu irmão Apolo em Delfos.

A deusa ouviu essa explicação, sorriu amistosamente e deixou que ele prosseguisse em seu caminho, depois de ouvi-lo prometer que, após ter mostrado o veado a Euristeu, ele o libertaria novamente na floresta. Assim, Hércules cumpriu seu terceiro trabalho.

Não lhe seria, porém, permitido descansar. Euristeu agora ordenou que ele fosse para as montanhas de Erimanto e trouxesse o grande javali que há muito tempo aterrorizava toda a região. Então Hércules partiu uma vez mais e, em seu caminho, passou pela terra em que os centauros haviam se estabelecido depois de terem sido expulsos do norte no combate com os lápitas que acontecera na festa de casamento de Pirítoo. Nessa batalha, eles já haviam experimentado a força do herói, mas mesmo assim continuaram rudes e grosseiros. Quando o centauro Folo ofereceu a Hércules o seu melhor vinho para beber, os outros centauros se ressentiram. Às palavras iradas seguiram-se agressões físicas e logo Hércules foi obrigado a se defender com sua clava e com as flechas cujo veneno não só causava a morte, mas também uma dor extrema. Não tardou a dispersar seus inimigos por todas as direções, pondo-os a correr sobre planícies e rochas. Alguns ele abateu com a clava; outros, feridos pelas flechas venenosas, contorciam-se em agonia ou sacudiam os cascos no ar. Alguns se refugiaram na casa do famoso centauro Quíron, que fora mestre de Hércules e que, entre os centauros, era o único imortal. Enquanto perseguia seus inimigos até a casa do bom centauro, disparando flechas contra eles, Hércules, por um infeliz acidente, feriu o próprio Quíron. Tenha sido pela tristeza de se ver tão ferido por seu antigo pupilo, ou pela grande dor do ferimento, Quíron pediu a Júpiter que lhe tirasse a imortalidade. Júpiter atendeu a prece. O bom centauro morreu, mas foi colocado no céu em uma constelação que ainda é chamada de Sagitário, ou de Centauro.

Hércules chorou a triste morte de seu velho mestre. Depois, seguiu para Erimanto. Era inverno e ele perseguiu o grande javali até os trechos de neve profunda nos passos das montanhas. As pernas curtas do animal logo se cansaram do esforço de avançar pela neve espessa e Hércules o alcançou quando ele ofegava, exausto, em um monte de neve. Amarrou-o com firmeza e lançou o grande corpo às costas. Contam que, quando ele trouxe o javali até Micenas, Euristeu ficou tão apavorado com a visão das enormes presas e olhos faiscantes que se escondeu por dois dias na sala de bronze que havia mandado construir para si.

A tarefa seguinte que Hércules recebeu teria parecido impossível para qualquer um. Havia um rei da Élida chamado Áugias, muito rico em rebanhos de cabritos e bois. Seus estábulos, dizem, continham 3 mil bois, e fazia dez anos que não eram limpos. Os excrementos e estrume formavam pilhas mais altas do que uma casa, endurecidos e aglutinados em uma massa. O cheiro era tão forte que até os vaqueiros, acostumados a ele, não suportavam chegar perto. Hércules recebeu a ordem de limpar esses estábulos. Chegando à Élida, ele primeiro pediu que o rei lhe prometesse a décima parte de seus rebanhos se tivesse sucesso na tarefa. Tendo obtido a promessa do rei, Hércules fez o grande rio Alfeu mudar de curso e entrar ruidoso e espumante pelos estábulos imundos. Em menos de um dia, toda a sujeira havia sido removida e levada para o mar. O rio voltou ao curso normal e, pela primeira vez em dez anos, o piso e as paredes dos enormes estábulos surgiram brancos e limpos.

Hércules foi pedir sua recompensa, mas o rei Áugias, alegando que ele usara um truque em vez de executar a tarefa com as próprias mãos, recusou-se a cumprir o acordo. Chegou a banir seu próprio filho, que ficara do lado de Hércules e reprovara o pai por não manter a promessa. Hércules, então, declarou guerra ao reino da Élida, expulsou o rei Áugias e pôs seu filho no trono. Depois, com sua rica recompensa, retornou a Micenas, pronto para realizar qualquer nova tarefa que Euristeu lhe encomendasse.

Uma vez mais, recebeu a ordem de matar criaturas que eram prejudiciais aos homens. Desta vez, eram grandes aves, como grous ou garças, mas muito mais fortes, que devoravam carne humana e moravam em torno das águas escuras do lago Estinfale. Entre os juncos e nos penhascos rochosos, elas viviam em grande número, e Hércules não sabia como atraí-las para fora de seus esconderijos. Foi a deusa Minerva que o ajudou, dando-lhe um grande címbalo de bronze. O barulho desse címbalo fez todas as aves saírem voando em bandos. Hércules as perseguiu com suas flechas, que batiam nos duros bicos e patas, mas prendiam-se firmemente nos corpos, que caíam um após outro no lago. Todos esses monstros foram destruídos e, agora, apenas patos e inofensivas aves aquáticas habitam os juncos das margens.

Hércules cumprira o sexto de seus trabalhos. Faltavam mais seis. Depois de matar as aves do lago Estinfale, foi-lhe ordenado que trouxesse vivo de Creta um enorme touro que vinha devastando a ilha. Com as próprias mãos e sozinho, ele lutou com o touro e, uma vez mais, quando conduziu o animal pelas ruas de Micenas, Euristeu fugiu aterrorizado ao ver o herói e a grande fera que ele havia capturado.

Do mar do sul, Hércules foi enviado para o norte, à Trácia, onde governava o rei Diomedes, um príncipe forte e guerreiro que alimentava suas famosas éguas com carne humana. Hércules venceu o rei em combate e entregou seu corpo às próprias éguas que haviam sido tão frequentemente alimentadas com o corpo de seus inimigos. Levou as éguas a Euristeu, que, novamente, se assustou com a visão de animais tão ferozes e fogosos. O rei ordenou que as éguas fossem levadas ao alto do Monte Olimpo e, lá, consagradas a Júpiter. Mas Júpiter não tinha nenhuma apreciação por aquelas criaturas tão contrárias à natureza e, nas colinas rochosas, elas foram devoradas por leões, lobos e ursos.

Em seguida, Hércules recebeu a ordem de ir ao país das Amazonas, as terríveis mulheres guerreiras, e trazer o cinturão da rainha Hipólita. Mares e montanhas tiveram de ser atravessados e batalhas, travadas; mas Hércules, no fim, cumpriu a longa jornada e a perigosa tarefa. Mais tarde, como se sabe, Hipólita tornou-se esposa de Teseu de Atenas, com quem teve um filho desditoso, Hipólito.

Hércules já havia viajado para o sul, o norte e o leste. Seu décimo trabalho seria no extremo oeste, para além do país da Espanha, em uma ilha chamada Eriteia. Ali vivia o gigante Gerião, um grande monstro com três corpos e três cabeças. Com seu pastor e seu cachorro de duas cabeças, Ortro, ele cuidava de enormes rebanhos de bois e, por ordem de Euristeu, Hércules viera a essa terra para roubar o gado e matar o gigante. Em seu caminho, bem à entrada do Atlântico, ele fixou dois grandes marcos, que para sempre dali em diante seriam conhecidos pelos marinheiros e chamados de Pilares de Hércules. Mais tarde, enquanto viajava por terrenos rochosos e terras desérticas, ele voltou sua ira contra o próprio Sol, lançando flechas em direção ao insigne deus Febo Apolo. Mas Febo teve pena dele em sua sede e esgotamento e enviou-lhe um barco de ouro, no qual Hércules atravessou para a ilha de Eriteia. Lá, abateu com facilidade tanto o cão vigia como o pastor, mas lutou por muito tempo com o enorme gigante de três corpos antes de conseguir matá-lo, corpo por corpo. Começou, então, a conduzir o gado por rios, montanhas e desertos, da Espanha até a Grécia. Quando estava passando pela Itália, chegou perto da caverna onde vivia solitário o cruel Caco, filho de Vulcano, que respirava fogo pela boca e matava todos os estrangeiros, prendendo depois as cabeças, pingando de sangue, nos postes à entrada de sua morada rochosa. Enquanto Hércules descansava com o gado à sua volta, Caco saiu da caverna e roubou oito dos melhores animais de todo o rebanho. Arrastou-os para trás pela cauda para que Hércules não conseguisse seguir-lhes o rastro.

Ao acordar de seu descanso, Hércules procurou por uma grande área os animais desaparecidos, mas, como eles tinham sido levados para os recessos mais profundos da caverna de Caco, não conseguiu encontrá-los. No fim, desistiu da busca e resolveu seguir seu caminho com o resto do gado. Quando os animais roubados ouviram os mugidos dos outros bois, também eles começaram a mugir e berrar em sua prisão de pedra. Hércules os ouviu e parou. Logo saiu da caverna o gigante com hálito de fogo, preparado para defender os frutos de seu roubo e ansioso para pendurar a cabeça de Hércules entre seus outros repugnantes troféus. Esse, porém, não seria seu destino. Os enormes membros e a terrível respiração de fogo de Caco não lhe serviram contra a força e a resistência do herói. Com um golpe tremendo de sua clava, Hércules deixou Caco morto no solo. Então continuou a conduzir o gado pelas montanhas e planícies, pelas florestas e rios, até Micenas.

O trabalho seguinte de Hércules levou-o novamente ao extremo oeste. Ele recebeu de Euristeu a ordem de que lhe trouxesse algumas das maçãs de ouro das Hespérides. Essas maçãs cresciam em um jardim que ficava ainda mais a oeste do que a terra de Atlas. Aqui o sol brilha continuamente, mas árvores bem aguadas e frescas de todo tipo sempre dão sombra. Todas as flores e frutos que existem na terra crescem aqui, e frutos e flores estão sempre juntos nos ramos. No centro do jardim está o pomar onde as maçãs de ouro brilham entre as luzidias folhas verdes e as flores coradas. Três ninfas, as Hespérides, cuidam desse pomar, que foi dado por Júpiter a Juno como presente de casamento. Ele é protegido também por um grande dragão que jamais dorme e que enrola seu enorme corpo em torno das árvores. Ninguém, exceto os deuses, sabe exatamente onde fica esse lindo e distante jardim, e foi para esse lugar desconhecido que Euristeu enviou Hércules.

Ele recebeu ajuda de Minerva e das ninfas do vasto rio Pó, na Itália. Essas ninfas contaram a Hércules onde encontrar Nereu, o velho deus do mar, que conhecia o passado, o presente e o futuro.

– Espera por ele – disseram – até o encontrar adormecido na praia rochosa, cercado por suas cinquenta filhas. Então, segura-o firmemente e não o soltes enquanto ele não responder à tua pergunta. Para tentar escapar, ele vai assumir todo tipo de formas. Vai transformar-se em fogo, em água, em uma fera selvagem ou em uma serpente. Não percas a coragem e continua a segurá-lo ainda com mais firmeza. No fim, ele voltará à sua própria forma e vai dizer-te o que desejas saber.

Hércules seguiu o conselho. Enquanto observava a praia do deus do mar, viu, deitado na areia, meio dentro e meio fora do mar, com algas enroladas nos braços e pernas, o próprio velho deus. Em volta dele estavam suas filhas, as Nereidas, algumas montadas em golfinhos, outras dançando na praia, outras ainda nadando e mergulhando em águas mais profundas. Quando Hércules se aproximou, elas soltaram gritos agudos diante da visão de um homem. As que estavam na terra pularam de volta ao mar; as que estavam no mar nadaram para longe da praia. Mas seus gritos não acordaram o pai até que Hércules já estivesse perto dele o suficiente para segurá--lo firmemente com suas mãos fortes. Assim que o velho deus sentiu as mãos sobre si, seu corpo pareceu desaparecer em uma corrente de água; mas Hércules sentiu o corpo que não podia ver e não o soltou. Em seguida, suas mãos pareceram estar enterradas em um grande pilar de fogo; mas o fogo não queimava a pele e Hércules ainda podia sentir os velhos braços do deus dentro das chamas. Depois foi um grande leão com a mandíbula aberta que parecia estar rugindo sobre a areia; em seguida um urso; então um dragão. Hércules continuou mantendo seu prisioneiro seguro com firmeza e, no fim, viu novamente o rosto barbado e os braços cobertos de algas do velho Nereu. O deus sabia por que Hércules o havia segurado e contou-lhe o caminho para o jardim das Hespérides.

Foi uma longa e difícil jornada, mas Hércules acabou recompensado. As ninfas guardiãs (já que essa era a vontade de Júpiter) permitiram que ele pegasse nos ramos flexíveis duas ou três das frutas douradas. O grande dragão pousou a cabeça no chão ao comando delas e não perturbou Hércules. Ele levou as maçãs para Euristeu, mas, logo em seguida, elas começaram a perder o belo tom dourado que tinham no jardim ocidental. Minerva as levou de volta ao lugar de onde tinham vindo e, uma vez mais, as frutas brilharam com seu próprio ouro entre as outras maçãs douradas que pendiam das árvores.

Chegara o momento do décimo segundo e último dos trabalhos que Hércules realizou para seu senhor Euristeu. A qualquer pessoa esse trabalho pareceria de longe o mais difícil, pois o herói recebeu a ordem de descer ao mundo inferior e trazer consigo do reino de Prosérpina o terrível cão vigia de três cabeças, Cérbero.

Hércules tomou a trilha escura que, antes dele, havia sido percorrida por Orfeu e por Teseu e Pirítoo. Orfeu voltara. Teseu e Pirítoo, por sua atitude insensata, continuavam aprisionados.

Hércules passou pelas Fúrias, impassível diante dos olhares assustadores sob as serpentes ondulantes dos cabelos. Passou pelos grandes criminosos, Sísifo, Tântalo e outros. Passou por seu amigo, o infeliz Teseu, que estava sentado, imóvel, preso a uma pedra. E chegou por fim à terrível presença do próprio Plutão, que se encontrava em seu trono escuro com a jovem esposa Prosérpina ao lado. Ao rei e à rainha dos mortos, Hércules explicou a razão de sua vinda.

– Vai – disse Plutão – e, desde que não uses nenhuma arma, mas apenas tuas mãos, podes levar meu cão vigia à superfície.

Hércules agradeceu ao temível rei por lhe dar a permissão que havia solicitado. Em seguida, fez mais um pedido, desta vez para que Teseu, que havia pecado apenas por manter sua promessa ao amigo, pudesse retornar à vida. Isso também lhe foi concedido. Teseu levantou-se da pedra e acompanhou o herói até a entrada do Inferno, onde o enorme cão Cérbero, com suas três cabeças e três sonoros latidos, olhou ferozmente para os intrusos. Mas mesmo esse animal assombroso não foi páreo para Hércules, que, com a força de suas mãos, apertou duas das gargantas peludas e, então, ergueu a fera sobre os ombros e começou a subir novamente, com Teseu logo atrás, o caminho que leva ao mundo dos homens. Contam que, quando ele entrou com Cérbero em Micenas, Euristeu fugiu apavorado para outra cidade e até feliz por Hércules já ter completado o que pareciam ser doze trabalhos impossíveis. Cérbero foi levado de volta ao seu lugar no Inferno e nunca mais visitou o mundo superior. Nem Hércules jamais voltou ao lugar dos mortos, uma vez que, depois de novos sofrimentos, estava destinado a viver entre os deuses.

A morte de Hércules

Muitos outros grandes feitos, demasiados para serem contados, foram realizados por Hércules antes do final de sua vida entre os homens. Mas ele foi infeliz no amor pelas mulheres.

Sua primeira esposa, Mégara, ele matara em um acesso de loucura. Depois, ao terminar seus trabalhos, quis casar com Iole, filha de um famoso arqueiro, o rei Eurito, que espalhara a notícia de que daria sua filha em casamento ao homem que conseguisse derrotar a ele e a seus três filhos em uma competição de arco e flecha. Hércules os venceu; mas o rei Eurito, irritado por ver manchada sua reputação de arqueiro, ou por se ter lembrado do destino de Mégara e temido por sua própria filha, recusou-se a cumprir a promessa. Hércules partiu furioso, jurando vingança. Tempos depois, ele teve de fato a vingança, mas, ao obtê-la, trouxe também para si o seu próprio destino.

Como não pôde casar-se com Iole, ele se tornou pretendente de Dejanira, filha do rei de Cálidon e irmã de Meleagro. Muitos outros heróis desejavam ter como esposa essa bela jovem, mas entre todos eles se destacavam o próprio Hércules e o grande deus-rio Aqueloo, cuja corrente atravessa a terra de Cálidon. Esses dois reivindicaram para si o direito de se casar com Dejanira: Hércules por ser filho de Júpiter e ter cumprido os doze trabalhos que o mundo inteiro comentava e Aqueloo porque ele próprio era um deus e os mortais tinham de dar preferência aos deuses.

– Quanto a Hércules – disse –, ele é um estrangeiro, enquanto o meu rio corre por Cálidon. Sobre seu pai ser Júpiter, tudo o que sabemos é que Juno o odeia e o faz enlouquecer. Não acredito que Júpiter seja de fato seu pai.

Assim disse Aqueloo e, enquanto ele falava, Hércules o encarava com fúria sob as sobrancelhas franzidas. Por fim, incapaz de controlar sua ira, respondeu:

– Minha mão é melhor do que minha língua. Podes me vencer em palavras, mas não em uma luta justa.

Assim ameaçando, ele se aproximou de Aqueloo, que, depois de seus discursos arrogantes, teve vergonha de não aceitar o desafio. Jogou para o lado suas roupas verdes e os dois prepararam-se para a luta, esfregando areia no corpo para poderem se segurar com mais firmeza. Lançaram-se, então, um contra o outro. Hércules segurava o pescoço do deus-rio, depois a cintura, depois os joelhos. Mas Aqueloo, com seu grande peso, mantinha-se sólido como um enorme quebra-mar contra o qual as ondas ruidosas batem repetidamente em vão. Após algum tempo, eles se separaram, depois se atracaram novamente, ambos plantados firmemente no chão, determinados a não ceder. Pé prendia pé; os peitos tesos pressionavam-se, arfantes; dedos enlaçavam-se na luta e testa prensava testa.

Por três vezes, com enorme esforço, mas em vão, Hércules tentou afastar de si o peso daquele peito que comprimia o seu. Por fim, conseguiu soltar-se, empurrou Aqueloo de lado com um golpe de seu punho e pulou sobre as costas dele. Ao deus-rio pareceu estar carregando uma montanha. Seus braços pingavam de suor enquanto ele tentava se desvencilhar do antagonista. Hércules não lhe deu chance de recuperar as forças e, apoiando-se em sua nuca, forçou-o a, ofegante, tocar o solo com os joelhos.

Nunca o deus havia sido derrotado. Agora, percebendo que não conseguiria vencer Hércules pela força, tentou vencê-lo por meio de truques mágicos. Modificou seu corpo e deslizou das mãos de Hércules na forma de uma longa serpente, que se enrolou em grandes espirais, armou o bote e pôs para fora a língua bífida com um silvo feroz. Hércules apenas riu:

– Aqueloo – disse –, eu matei serpentes quando estava no berço. E tu, com tua única cabeça, lembra-te da Hidra de Lerna, com suas cem cabeças que não paravam de aumentar. Se eu matei aquele monstro, o que achas que acontecerá a ti, que nem és serpente de verdade?

Assim ele falou e apertou com mais força o pescoço da falsa serpente, até que, semissufocado, o deus-rio soube que também naquela forma tinha sido vencido. Havia mais uma coisa que podia fazer. Transformou-se em um touro e lutou nessa forma. Mas Hércules cingiu com os braços o pescoço do touro e puxou-o para baixo quando ele tentou correr. Pressionou com força os chifres duros em direção ao chão e fez o grande corpo cair na areia. Não satisfeito com isso, arrancou um dos chifres da testa do animal. Esse chifre as ninfas pegaram e encheram de frutas e flores de perfume adocicado, fazendo dele um chifre sagrado que agora é carregado pela alegre deusa Abundância. Quanto a Aqueloo, ele se retirou para seu leito de rio. Em sua forma real, costumava ter dois pequenos chifres na cabeça. Agora que perdera um deles, tentava disfarçar a falta cobrindo o espaço vazio com folhas de salgueiro e juncos.

Hércules, assim, obteve Dejanira como esposa. Enquanto estava a caminho de casa com ela, chegou à rápida corrente do rio Eveno, que, aumentada pelas tempestades de inverno, estava mais profunda do que o habitual, cheia de redemoinhos e realmente difícil de atravessar. Enquanto Hércules observava da margem, sem medo por si, mas receando por sua jovem esposa, o centauro Nesso veio até ele. Nesso conhecia bem as partes mais rasas e era forte também.

– Deixa-me carregar tua esposa até o outro lado do rio, Hércules – disse. – Tu, com tua grande força, podes atravessar nadando.

Hércules concordou. Lançou sua clava e seu arco para o outro lado e, como estava, com a pele de leão e a aljava, mergulhou nas águas turbulentas, enfrentou-as com firmeza e chegou à margem oposta. Lá, enquanto pegava o arco no chão, escutou a voz de sua esposa gritando e, ao levantar os olhos, viu que o traiçoeiro centauro estava tentando levá-la embora.

– Nesso, seu ladrão! – gritou. – Tu que ousaste tocar no que pertence a mim, não te fies em tuas quatro patas de cavalo. Se não forem meus pés, as minhas flechas te alcançarão.

A ação foi imediata. Hércules arremessou uma flecha contra o centauro em fuga. Acertou-o nas costas e a ponta saiu pelo peito. Nesso arrancou a flecha da ferida, fazendo jorrar o sangue infectado com o veneno mortal da Hidra. O sangue ensopou sua túnica e Nesso, moribundo, disse a si mesmo:

– Não morrerei sem vingança.

Entregou, então, sua túnica a Dejanira, dizendo a ela que, se um dia seu marido deixasse de amá-la, a túnica seria um encantamento poderoso para trazer-lhe o amor de volta.

Depois disso, muitos anos se passaram e a fama dos feitos de Hércules percorreu a terra. Um dia, ele fez guerra contra o rei Eurito, que certa vez lhe recusara Iole. Venceu-o em combate e levou seus familiares como prisioneiros. No caminho para casa, passou pelo monte Eta e, lá, preparou-se para oferecer um sacrifício a seu pai Júpiter. Antes, porém, enviou seu servo Licas a Dejanira, para pedir que ela lhe mandasse roupas limpas para o sacrifício. Enquanto isso, porém, Rumor, que exagera tudo, estivera ocupado. Chegara aos ouvidos de

Dejanira que Hércules voltara a se apaixonar perdidamente por Iole e que, agora, a trazia consigo para casa como cativa. Dejanira acreditou na história e, em seu amor por Hércules, ficou apavorada. Primeiro chorou de agonia e tristeza. Depois, disse a si mesma:

– Por que devo chorar? Essa outra mulher ficaria feliz de saber que estou chorando. Preciso pensar em algum plano digno da irmã de Meleagro.

Muitas ideias lhe ocorreram, mas, no fim, a que lhe pareceu melhor foi enviar a Hércules a túnica manchada de sangue que Nesso lhe dera tanto tempo atrás e que, segundo acreditava, faria seu marido amá-la novamente. Assim, Dejanira entregou a túnica a Licas, que nem imaginava o que estava carregando. Ela mesma mandou também mensagens amorosas e mal sabia que estava destruindo seu marido e a si própria. Hércules, sem desconfiar de nada, pegou o presente e vestiu em seu corpo o veneno da Hidra.

Quando as chamas começaram a arder nos altares e Hércules orava, em meio ao incenso que subia em espirais de fumaça, do calor de seu corpo, de repente, a violência do veneno foi despertada e começou a se espalhar como fogo pelos membros. Enquanto pôde, ele conteve os gemidos, forçando-se a controlar a dor com sua mente firme e resoluta. Mas, quando a dor superou sua capacidade de autocontrole, ele derrubou o altar e encheu as florestas de Eta com seus gritos. Tentou arrancar a túnica mortífera do corpo, mas ela estava grudada em sua carne e, quando ele a puxava, arrancava também a própria pele, expondo as veias nuas, os músculos enormes e os ossos fortes. Seu sangue fervia e chiava com o veneno, como quando um ferro incandescente é colocado na água fria. Chamas espalhavam-se por todas as partes de seu corpo e, em agonia, ele ergueu as mãos ao céu e gritou:

— Ó, Juno, agora podes alimentar teu coração cruel com meu sofrimento. Não é ele suficiente para despertar compaixão até em um inimigo? Não vais tirar logo a minha vida? Ela nasceu para o trabalho penoso. Agora, deixa-a ir.

Ele falou e foi uma vez mais assolado pela dor. Como um touro, com a haste de uma lança cravada no pescoço, urra e sacode a cabeça, embora o autor da ferida já tenha fugido; assim, Hércules desesperava-se nas cristas do Eta, lutando para rasgar as vestes, arrancando grandes árvores e estendendo os braços para o céu de seu pai.

De repente, reparou no trêmulo Licas, que estava escondido no oco de uma rocha. Seu sofrimento, então, canalizou-se para a loucura da fúria.

— Foste tu, Licas, que trouxeste este presente que está me matando?

O jovem estremeceu e empalideceu. Começou a se desculpar por seu desconhecimento, mas, quando ainda falava, Hércules o ergueu, girou-o três ou quatro vezes sobre a cabeça e arremessou-o para o mar, como um projétil lançado por uma catapulta. Enquanto ainda estava no ar, o corpo do rapaz começou a endurecer. O medo secara seu sangue, e assim como dizem que a chuva no vento frio se transforma primeiro em neve, depois em granizo, do mesmo modo, arremessado pelo ar por aqueles braços fortes, o corpo de Licas transformou-se em pedra e, como pedra, caiu no mar da Eubeia. Até os dias de hoje, lá se ergue uma rocha de formato humano e, como se ela ainda fosse capaz de sentir, os navegantes recusam-se a pisá--la e chamam-na de Licas.

Dejanira também não sabia o que estava de fato fazendo quando enviou a túnica fatal para Hércules. Mas logo vieram mensageiros até ela com a notícia do que acontecia, de como seu marido estava sendo dilacerado pelo veneno e já se encontrava morto ou moribundo. Dejanira pôs fim à própria vida, chamando os deuses para testemunhar que ela não havia desejado a morte do marido, mas o seu amor.

Enquanto isso, o próprio Hércules derrubou árvores no elevado Eta e, com os troncos, fez uma grande pira funerária. Foi auxiliado por seu amigo Filoctetes, que acendeu a pira e a quem, como recompensa, Hércules deu o famoso arco que, tempos depois, viajaria para Troia. Prestes a morrer, com a carne queimada e seca, Hércules acalmou-se novamente. No ato da pira, estendeu a pele do leão da Nemeia. Apoiou a cabeça em sua clava como um travesseiro e deitou-se entre as chamas com o rosto em paz, como se, depois de taças de bom vinho e coroado de grinaldas, estivesse recostado em um sofá num banquete.

Os deuses do céu olharam para baixo e viram que o defensor da terra estava morrendo. Até mesmo Juno, naquele momento, compadeceu-se dele. Para todos os deuses e deusas, Júpiter falou:

– Não temais. Hércules venceu tudo e vencerá também essas chamas. Parte dele é imortal e, como imortal, ele viverá com os deuses para sempre.

E assim de fato aconteceu. Como uma cobra troca a velha pele, assim Hércules, conforme as chamas consumiam seu corpo, parecia adquirir um novo corpo, mais forte, mais heroico, mais belo e ainda mais majestoso do que antes. Um trovão soou e, através das nuvens ocas, Júpiter enviou seu carro de quatro cavalos que levou Hércules ao céu, onde ele foi acolhido entre as estrelas cintilantes e na assembleia dos deuses.

Céfalo e Prócris

Céfalo, príncipe da Tessália, casou-se com Prócris, filha de Erecteu, rei de Atenas, e foi morar na terra de sua esposa. Ambos se equivaliam em amor e beleza e eram justificadamente considerados felizes. Dois meses após o casamento, porém, quando Céfalo estava caçando cervos nas encostas do florido Himeto, Aurora, a deusa dourada do Amanhecer, tendo acabado de expulsar a escuridão, viu o rapaz e ficou fascinada com sua beleza. Arrebatou-o, então, da terra e levou-o para o céu, com a intenção de que ele vivesse a seu lado para sempre. No entanto, em sua casa dourada, cheia de rósea luminosidade, Céfalo só pensava e falava em Prócris e nas alegrias de sua vida com ela. A deusa enfureceu-se e disse:

– Para de reclamar, homem ingrato! Podes ter tua Prócris. Porém, se eu tenho algum dom de prever o futuro, acabarás desejando não a ter tido.

Irritada, ela enviou Céfalo de volta à terra. A princípio, tudo o que ele desejava era ver a esposa, mas, ao se aproximar de Atenas e pensar no que a deusa havia dito, começou a se perguntar se Prócris teria sido fiel em sua ausência. Ela era bela e jovem. Céfalo conhecia a nobreza do caráter da esposa, mas estivera ausente por muito tempo; descobrira que até deusas são infiéis e, portanto, também pessoas apaixonadas podiam temer qualquer coisa. Assim, decidiu se disfarçar e tentar descobrir se sua esposa lhe era leal. Aurora o ajudou, modificando sua aparência.

Desse modo ele entrou na cidade de Atenas e, sem ser reconhecido, foi até sua própria casa. Ali encontrou tudo em ordem e quando, com muita dificuldade, chegou à presença de Prócris, a visão de sua tristeza e de sua beleza quase o fez desistir do plano. Ela estava chorando de saudade de seu esposo desaparecido, e Céfalo também teve vontade de lhe contar quem era e de beijá-la, como deveria ter feito. No entanto, deu continuidade ao plano e ofereceu-lhe insistentemente grandes presentes se ela o amasse. Repetidamente, porém, ela respondia:

– Há apenas um homem que amo. Onde quer que ele esteja, eu me mantenho apenas para ele.

Qualquer pessoa de bom-senso teria se mostrado satisfeita com tais provas de fidelidade, mas Céfalo continuou a lhe oferecer grandes fortunas e enormes presentes. Enfim, ela pareceu hesitar e, então, retirando o disfarce e aparecendo em sua verdadeira forma, ele gritou:

– Mulher falsa, sou eu, teu marido, que te estou tentando. Eu próprio sou a prova de tua infidelidade.

Prócris não disse nada. Em silêncio e com a cabeça baixa, fugiu da perfídia de sua casa e de seu marido. Odiando Céfalo e toda a raça dos homens, ela vagueou pelos bosques e montanhas da Eubeia, caçando animais em companhia de Diana e das ninfas.

Assim que Prócris se foi, porém, Céfalo sentiu-se consumir de amor por ela. Arrependeu-se de seu truque cruel, pediu-lhe perdão e confessou que ele também, se estivesse na mesma posição, teria agido do mesmo jeito. Então Prócris voltou para casa e, por muitos anos, eles viveram juntos em perfeita felicidade e igual amor.

Quando voltou para o marido, Prócris lhe deu dois presentes que ela própria havia recebido de Diana. Um era um belo cão de caça, chamado Furacão, que corria mais rápido que qualquer cão do mundo; outro era uma lança que sempre ia direto ao alvo e, coberta de sangue, retornava à mão de quem a arremessara. Cada um desses presentes teve uma história. A história da lança é triste; a do cão de caça é estranha.

Um monstro devastava a terra de Tebas, matando o gado e fazendo a população do campo abandonar as plantações e buscar refúgio nas cidades. Céfalo, juntamente com os jovens de Tebas e de Atenas, saiu para caçar a fera. Eles montaram suas redes de caça, mas o feroz animal pulava facilmente sobre elas. Soltaram os cães de caça e puseram-nos no encalço da presa, mas eles logo eram deixados muito para trás. Todos os caçadores pediram a Céfalo que soltasse Furacão. Durante todo o tempo, o cão estivera puxando a correia e lutando para libertar o pescoço. Nem bem foi solto, ele pareceu desaparecer diante da vista de todos. Suas pegadas estavam ali na areia quente, mas o cão tinha disparado com mais rapidez do que uma flecha ou uma pedra de atiradeira. Os caçadores subiram no alto de uma colina e viram, a distância na planície, o cachorro e a fera que ele perseguia de perto. A cada momento parecia que o cão ia cravar os dentes nos flancos do animal, mas então este fazia uma curva rápida e os dentes fechavam-se no ar. E o cão continuava a se aproximar da presa; e o animal continuava a escapar por pouco.

Céfalo pegou a lança. Desviou o olhar por um instante, enquanto ajeitava a posição da mão. Quando virou novamente para a planície, viu uma cena estranha. Duas estátuas de mármore estavam ali, uma parecendo escapar, a outra parecendo alcançar a presa. Algum deus deve ter desejado que fosse assim: que nenhum dos dois fosse vencido pelo adversário.

Mas foi a lança que trouxe para Céfalo a sua maior dor e pôs fim aos anos felizes em que ele e Prócris se amaram tanto e tão profundamente que ela não teria trocado seu marido nem pelo próprio Júpiter, nem ele a teria trocado sequer pela deusa Vênus.

Toda manhã, Céfalo costumava sair para caçar no bosque. Ele ia sozinho, sem companheiros e sem cães. Sua lança, que nunca errava o alvo, era suficiente. Quando se cansava da caça, voltava para a sombra fresca e a brisa suave que sopra nos vales frios. O nome da brisa era Aura, e Céfalo, cansado do calor e da perseguição, habituou-se a conversar com ela como se fosse uma pessoa real.

– Vem, Aura – dizia –, vem, doçura! Vem me refrescar! Vem aliviar o calor que me queima. – Ou: – Tu, Aura, és minha maior alegria, que me conforta e refresca. Tu me fazes amar os bosques e os lugares solitários. Como adoro sentir teu hálito em meu rosto!

Alguém ouviu Céfalo falando assim e achou que ele se dirigia a alguma ninfa chamada Aura, por quem certamente estava apaixonado. O informante precipitado, tão rápido em tirar conclusões erradas, foi até Prócris e contou a ela o que tinha ouvido. O amor acredita em qualquer coisa e Prócris, como Céfalo viria a saber mais tarde, desmaiou de angústia ao ouvir a história. Quando voltou a si, lamentou seu próprio destino e a infidelidade do marido, sofrendo por algo que não existia, um mero nome sem corpo, como se fosse uma pessoa real e uma rival. Ainda assim, em toda a sua dor, ela esperava estar enganada no que imaginava e dizia a si mesma que não acreditaria naquilo a não ser que visse com os próprios olhos.

No dia seguinte, ao amanhecer, Céfalo saiu de casa e foi para o bosque caçar. Matou os animais que perseguiu e depois, como quase sempre fazia, se deitou na grama e disse:

– Vem até mim, Aura! Vem e me alivia de meus exercícios! – Enquanto falava, ele achou ter ouvido um gemido nas proximidades, mas continuou. – Vem, querida!

Escutou então, distintamente, algo se movendo entre as folhagens e, achando que fosse algum animal selvagem, arremessou a lança.

Era Prócris que se escondia ali. Com um ferimento profundo no peito, ela gritou:

– Ai! Ai!

Ao som da voz de sua fiel esposa, Céfalo, meio fora de si, correu para o lugar de onde vinha o som. Encontrou-a agonizante, com o sangue encharcando seu vestido rasgado, tentando arrancar da ferida a mesma lança que ela própria havia dado de presente ao marido. Céfalo levantou com delicadeza aquele corpo que lhe era mais querido do que o seu próprio; cortando um pedaço do vestido dela, amarrou-o na ferida em uma tentativa de estancar o sangue, implorando que ela não o deixasse com a culpa de tê-la matado. Mas a força de Prócris começava a abandoná-la. Ainda assim, mesmo quase morrendo, ela conseguiu falar:

– Céfalo, eu te imploro por nosso casamento, por todos os deuses, por tudo que eu fiz por ti, por nosso amor juntos, o amor que ainda sinto agora que estou morrendo e que causou minha morte, que não deixes Aura ocupar meu lugar em nossa cama!

Só então Céfalo percebeu o equívoco que ela havia cometido. Apressou-se a lhe contar a verdade, mas isso não pôde trazê-la de volta à vida. A pouca força que lhe restava se foi; ela caiu em seus braços e, enquanto teve condições de olhar para alguma coisa, olhou para o rosto do marido e, nos lábios dele, expirou sua vida. Pareceu a Céfalo que, antes de morrer, o rosto de Prócris havia se transformado e sua expressão se tornara feliz.

Aracne

Aracne não era famosa por seu nascimento ou por sua cidade, mas apenas por sua habilidade. Seu pai era um tintureiro de lã e sua mãe também não tinha origem nobre. Ela vivia em uma pequena aldeia cujo nome é praticamente desconhecido. No entanto, sua habilidade como tecelã a fez famosa por todas as grandes cidades da Lídia. Para ver seus maravilhosos trabalhos, as ninfas do Tmolo deixavam suas vinhas, as ninfas do Pactolo saíam das águas douradas de seu rio. Era um prazer não só apreciar as obras que ela tecia, mas também a admirar trabalhando, tamanha beleza havia no modo como ela o fazia, quer estivesse enrolando as grossas fibras em bolas de lã, alisando-as com os dedos, trançando-as em fios macios, girando o fuso com seu polegar rápido ou bordando com agulha. Ao vê-la, imaginava-se que ela teria aprendido a arte com a própria Minerva, a deusa da tecelagem.

Aracne, porém, quando as pessoas diziam isso, ficava ofendida com a ideia de ter tido uma professora, ainda que uma tão nobre quanto Minerva.

– Que ela venha – costumava dizer – e teça em competição comigo. Se me vencesse, poderia fazer o que quisesse comigo.

Minerva ouviu essas palavras e adotou a forma de uma velha. Fez aparecerem falsos cabelos grisalhos em sua cabeça, tornou seus passos fracos e hesitantes e levou uma bengala na mão. Disse, então, a Aracne:

– Há algumas vantagens na velhice. A longevidade traz experiência. Não recuses, portanto, o meu conselho. Procura entre os homens toda a fama que desejas pela tua habilidade, mas deixa à deusa o primeiro lugar e pede-lhe perdão, menina tola, pelas palavras que pronunciaste. Ela vai perdoá-la, se tu pedires.

Aracne largou os fios com que trabalhava e encarou a velha senhora com irritação. Mal podia se controlar para não agredi-la, e a expressão de seu rosto revelava toda a raiva que sentia. Falou, então, à deusa disfarçada:

– Criatura estúpida, teu problema é ter vivido demais. Vai dar conselhos às tuas filhas, se tiver alguma. Eu sou perfeitamente capaz de cuidar de mim mesma. Quanto ao que me dizes, por que a deusa não vem aqui pessoalmente? Por que ela evita uma competição comigo?

– Ela veio – Minerva respondeu, enquanto tirava o disfarce de velha, revelando-se em sua verdadeira forma.

As ninfas curvaram-se para cultuá-la, e também as mulheres que estavam lá. Apenas Aracne não demonstrou nenhum medo. Mas sobressaltou-se e um súbito e indesejado rubor subiu-lhe às faces e desapareceu em seguida, como o céu avermelha no momento do nascer do sol e volta a empalidecer depois. Ela persistiu no que já havia dito e, ansiando estupidamente pela desejada vitória, mergulhou de cabeça em seu destino.

Minerva não se recusou mais à disputa e não deu mais conselhos. Ambas montaram imediatamente seus teares e estenderam sobre eles a urdidura delicada. A teia foi fixada ao cilindro; juncos separavam os fios e, entre os fios, passavam as lançadeiras pontudas que os dedos rápidos manejavam. Elas trabalhavam velozmente, com as roupas enroladas em torno do peito, as mãos ágeis movendo-se para frente e para trás como raios, sem o menor esforço, já que ambas eram tão boas naquilo. Para sua tecelagem, usaram todas as cores que são produzidas pelos mercadores de Tiro – a púrpura da ostra e todos os outros corantes, cada tom se mesclando com os demais, de maneira que o olho mal conseguia discernir a diferença entre as tonalidades mais sutis, embora as cores mais vivas fossem bastante nítidas. Do mesmo modo como, depois de uma chuva, quando o arco-íris corta o céu, entre cada cor há uma grande diferença, mas de uma a outra a transição é delicada. E, em suas obras, elas incluíam rígidos fios de ouro, contando antigas histórias por meio de imagens.

Minerva representou em seu trabalho a antiga cidadela de Atenas e a história da velha disputa entre ela e Netuno, o rei do mar, pelo nome daquela terra famosa. Ali era possível ver os doze deuses como testemunhas e Netuno batendo com seu enorme tridente na rocha, da qual saltou um jorro de água do mar. E lá estava a própria Minerva, de escudo, lança e capacete. Quando ela bateu na rocha, surgiu uma verde oliveira e a vitória foi dela. Atenas era sua cidade, de acordo com o nome grego da deusa, Atena.

Quanto a Aracne, as imagens que ela teceu foram dos amores ilícitos dos deuses. Ali estava Europa, carregada por um touro sobre o mar. Quem olhava tinha a impressão de ver um touro real e ondas reais na água. Teceu também Júpiter se aproximando de Dânae como uma chuva de ouro, de Égina como uma chama, de Mnemosine, a mãe das Musas, no disfarce de um pastor. Havia Netuno também, disfarçado de golfinho, cavalo ou carneiro. Cada cena era diferente e cada uma delas se situava no cenário adequado. As bordas da teia foram tecidas com desenhos de flores e heras entrelaçadas.

Nem Minerva nem a própria Inveja conseguiram encontrar algum defeito no trabalho de Aracne. Furiosa com o sucesso da moça mortal, Minerva rasgou em pedaços sua obra maravilhosa, com as histórias dos crimes dos deuses. Com o duro fuso de madeira que segurava, golpeou repetidamente a cabeça de Aracne.

Aracne não podia suportar ser tratada daquela maneira. Com o orgulho ferido, amarrou um laço em torno do pescoço e se enforcou. Vendo-a pendurada na corda, Minerva, compadecida, ergueu-lhe o corpo e disse:

– Podes manter tua vida, menina estúpida e arrogante, mas tu e todos os teus descendentes continuareis pendurados.

Enquanto saía, a deusa borrifou sobre Aracne alguns sucos mágicos e, assim que sentiu o veneno, o cabelo da moça caiu; o mesmo aconteceu com seu nariz e suas orelhas; sua cabeça tornou-se diminuta e todo o corpo encolheu; seus dedos esguios uniram-se ao corpo como pernas e todo o resto virou estômago. Agora, transformada em aranha, ela ainda produz fios de seu próprio estômago e, por toda parte, continua a exercer a sua arte da tecelagem.

Níobe

Níobe era filha do grande rei Tântalo da Lídia. Casou-se com Anfion, o famoso cantor cuja música fez as muralhas de Tebas se elevarem miraculosamente do chão.

Antes de seu casamento, ela conheceu Aracne, mas não aprendeu com o destino desta a dar preferência aos deuses e falar deles com reverência.

Níobe tinha muitas razões para se orgulhar: seu próprio nascimento nobre e o de seu marido, sua riqueza, seu poder real. No entanto, por mais orgulho que tivesse de tudo isso, tinha mais orgulho ainda de seus filhos. Poderia, de fato, ter sido chamada de a mais feliz de todas as mães, se não tivesse ela própria assim se considerado.

Certa vez, em Tebas, a profetisa Manto, filha do velho vidente cego Tirésias, percorreu as ruas gritando:

– Mulheres de Tebas, ide todas juntas ao templo de Latona. Prendei os cabelos com grinaldas de louros e oferecei orações e incenso a Latona e a seus dois filhos, Apolo e Diana. A deusa está falando a vós pela minha boca.

As mulheres obedeceram à profetisa e dirigiram-se ao templo para orar, usando suas grinaldas de louros; mas foram interrompidas por Níobe, que veio caminhando orgulhosamente, cercada de um grupo de amigas, resplendente em sua túnica dourada e bela na medida em que a raiva lhe permitia parecer bela, jogando para trás a linda cabeça com os cabelos descendo sobre o pescoço e os ombros. Ela parou e, olhando à volta com ar arrogante, disse:

— Qual é o significado dessa loucura? Quereis dedicar mais honra aos deuses, de quem só ouvistes falar, do que àqueles que vedes com os próprios olhos? Por que Latona merece ter um altar e ser cultuada, enquanto para mim, tão divina quanto ela, não queimam incenso? Meu pai foi Tântalo, o único mortal que já compartilhou refeições com os deuses. Minha mãe é irmã das Plêiades. Um de meus avôs é Atlas, que carrega o céu sobre os ombros; o outro é o próprio Júpiter. O povo da Ásia me teme. Sou a rainha de Tebas, e as muralhas que se ergueram com a música da lira de meu marido, juntamente com todo o povo, estão sob o governo dele e meu. Em minha casa, para onde quer que volte os olhos, vejo imensas riquezas. Sou bela como uma deusa e, para coroar tudo isso, tenho sete filhos e sete filhas. Logo terei genros e noras.

— Estais vendo como tenho razões para ser feliz — prosseguiu. — Como, então, podeis preferir a mim essa Latona, quem quer que ela seja? Quando ela estava para dar à luz, nenhum canto da terra queria recebê-la. Apenas a pequena ilha de Delos, que flutuava na superfície do mar, tão errante quanto ela na terra, teve pena e permitiu que ela descansasse. Lá ela teve dois filhos. Eu tenho sete vezes mais. Sou feliz. Quem pode negar isso? E continuarei feliz. Isso também não pode ser questionado. Tenho tanto, que me sinto segura. Mesmo que a Fortuna tirasse muito de mim, muito mais me seria deixado. Mesmo que eu perdesse alguns de meus filhos, ainda teria muito mais do que os dois de Latona. De fato, ter apenas dois filhos é ser praticamente infértil. Agora, para fora desse templo! Já sacrificastes o suficiente. Tirai as grinaldas dos cabelos!

As mulheres tebanas obedeceram e deixaram o sacrifício inacabado. Ainda assim, no coração, cultuavam silenciosamente a deusa.

Latona ouvira as palavras de Níobe. Em sua morada celestial, falou com seus filhos, Apolo e Diana:

— Vede como eu, vossa mãe, que tenho tanto orgulho de vos ter dado nascimento, sou tratada. As pessoas duvidam que eu seja uma deusa e, a menos que me ajudeis, não terei mais altares para ser cultuada. E isso não é tudo. Níobe insultou-me ainda mais ao me chamar de infértil (que seja esse o destino dela!) e ao preferir os filhos dela a vós.

Nisso, Apolo a interrompeu e disse:

— Não há necessidade de dizer mais nada. Isso só atrasaria o castigo.

Sua irmã Diana disse o mesmo. Velozmente, eles deslizaram pelo ar e, envoltos em nuvens, pousaram na cidadela da cidade de Cadmo, Tebas.

Diante da cidade, havia uma planície ampla, nivelada e endurecida pela batida constante de cascos de cavalos e pelas rodas dos carros de guerra. Ali, alguns dos sete filhos de Anfíon estavam cavalgando em suas fortes montarias, sobre selas que reluziam de púrpura tíria, e segurando nas mãos rédeas que cintilavam de ouro. Um deles, Ismeno, o primogênito de sua mãe, puxava com força o freio salpicado de saliva para que seu cavalo fizesse uma curva na estrada quando, de repente, deu um grito e, com uma flecha espetada no coração, largou as rédeas e deslizou lentamente para o chão, morto, por sobre o ombro direito do animal. Outro irmão ouviu o grito ecoando no ar vazio, mas, no momento que saía a galope, a flecha de que ninguém pode escapar se cravou tremulante em seu pescoço, com a ponta de ferro aparecendo do outro lado. Ele caiu para a frente sobre a crina do cavalo e manchou o chão com seu sangue quente. Dois outros irmãos haviam parado de cavalgar e distraíam-se em uma disputa de luta. Enquanto se esforçavam, peito a peito, para conseguir um bom golpe, uma flecha perfurou a ambos. Juntos gemeram, juntos seus membros amoleceram enquanto eles caíam ao chão, juntos eles viraram os olhos moribundos e exalaram o último suspiro. Dois outros filhos de Níobe correram para erguer os corpos, mas, ao se inclinarem, também eles sentiram as flechas em suas costas e caíram para a frente sobre os corpos que tinham vindo recolher. Agora restava apenas o irmão mais novo. Ele estendeu os braços para o céu e gritou:

– Ó, todos os deuses juntos, poupai-me, eu suplico.

Ele não sabia que não havia necessidade de rezar para todos os deuses. Apolo teve pena dele, mas era tarde demais. A flecha já havia deixado o arco. O rapaz caiu, ferido apenas de leve, mas no coração.

A notícia da tragédia chegou depressa à cidade e Anfíon, enlouquecido pela perda de seus belos filhos, cravou um punhal no coração, dando um fim ao sofrimento e à vida.

Níobe, perplexa diante do acontecido e furiosa por terem os deuses tanto poder, saiu da cidade – uma Níobe muito diferente daquela que expulsara as mulheres do altar de Latona e caminhara altiva pelas ruas, cheia de orgulho e invejada pelas amigas. Agora, até seus inimigos teriam pena dela. Níobe lançou-se chorando sobre os corpos frios, beijando-os loucamente. Depois, ergueu os braços para o céu e gritou:

– Latona cruel, alimenta teu coração feroz com meu sofrimento! É como se eu mesma tivesse morrido sete vezes. Alegra-te com tua odiosa vitória! E, no entanto, não é uma vitória. Mesmo em toda a minha dor, ainda tenho mais filhos do que tu em tua felicidade. Mesmo depois de todas essas mortes, ainda sou a vencedora.

Enquanto ela falava, ouviu-se o som claro de um arco retesado, um som que aterrorizou a todos, menos a própria Níobe. O sofrimento a tornara valente.

Diante dos corpos dos irmãos, estavam de pé as irmãs, de túnicas negras e cabelos soltos. Uma delas acabara de puxar uma flecha de uma ferida quando ela mesma caiu, morta, sobre o corpo de que cuidava. Uma segunda irmã, enquanto tentava consolar a mãe em seu luto, de repente parou de falar, abatida por uma ferida imperceptível. Outras morreram quando se viravam para fugir e uma foi morta sem sair do lugar, paralisada de medo. Agora, seis haviam perecido e apenas a mais jovem restava. Sua mãe a abraçou, cobrindo-a e escondendo-a sob o vestido.

– Ó, deixa-me apenas uma – gritou –, a minha mais nova. De muitos, eu peço agora apenas por uma, e a menor de todas.

Mas, ainda enquanto ela falava, a filha por cuja vida implorava caiu morta. Privada de tudo, a pobre mãe sentou-se entre os corpos sem vida de seus filhos, suas filhas e seu marido. A dor tornou-a dura como pedra. A brisa não movia seus cabelos sobre a testa; seu rosto era branco e exangue; os olhos ficaram fixos como pedras em sua face triste; não havia nada nela que parecesse vivo; sua própria língua enrijeceu de encontro ao céu da boca; o sangue parou de correr por suas veias; seu pescoço não mais se inclinava, nem podia ela mover os braços e pés. Toda a sua carne e todo o interior de seu corpo se tornaram rocha. Ainda assim, as lágrimas corriam. Logo desceu um vento forte e ruidoso que a tomou do chão, carregou-a para sua própria terra e a deixou no alto de uma montanha. Ali ela ainda chora e, até hoje, as lágrimas gotejam do mármore.

Ácis e Galateia

Na costa rochosa da Sicília, vivia certa vez o Ciclope gigante chamado Polifemo. Ele era filho de Netuno, mas desprezava tanto os deuses como os homens. No meio de sua testa, havia um único grande olho, que, tempos depois, ele estava destinado a perder pelas mãos do herói grego Ulisses em seu retorno de Troia. Sua mente era rústica e tosca, assim como seu enorme corpo peludo. De fato não era nenhum prazer olhar para ele ou estar em sua proximidade.

Certo dia, enquanto ele andava pela praia, apoiando seus passos pesados em um imenso bastão tão alto quanto o mastro de um navio e alimentando seus rebanhos de carneiros, deparou-se com a ninfa marinha Galateia e, imediatamente, na medida em que um ser tão rude pudesse sentir amor, apaixonou-se por ela. A ninfa, porém, amava o jovem pastor Ácis e ele lhe correspondia, guardando-se apenas para ela.

Quanto ao Ciclope, Galateia odiava seus galanteios e sua figura quase tanto quanto amava Ácis. Isso, no entanto, não fez o Ciclope desistir de suas tentativas de ganhar-lhe o coração. Polifemo se esqueceu de seus rebanhos e cavernas, com suas provisões de queijos e leite. Começou agora a pensar em sua aparência e em como poderia ficar mais atraente. Penteou os cabelos desgrenhados com um ancinho e cortou a barba dura com uma foice. Foi depois examinar o rosto grosseiro em um lago e tentou tornar sua expressão mais agradável.

Havia um alto promontório que, com a forma de uma cunha, se projetava para o mar com água de ambos os lados. Ali o selvagem Ciclope subiu e se sentou. Seus carneiros lanosos o seguiram ao acaso, já que ele não lhes dava mais atenção. Largou o grande bastão diante dos pés e pegou sua flauta, que era feita de uma centena de juncos. As montanhas em toda a volta sentiram o som da flauta e a própria Galateia, que descansava nos braços de Ácis ao abrigo de uma rocha bem distante dali, ouviu claramente as palavras que o Ciclope cantava.

– Ó, Galateia – cantava ele –, que és mais branca que as folhas do alfeneiro nevado, mais parecida com uma flor do que todos os campos floridos, alta e ereta como uma antiga árvore, mais brilhante do que cristal, alegre e jovial como uma criança pequena, mais suave do que as conchas polidas pelas ondas contínuas, mais encantadora do que o sol no inverno ou a sombra no verão, mais gloriosa do que as maçãs, mais admirável do que o alto plátano, mais resplendente do que o gelo, mais doce do que a uva madura, mais delicada do que a plumagem do cisne ou leite coalhado, se ao menos não fugisses de mim, ó mais bela do que um viçoso e verde jardim! No entanto, Galateia, tu és mais teimosa do que uma novilha indomada, mais dura do que madeira de um velho carvalho, mais falsa do que água, mais rígida do que galhos de salgueiro, mais inabalável do que estas pedras, mais violenta do que uma correnteza de rio, mais vaidosa do que o pavão quando é elogiado, mais feroz do que o fogo, mais mordaz do que um espinho, mais agressiva do que uma ursa com filhotes, mais surda do que a água do mar, mais implacável do que uma cobra que é pisada e (isso em particular eu gostaria que não fosses) de pés mais ágeis não só do que um cervo diante dos cães, mas mesmo do que os ventos e as brisas velozes. Se ao menos me conhecesses bem, desejarias não ter fugido de mim. Tenho uma montanha inteira para morar, cavernas profundas onde o calor do sol nunca entra no verão nem o frio no inverno. Em meu pomar, os galhos pendem cheios de maçãs. Em minhas vinhas, crescem uvas tão amarelas quanto o ouro, além das uvas roxas. Ambos os tipos são para ti. Com tuas próprias mãos, poderás colher nos bosques sombreados os morangos silvestres, cerejas no outono e ameixas, não apenas as pretas cheias de sumo, mas também as grandes amarelas que parecem cera. Se te casares comigo, podes ter castanhas também, e todas as árvores serão tuas servas. E há meus rebanhos, tantos que já nem me importo de contá-los, minhas cabras e cabritos, e sempre abundância de leite branco como neve. E, se quiseres um bichinho para brincar, eu não te daria algo simples e comum como uma pequena corça, ou uma lebre, ou um cabrito, ou um par de pombas, ou um ninho de passarinhos tirado de uma pedra. Não, tenho dois ursinhos para brincares, tão parecidos um com o outro que não se consegue diferenciá-los. Quando eu os encontrei, disse: "Vou guardá-los para a moça que eu amo". Ó, vem, Galateia! Levanta tua bela cabeça do mar azul, e não desprezes o que eu te ofereço! Tenho uma boa ideia de mim mesmo agora, pois recentemente olhei meu rosto no espelho de um lago límpido. Gostei do que vi. Vê como sou grande! Uma profusão de cabelos projeta-se sobre minha testa e cai sobre meus ombros como uma floresta. Não deves achar feio ser coberto inteiramente de pelos espessos e grossos, como eu sou. Árvores são feias sem suas folhas e carneiros sem sua lã. Homens também deveriam ser cobertos de pelos rijos como os meus. É verdade que tenho apenas um olho no meio da testa, mas esse olho é grande como uma roda de carro. Ó, Galateia, não temo nenhum dos deuses, mas temo a ti e tua raiva. Seria mais fácil suportar tua recusa se recusasses todos os outros. Como podes amar Ácis e preferi-lo a mim? Eu gostaria de chegar perto dele para fazê-lo descobrir a minha força. Arrancaria o coração de seu corpo, fá-lo-ia em pedaços, membro por membro, e espalharia as partes pelos campos e pelas águas do teu mar. Pois estou abrasado de amor e mais abrasado ainda por ser rejeitado. Parece que tenho um vulcão em meu coração e tu, Galateia, nem te importas.

Assim, o Ciclope cantava e ressoava sobre o mar. Então ele levantou-se e pôs-se a andar irrequieto, assim como um touro, quando a vaca lhe é tirada, não pode ficar parado e percorre os bosques e os pastos bem conhecidos.

De repente, viu Galateia e Ácis escondidos e abraçados sob a rocha.

– Eu vejo os dois – gritou – e vou fazer que esse encontro seja o último.

Seus gritos monstruosos e terríveis fizeram todo o Etna ressoar e ecoar o som. Galateia, aterrorizada, pulou no mar e mergulhou sob as ondas. Ácis virou-se para correr, mas o Ciclope correu atrás dele, arrancou um grande pedaço da encosta de uma montanha e arremessou-o contra o rapaz. Apenas um canto da enorme massa o atingiu, mas isso foi suficiente para enterrá-lo inteiramente sob terra e pedras.

Os deuses tiveram pena de Ácis. Da terra sob a qual ele estava enterrado, primeiro começou a vazar sangue escarlate. Depois de algum tempo, a cor vermelha se atenuou; agora, era como água barrenta de rio, adensada por uma tempestade; em seguida, a terra se fendeu e um alto junco verde projetou-se pela rachadura. Então, por essa abertura, jorrou um fluxo de água brilhante, um novo rio, e, de pé com água até a cintura na correnteza, surgiu o deus do rio, um belo jovem, com pequenos chifres recém-crescidos na testa, todo ornados com juncos brilhantes. Esse era Ácis, exatamente como havia sido, exceto pelos chifres e exceto por agora ser maior. O rio uniu suas águas às do mar e recebeu o nome de seu próprio deus.

Glauco e Cila

Glauco, um deus do mar, já havia sido um mortal. Ele vivia na ilha de Eubeia e, mesmo então, em sua vida mortal, já era devotado ao mar e passava nele todo o seu tempo, às vezes puxando redes cheias de peixes, às vezes sentado nas pedras com linha e vara, admirando as ilhas e montanhas por sobre as águas azuis.

Há uma parte da praia em que a relva verde chega até a água. Ali, nenhum gado de chifres jamais pastou, nem tranquilas ovelhas danificaram a grama, nem cabras de longos pelos. Nenhuma abelha atarefada jamais atravessou a campina em busca de mel, nem mãos humanas colheram flores para guirlandas. Aquele era um lugar deserto, e Glauco foi o primeiro a se sentar na grama macia, onde espalhou as linhas e redes para secar e começou a contar os peixes que havia pescado, dispondo-os sobre a relva em fileiras.

Enquanto fazia isso, espantou-se ao ver que os peixes, assim que eram colocados na grama, começavam a se agitar e a se debater; moviam-se, então, pela terra como se estivessem na água e logo desciam até o mar e escapavam nadando.

Surpreso, Glauco ficou um longo tempo ali parado, imaginando qual poderia ser a razão daquele acontecimento estranho. Seria um dos deuses que dera poder aos peixes? Ou o efeito de alguma magia na grama? Decidiu testar se a grama teria algum efeito sobre ele e, pegando um punhado de relva e flores, levou-o à boca. Mal havia começado a provar os estranhos sucos quando sentiu o coração trêmulo e o desejo de um modo de vida completamente diferente.

– Adeus, Terra! – gritou. –Nunca mais voltarei para ti.

E mergulhou no mar.

Os deuses do mar o acolheram e fizeram dele um dos seus. Limparam tudo o que nele era mortal, primeiro repetindo sobre ele nove vezes um encantamento, depois lavando seu corpo nas correntes de cem rios. Quando os rios despejaram a água sobre sua cabeça, Glauco perdeu a consciência. Ao recuperar os sentidos, percebeu que tanto seu corpo como sua mente haviam mudado. Agora, ele tinha uma longa barba ondulante, cabelos verdes escuros que flutuavam a seu lado nas ondas, ombros enormes, braços azuis como o mar e pernas curvas que terminavam em nadadeiras de peixe. Soprando em uma trompa feita de uma concha do mar profundo, ele saiu nadando e mergulhando com as Nereidas e outros deuses e deusas do oceano.

Havia uma moça mortal, Cila, que, em seu orgulho, recusara todas as propostas de casamento e costumava vir conversar com as ninfas do mar. Glauco apaixonou-se por ela e contou-

-lhe sua história, desejando mostrar-lhe que, embora fosse um deus, também era capaz de compreender os mortais. Cila, porém, fugiu dele, como havia fugido de todos os outros, e Glauco, furioso e ofendido por ter sido rejeitado, foi buscar ajuda no palácio e na ilha maravilhosos da deusa Circe.

Com seus braços enormes e pernas e cauda sinuosas, ele passou nadando pela Sicília e a Itália e chegou às colinas relvosas e aos bosques onde Circe tinha seu palácio. Nos bosques havia ursos e leões, panteras, tigres, animais de todo tipo – todos eles homens que haviam sido transformados pelos encantamentos de Circe. A deusa o recebeu e ele lhe disse:

– Ó, deusa, tem piedade de um deus. Só tu, se me julgares digno, podes me ajudar em meu amor. Eu próprio conheço o poder das ervas mágicas, já que foi por meio delas que me tornei um deus. Agora, estou apaixonado por uma mortal. Seu nome é Cila e ela mora na costa da Itália, em frente à Sicília. Imploro-te que uses algum encanto ou erva mágica para me ajudar. Não quero que me cures de meu amor, mas que faças Cila me amar pelo menos com um pouco do sentimento que tenho por ela.

Circe, porém, era uma deusa de coração muito propenso a se apaixonar por deuses ou homens. Quando viu Glauco, desejou tê-lo para si e lhe disse:

– Seria muito melhor deixar de lado alguém que não te quer e seguir quem te deseja. Tu, que poderias ser cortejado, não deverias perder teu tempo cortejando. Para te dar confiança em teus próprios encantos, eu te digo que eu mesma, a filha do Sol, uma deusa, gostaria de ter o teu amor.

A isso, Glauco respondeu:

– Posso te dizer que, enquanto Cila viver, folhas crescerão no mar e algas no alto das montanhas antes que meu amor mude.

Circe ficou furiosa. Não podia fazer nada contra ele e, como o amava, talvez nem quisesse isso. Toda a sua raiva se voltou contra a mulher que fora preferida a ela. Imediatamente, misturou os sucos de ervas terríveis, enquanto murmurava encantamentos que são usados por Hécate, a deusa das feiticeiras. Depois, vestiu um manto azul e seguiu pelo meio dos animais selvagens, que lambiam suas mãos e a acompanhavam com agrados enquanto ela passava. Caminhou sobre as ondas do mar como se fossem terra firme, apenas tocando a superfície com os pés secos, e chegou ao canal de onde a Itália olha para a Sicília.

Havia uma pequena lagoa cercada de pedras com o formato da lua crescente onde Cila adorava vir descansar. Ali ela costumava refrescar-se no calor do meio-dia e, nessa lagoa, antes de Cila chegar, Circe colocou os venenos terríveis que havia trazido, novamente murmurando sobre eles suas palavras encantadas.

Então Cila veio, e havia entrado na lagoa até a cintura quando, ao olhar para baixo, viu em toda a volta da parte inferior de seu corpo as formas de monstros latindo. Quando os percebeu pela primeira vez, não pôde acreditar que eram realmente partes de seu corpo e fugiu aterrorizada diante da visão das ferozes cabeças de cachorro. Enquanto fugia, porém, levava consigo aquilo de que tentava escapar. Ao deslizar as mãos para sentir a carne de suas coxas, pernas e pés, tudo o que sentiu foram cabeças de cachorros de boca escancarada, temíveis como o próprio Cérbero. Em vez de pés, corria sobre pescoços peludos e caras selvagens de feras.

Glauco, que a amava, chorou por ela e fugiu para longe de Circe, que usara seus feitiços com tanta crueldade. Quanto a Cila, ela permaneceu fixa à pedra naquele local. À sua frente, estavam a figueira e o grande turbilhão de Caribde. Tempos depois, quando teve a oportunidade, ela tentou vingar-se de Circe matando os marinheiros de Ulisses, que havia sido amigo da feiticeira.

Belerofonte

Belerofonte era filho do rei de Corinto e um jovem de notável força e beleza, além de corajoso e disposto a empreender qualquer aventura difícil.

Logo depois de atingir a idade adulta, teve a infelicidade de matar por acidente um de seus parentes e, para evitar a culpa de sangue, deixou sua terra natal e foi viver em Argos.

Preto era o rei do país e, ali, Belerofonte teve uma generosa acolhida. O rei admirou-se com a coragem e a beleza do jovem; feliz por poder contar com seus serviços na paz e na guerra, elevou-o a uma posição de honra na corte. Belerofonte poderia ter vivido por muito tempo em Argos se a esposa do rei, Anteia, não tivesse se apaixonado por ele. A rainha se aproximou dele com palavras carinhosas e implorou-lhe que a tirasse do marido. Belerofonte, grato ao rei pela hospitalidade e por suas muitas gentilezas, recusou-se, indignado, a ouvir as vergonhosas sugestões de Anteia. Por causa disso, o amor dela se transformou em ódio. Ela procurou Preto e lhe disse:

— Se tens algum respeito por tua esposa, exijo que esse rapaz seja condenado à morte. Ele está louco de amor por mim e já tentou me levar daqui à força.

Preto acreditou nas palavras pérfidas da mulher, mas, ainda assim, não queria ver recair sobre si a culpa e a impopularidade de condenar o rapaz à morte. Decidiu, portanto, enviá-lo para visitar seu sogro Iobates, rei da Lícia, na Ásia Menor, e, antes de ele partir, entregou-lhe uma mensagem selada em que estava escrito: "Se me amas e valorizas a minha amizade, não faças perguntas e condena imediatamente o portador desta mensagem à morte".

Belerofonte pegou a mensagem sem nenhuma suspeita de que estivesse carregando a sua própria sentença de morte e iniciou a viagem pelo mar até a Lícia. Quando lá chegou, o rei Iobates, sabendo que ele era o favorito do rei de Argos, acolheu-o afetuosamente e entreteve-o nos ricos salões de seu palácio. Participaram juntos do banquete com alegria e camaradagem, mas, quando a festa terminou, Belerofonte entregou ao rei a mensagem que havia trazido. Este a leu com surpresa e espanto, sem querer acreditar que um rapaz tão distinto pudesse ter feito mal a seu protetor e relutante também em violar as leis sagradas de hospitalidade matando um estrangeiro que ele havia acolhido em seus próprios salões. No entanto, não podia se recusar a obedecer às instruções claras do rei de Argos. Ocorreu-lhe um plano pelo qual parecia certo que o jovem encontraria a morte, sem que o rei em si tivesse de incorrer na culpa de ocasioná-la diretamente. Belerofonte já se havia oferecido para ajudar o rei em qualquer coisa em que seus serviços pudessem ser úteis. O rei, então, ordenou-lhe que encontrasse e matasse a Quimera, um monstro invencível que vivia em cavernas rochosas e arrasava toda a região à sua volta. A Quimera tinha cabeça de leão, corpo de uma grande cabra peluda e cauda de dragão. De sua boca saíam tamanhos jatos de fogo e fumaça que ninguém podia se aproximar dela. Movia-se com incrível velocidade, caçando homens e animais de criação, de modo que, por muitos quilômetros em torno de seu covil rochoso, a terra estava devastada.

Belerofonte sabia das dificuldades e perigos da tarefa, mas aceitou-a com disposição e boa vontade. Sua coragem, porém, não teria sido suficiente se ele não tivesse sido ajudado pela deusa Minerva. Ela lhe disse que ele jamais venceria a Quimera sem a ajuda de Pégaso, o cavalo alado que havia surgido do sangue da Medusa, morta por Perseu, e que agora vivia no monte Hélicon com as Musas sem nunca ter sentido o peso de um homem em seu dorso. Assim, Belerofonte partiu uma vez mais em uma longa jornada. Encontrou o cavalo, um animal maravilhoso e veloz, branco como a neve e macio como seda não só em toda a pele do corpo, mas também nas asas reluzentes que saíam de seus ombros. Durante um dia inteiro, Belerofonte tentou colocar as rédeas em torno do pescoço do animal, mas Pégaso não o deixava chegar suficientemente perto. Sempre que Belerofonte se aproximava, o cavalo fugia a galope até ficar fora do alcance ou se elevava no ar com suas asas e ia pousar nas campinas frescas onde costumava pastar. À noite, cansado e desanimado, Belerofonte deitou-se para dormir. Sonhou que Minerva vinha até ele e lhe dava uma rédea de ouro. Ao despertar, descobriu que isso de fato havia acontecido. Ao seu lado, havia uma bela rédea dourada e, com ela nas mãos, Belerofonte saiu novamente à procura de Pégaso. Quando o cavalo viu a rédea, baixou a cabeça e avançou mansamente, permitindo que Belerofonte a colocasse nele e montasse. Pôs-se então em voo e partiram velozes como uma estrela cadente por entre as nuvens até a região em que a Quimera vivia, pois o cavalo era um animal divino e sabia exatamente a razão pela qual precisavam dele.

Voando sobre as ravinas profundas e as cavernas rochosas nas montanhas, Belerofonte viu lá embaixo o brilho vermelho de fogo e a fumaça subindo pelo ar. Ajustou o curso de Pégaso para voar até mais perto da terra e logo apareceu o enorme corpo do monstro que vinha saindo em fúria de seu covil. Pégaso pairou sobre a criatura como um falcão paira sobre a presa e Belerofonte lançou suas flechas contra o grande corpo de cabra abaixo dele, até inundar o chão de sangue. Depois, mergulhando entre as nuvens de fumaça, cravou sua espada repetidamente no pescoço e nos flancos da fera. Não tardou para que a Quimera caísse morta, estendida sobre o solo. Belerofonte cortou-lhe a cabeça e despediu-se do nobre cavalo que o ajudara, porque Minerva lhe ordenara que, após cumprir a tarefa, ele deveria soltar o animal. Pégaso nunca mais foi montado por nenhum homem mortal. Afastou-se dali como um raio pelo céu. Alguns dizem que voltou aos pastos verdes do Hélicon e que, no local em que seus cascos tocaram o chão, jorrou a fonte de Hipocrene. Outros dizem que foi nesse momento que Júpiter colocou o cavalo alado entre as estrelas.

Belerofonte, por seu lado, retornou ao rei Iobates levando consigo a cabeça da Quimera. O rei ficou feliz ao ver que o monstro tinha sido derrotado e admirou a coragem do jovem que realizara a façanha. Ainda assim, sentia-se obrigado a cumprir as instruções do rei de Argos e a garantir a morte de Belerofonte. Mandou-o, então, a lutar contra os sólimos, uma tribo de ferozes habitantes das montanhas que viviam nas fronteiras da Lícia e que haviam vencido os exércitos do rei todas as vezes que ele os enviara até lá. Belerofonte, com um pequeno contingente de homens, marchou para as montanhas, matou ou levou como prisioneiros todos os membros da tribo e retornou sem um ferimento sequer.

Em seguida, foi enviado contra a nação guerreira das Amazonas, as valentes mulheres que haviam derrotado tantos exércitos de homens em batalhas. A elas também Belerofonte venceu e, então, o rei pensou em um último plano para atender a vontade do rei de Argos. Selecionou de seus exércitos os homens melhores e mais fortes e ordenou-lhes que preparassem uma emboscada para Belerofonte em seu caminho de volta da vitória sobre as Amazonas. Uma vez mais, os deuses o protegeram. Com suas próprias mãos, ele matou todos os seus agressores e, quando chegou de volta à corte, o rei Iobates exclamou:

– Não pode haver dúvidas de que o jovem é inocente. Caso contrário, os deuses não teriam salvado a sua vida tantas vezes.

Ele deu a Belerofonte sua filha como esposa, compartilhando com ele suas riquezas e seu trono. E, quando Iobates morreu, Belerofonte tornou-se o rei da Lícia.

Midas

O velho Sileno, o gordo companheiro do deus Baco, estava quase sempre bêbado. Certa vez, no país da Frígia, alguns camponeses o encontraram deitado no chão, tonto de vinho. Amarraram-no com cordões de flores e levaram-no para seu rei, que se chamava Midas.

Midas reverenciava Baco e seus seguidores. Ficou feliz em ver o velho Sileno e tratou-o com hospitalidade. Entreteve-o por dez dias e noites e, no décimo primeiro dia, levou-o alegremente de volta a Baco.

Baco ficou tão satisfeito em encontrar seu companheiro são e salvo que disse a Midas:

– Escolhe o que quiser como presente e vai ser-te dado.

Midas fez mau uso da oportunidade que o deus lhe proporcionava.

– O que eu queria – disse – é que tudo em que eu tocar seja transformado em ouro.

Baco atendeu o pedido, mas desejou que ele tivesse feito uma escolha melhor, porque aquilo que ele pedira só lhe traria sofrimento. Mas Midas foi embora cheio de alegria e decidiu experimentar imediatamente os efeitos de seu novo poder. Mal ousando acreditar, quebrou um galho de um pequeno carvalho. No mesmo instante, o galho se transformou em ouro. Levantou uma pedra do chão e a pedra começou a brilhar e reluzir como metal precioso. Tocou um punhado de terra e esta se tornou uma pepita de ouro. Deslizou a mão sobre as espigas do trigo que crescia e a plantação tornou-se uma plantação de ouro. Pegou uma maçã de uma árvore e, quando a segurou na mão, era como se fosse uma das maçãs das Hespérides. Se tocasse os pilares de seu palácio, estes resplandeciam e brilhavam. Quando lavava as mãos, a água corrente que despejava sobre elas se tornava uma chuva de ouro. Ao pensar que poderia transformar tudo em ouro, parecia-lhe que sua felicidade ia além dos seus sonhos mais loucos.

Enquanto ele ainda comemorava seu novo poder, seus criados arrumaram-lhe uma mesa repleta de carnes saborosas e pães. Porém, ao estender a mão para pegar o pão, este imediatamente ficou duro e rijo. Quando colocou na boca um pedaço de carne e começou a mastigá-la, percebeu que seus dentes mordiam metal sólido. Misturou água ao vinho para beber, mas, quando levou a taça aos lábios, foi metal fundido que escorreu para a sua boca.

Aquilo estava longe de ser o que ele havia imaginado. Ficara realmente mais rico, mas também muito infeliz. Desejava agora poder escapar de sua riqueza e odiava o próprio dom que havia pedido. Todos os alimentos do mundo não podiam aliviar sua fome. Sentia a garganta ressecada de sede. Estava sendo torturado pelo odioso ouro. Erguendo para os céus seus braços e mãos reluzentes, ele orou:

– Ó pai Baco, perdoa meu erro! Tem pena de mim e retira esse dom que parecia tão diferente do que realmente é!

Os deuses são bons. Midas havia confessado seu erro e Baco fez que ele voltasse a ser como era antes.

– E – disse o deus – para que não continues com a pele toda coberta do ouro que estupidamente desejaste, vai até o rio Pactolo que passa pela grande cidade de Sardes. Segue a corrente pelas montanhas até chegar à nascente. Ali, onde o rio espumante sai em jorro das rochas, banha tua cabeça e teu corpo. Isso, ao mesmo tempo, removerá o teu pecado.

Midas fez como o deus ordenou. O toque de ouro passou de seu corpo para a água. Até hoje, o rio corre sobre areias de ouro e carrega pó de ouro para o mar.

Agora Midas não queria mais saber de riquezas. Perambulava pelos campos e florestas venerando o deus-bode Pã, que vive nas grutas das montanhas. Sua mente, porém, ainda era obtusa e tola, e não tardou a prejudicá-lo novamente.

Perto da cidade de Sardes está a grande montanha Tmolo, e ali, um dia, Pã estava cantando para as belas ninfas e tocando para elas sua flauta feita de juncos unidos com cera. Enquanto cantava, ele ousou dizer que sua música era melhor do que a de Apolo e desafiou o próprio deus da música para uma disputa, com Tmolo como juiz.

Apolo veio e Tmolo, deus da montanha, tomou seu assento, afastando as árvores das laterais da cabeça. Tinha uma grinalda de carvalho em torno dos cabelos escuros e bolotas pendiam sobre suas têmporas fundas. Ele olhou para Pã, o deus dos pastores, e disse:

—Vê, o juiz não demorou. E está pronto para ouvir.

Então Pã fez sua música na flauta campestre. Era uma música rústica, mas encantou Midas, que por acaso estava entre os ouvintes. Quando Pã terminou, Tmolo voltou-se para Apolo e, ao se virar, as florestas viraram com ele.

Nos cabelos loiros, o deus usava uma grinalda de louros do monte Parnasso. Sua longa túnica, que se arrastava pelo chão, era tingida de vermelho com corantes tírios. Na mão esquerda, ele segurava a lira, reluzente de marfim e pedras preciosas. Na mão direita, trazia o plectro para tanger as cordas. Sua própria postura já revelava que ele era um músico. O deus começou a tocar as cordas e logo Tmolo, totalmente encantado com aquela doce e nobre melodia, disse a Pã que sua flauta não era páreo para a lira de Apolo.

Todos concordaram com o julgamento do deus da montanha – todos exceto Midas, que insistiu em discutir e dizer que a decisão era injusta. Apolo, então, decidiu que ele não merecia ter orelhas humanas. Fez que elas se tornassem longas, deu-lhes pelos cinzentos e grossos e as tornou capazes de se mover desde a base. Em todos os outros aspectos, Midas era humano; mas, como castigo por seu mau gosto, tinha agora as orelhas de um burro.

Midas, naturalmente, envergonhou-se delas e as cobriu com um turbante roxo que passou a usar na cabeça. Mas o criado que costumava cortar seus cabelos descobriu o segredo. Não ousava contar aos outros o que havia descoberto, mas não podia guardar o segredo só para si. Então saiu e cavou um buraco no chão. Ajoelhando-se, sussurrou dentro do buraco:

– O rei Midas tem orelhas de burro.

Depois, encheu novamente o buraco de terra e foi embora, aliviado por ter dito as palavras, ainda que ninguém as tivesse ouvido. Mas um feixe de juncos murmurantes brotou naquele local e, depois de crescidos, quando eram agitados pelos ventos do outono, repetiam as palavras que estavam enterradas em suas raízes.

– Midas tem orelhas de burro – diziam a cada brisa, e as brisas espalhavam a história.

A corrida de Atalanta

A caçadora Atalanta, que Meleagro, antes de morrer, havia amado, podia correr mais rápido do que o mais rápido dos corredores entre os homens. E sua beleza não era inferior à velocidade de seus pés; ambos eram dignos de louvores.

Quando Atalanta perguntou ao oráculo com quem deveria se casar, o deus respondeu:

— Não te cases, Atalanta. Se o fizeres, isso te trará desgraça. Mas tu não escaparás e, ainda que continues a viver, não serás mais tu mesma.

Aterrorizada com essas palavras, Atalanta decidiu morar nos bosques escuros, sem se casar. Havia muitos homens querendo desposá-la, mas, a esses que a procuravam ansiosos, ela disse:

— Ninguém me terá como esposa a menos que ganhe de mim na corrida. Se quiserdes, podeis competir comigo. Se algum de vós vencer, terá a mim como prêmio. Mas aqueles que forem derrotados terão a morte como recompensa. Estas são as condições para a corrida.

Ela era de fato cruel, mas sua beleza tinha tamanho poder que vários rapazes se mostraram impacientes para competir com ela mesmo sob essas condições.

Havia um jovem chamado Hipômenes que viera assistir à competição. A princípio, dissera a si mesmo: "Que homem em seu juízo perfeito correria tal risco para conseguir uma esposa?". E condenara os rapazes por estarem tão loucamente enamorados. No entanto, quando viu o rosto e o corpo de Atalanta despido para a corrida, um rosto e um corpo como os da própria Vênus, sentiu-se atordoado e, estendendo os braços, declarou:

— Eu não tinha o direito de culpar esses rapazes. Não sabia qual era o prêmio pelo qual eles iam correr.

Enquanto falava, seu próprio coração abrasou-se de amor por ela e, em ciumento temor, desejou que nenhum dos jovens conseguisse vencê-la na corrida. Então pensou consigo: "Mas por que não deveria eu arriscar a sorte? Quando se aceita um risco, os deuses ajudam".

A corrida já havia começado e a moça passou por ele sobre pés que pareciam ter asas. Embora ela tivesse passado com a rapidez de uma flecha, ele admirou sua beleza ainda mais. Na verdade, ela ficava particularmente bela correndo. Seus cabelos ondulavam ao vento sobre os ombros de marfim; as fitas com bordas brilhantes esvoaçavam junto aos joelhos; o branco de seu corpo jovem enrubescia, como quando um toldo purpúreo é puxado sobre o mármore branco e faz a pedra reluzir com sua cor. Enquanto Hipômenes mantinha os olhos fixos nela, Atalanta chegou ao final da corrida e foi coroada com a grinalda de vencedora. Os rapazes, com gemidos, submeteram-se à penalidade da morte de acordo com as condições que haviam aceitado.

O destino deles, porém, não teve efeito algum sobre Hipômenes. Ele avançou e, olhando firmemente para Atalanta, disse:

– Para que obter uma glória fácil vencendo esses lerdos? Corre agora comigo. Se eu ganhar, não será nenhuma vergonha para ti. Sou filho de um rei e Netuno é meu avô. E, se me derrotares, será uma honra poder dizer que venceste Hipômenes.

Enquanto ele falava, Atalanta o observava com uma expressão mais suave nos olhos. Perguntava-se se de fato queria derrotar ou ser derrotada. Pensou consigo mesma: "Que deus, invejoso dos belos rapazes, quer destruir este e fazê-lo buscar o casamento comigo, arriscando sua própria vida preciosa? Em minha opinião, eu não valho isso. Não é a beleza dele que me toca (embora eu pudesse facilmente ser tocada por ela); é porque ele ainda é apenas um garoto. E há também a sua coragem e o fato de ele estar disposto a arriscar tanto por mim. Por que ele deveria morrer, simplesmente por querer viver comigo? Eu gostaria que ele fosse embora enquanto ainda pode e percebesse que é fatal querer-me como esposa. Ele merece viver. Se ao menos eu fosse mais afortunada, se ao menos o destino não me tivesse proibido de casar, ele seria o homem que eu escolheria".

Mas o pai de Atalanta e todo o público já estavam pedindo que a corrida acontecesse. Hipômenes orou para Vênus, dizendo:

— Ó, deusa, que colocaste esse amor em meu coração, agora fica perto de mim nesta prova e me ajuda!

Uma brisa suave carregou sua oração até a deusa e ela se comoveu. Restava pouco tempo, porém, para que ela o ajudasse. Mas aconteceu de ela estar voltando de sua ilha sagrada de Chipre, onde, em um dos jardins de seu templo, cresce uma macieira de ouro. As folhas são douradas; os ramos e as frutas retinem seu metal quando o vento os agita. Vênus tinha nas mãos três maçãs de ouro que acabara de pegar dessa árvore. Ela desceu à terra, visível apenas para Hipômenes, e mostrou a ele como usar as maçãs.

As trombetas soaram e os dois corredores largaram do ponto de partida, deslizando sobre a pista arenosa com pés tão leves que davam a impressão de que eles poderiam correr sobre o mar ou sobre os topos ondulantes de plantações de trigo. O público gritava seus aplausos.

— Agora, Hipômenes! — diziam. — Corre como nunca correste antes! Estás ganhando!

Seria difícil dizer se quem ficava mais feliz com esses incentivos era Hipômenes ou a própria Atalanta. Por algum tempo, Atalanta, embora pudesse ter ultrapassado o rapaz, não o fez. Correu ao lado dele, fitando-lhe o rosto. Depois, quase sem querer, deixou-o para trás. Ele, com a garganta seca e os pulmões doloridos, continuou a segui-la; à distância, o marco de chegada ainda estava longe. Hipômenes pegou uma das maçãs que Vênus lhe dera e jogou na direção de Atalanta. A moça olhou com espanto para a fruta brilhante e, desejando tê-la, parou de correr para pegá-la. Hipômenes a passou e, uma vez mais, os espectadores gritaram em apoio. Logo, porém, Atalanta compensou o terreno perdido e deixou novamente Hipômenes para trás. Ele jogou a segunda maçã, uma vez mais tomou a dianteira e uma vez mais foi ultrapassado. Agora, o marco da chegada já estava à vista e Hipômenes, com uma oração para Vênus, lançou a última maçã para o lado, de modo que ela aterrissou a alguma distância da pista. Atalanta pareceu hesitar, mas Vênus a fez ir atrás da fruta e, quando ela a pegou, a deusa tornou a maçã mais pesada, prejudicando a jovem não só pelo tempo perdido, mas também pelo peso que carregava. Dessa vez, ela não conseguiu alcançar Hipômenes. Ele passou o marco de chegada em primeiro lugar e reivindicou-a como sua noiva.

Hipômenes deveria, então, ter agradecido a Vênus, mas esqueceu-se completamente da deusa que o ajudara, não lhe prestando agradecimentos nem lhe oferecendo sacrifícios.

Vênus zangou-se e decidiu fazer dos dois um exemplo. No caminho para a casa de Hipômenes, eles passaram por um templo consagrado à mãe dos deuses, a grande Cibele. Nenhum mortal tinha permissão para passar a noite nesse templo, tão sagrado era o local; mas Vênus colocou no coração de

Hipômenes e Atalanta, que estavam cansados da viagem, a ideia de descansar ali a noite toda e tratar o templo da deusa como se fosse uma hospedaria comum. Assim, no mais sagrado dos santuários, onde imagens de madeira dos deuses antigos desviaram os olhos horrorizados com a profanação, eles repousaram juntos. Mas a deusa terrível, com a cabeça enfeitada por uma coroa de torres, apareceu para eles. Cobriu o pescoço de ambos, antes tão lisos, com jubas castanhas; seus dedos tornaram-se garras afiadas e os braços transformaram-se em patas. A maior parte de seu peso deslocou-se para o peito e, atrás de si, eles varriam o chão arenoso com uma longa cauda. Em vez do palácio que esperavam, viviam agora nos bosques selvagens, leão e leoa, terríveis para os outros, mas, quando Cibele precisava deles, eram mansos o bastante para puxar o carro da deusa, mordendo o freio de ferro entre os dentes cerrados.

Ceíce e Alcíone

Ceíce era filho de Lúcifer, a estrela da manhã. Alcíone, sua esposa, era filha de Éolo, deus dos ventos. Os deuses que eram seus pais não puderam salvá-los do infortúnio; mas, no fim, eles foram felizes.

Certa vez, Ceíce, perturbado por muitos eventos estranhos que haviam ocorrido em seu reino, decidiu partir em viagem pelo mar para consultar um famoso oráculo. Ele contou à sua fiel esposa Alcíone o que pretendia fazer e, ao ouvi-lo, o rosto dela ficou pálido como madeira de buxo, lágrimas correram-lhe pela face e ela sentiu um arrepio até a medula dos ossos.

– O que eu fiz, querido esposo – disse ela –, para que mudásses? Por que paraste de cuidar de mim em tudo? Como podes partir tranquilo e deixar tua Alcíone para trás? Se tua viagem fosse por terra, eu ficaria triste, mas não assustada. Mas o mar e a face implacável das águas me aterrorizam. Há poucos dias, vi tábuas quebradas lançadas à praia; e muitas vezes já li nomes de homens em túmulos vazios. Não te mostres arrojado apenas porque meu pai mantém os ventos em sua prisão. Quando os ventos são soltos e chegam ao mar aberto, nada pode ser feito para segurá-los. Eu os vi quando era criança na casa de meu pai e sei como eles são. Mas, se nada que eu disser puder te fazer mudar de ideia, se estiveres realmente decidido a ir, então, querido esposo, leva-me contigo. Assim pelo menos enfrentaremos as tempestades juntos e não terei nada a temer exceto aquilo que eu puder ver e sentir.

Ceíce, que amava a esposa tanto quanto ela o amava, comoveu-se com suas palavras e suas lágrimas. Mas não queria desistir da viagem nem desejava que ela corresse os riscos. Usou muitos argumentos para tentar confortar o coração temeroso de Alcíone, mas não a convenceu. A única coisa que a consolou foi quando ele disse:

– Eu sei que esta separação parecerá longa para nós dois, mas eu te juro pelo fogo da estrela de meu pai que, a menos que o destino me impeça, voltarei antes de duas luas terem se passado.

Essa promessa de retorno a deixou mais feliz e Ceíce ordenou imediatamente que seu navio fosse preparado para a viagem. Quando viu a embarcação, Alcíone, como se pudesse ler o futuro, começou a tremer e as lágrimas voltaram a seus olhos. Depois de beijar o marido e desejar boa viagem, ela desmaiou. O próprio Ceíce tentou pensar em alguma desculpa para adiar a partida, mas os remadores, sentados em ordem em seus bancos, já puxavam os remos em direção ao peito forte, deixando o mar branco de espuma sob as batidas regulares. Alcíone abriu os olhos, ainda molhados de lágrimas, e viu o marido de pé na alta popa, sacudindo a mão para ela. Acenou de volta e, quando o navio se afastou da terra e ela já não podia ver o rosto de Ceíce, continuou acompanhando o movimento rápido da embarcação com o olhar. Quando o navio desapareceu, fixou os olhos nas velas que balançavam no alto do mastro. Depois foi para seu quarto e se atirou na cama. O quarto e a cama fizeram-na chorar novamente, pois a lembravam que uma parte de si havia partido.

Enquanto isso, o navio havia deixado o porto e uma brisa fresca começou a cantar nas cordas. O capitão mandou parar os remos e abrir totalmente as velas. Assim, durante o dia inteiro, o navio correu sobre o mar, mas, à noite, quando a terra de ambos os lados estava distante, as ondas começaram a se erguer com cristas brancas e os ventos sopraram com mais força.

– Rápido! – gritou o capitão. – Baixar verga e reduzir velas!

O vento soprando em seu rosto levou embora o som das palavras, mas os marinheiros, por si sós, começaram a puxar os remos para dentro do navio, tampar os orifícios de passagem dos remos e enrolar as velas. Alguns tiravam água do convés, outros se apressavam em seus diferentes preparativos para enfrentar a tempestade. E, a cada momento, a força da intempérie aumentava. Os ventos furiosos vinham de todas as direções, chicoteando as ondas raivosas. O próprio capitão, aterrorizado, admitiu não saber que ordens dar, porque o peso e o volume do vento e da água eram excessivos para a sua habilidade. Tudo estava em convulsão – homens gritando, rajadas de vento zunindo através do cordame, ondas rugindo e trovões estrondeando no alto do céu. As ondas, da altura de montanhas, pareciam lamber as nuvens baixas com a espuma que levantavam. Em seu rastro, era possível ver a areia amarela levantada do fundo do mar.

Quanto ao navio, às vezes era erguido alto no ar, de modo que os marinheiros aterrorizados podiam ver o vazio abaixo deles; às vezes era lançado para baixo como para as profundezas do inferno, e das profundezas eles fitavam o céu elevando-se sobre a cabeça. As ondas batiam e golpeavam as laterais da embarcação, como aríetes de ferro contra a muralha de uma cidade sitiada. Logo as cunhas que ajustavam o casco começaram a afrouxar. Mais e mais a água entrava, enquanto cortinas de chuva caíam das nuvens cheias. Parecia que todo o céu estava sendo despejado sobre o mar e que o próprio mar intumescido subia para o céu. Nenhuma estrela brilhava. Tudo era noite escura, exceto quando os relâmpagos intermitentes faiscavam entre as nuvens e lançavam brilhos vermelhos sobre as ondas.

Como quando soldados se lançam sobre a muralha de uma cidade e, depois que um ou dois encontram um apoio para os pés, a tarefa fica mais fácil para os outros, assim também quando uma onda pulava sobre a lateral do navio, outras a seguiam e logo o navio estava cheio de água. A habilidade e a coragem se esgotavam. Alguns dos marinheiros estavam chorando, outros quedavam paralisados de terror; alguns oravam para pelo menos poder ter um sepultamento em terra, outros pensavam em seus irmãos, esposas ou filhos que haviam ficado para trás.

Ceíce pensou em Alcíone e apenas o nome dela estava em seus lábios. Desejava apenas ela, mas estava feliz por não a ter trazido. Gostaria de voltar os olhos pela última vez para seu próprio país e seu próprio lar, mas não tinha ideia da direção em que eles ficavam.

Um turbilhão quebrou o mastro; o leme também foi arrebentado. Então uma última onda, como se estivesse orgulhosa da vitória, rolou por cima das outras e, com um estrondo fenomenal, caiu em cheio sobre o navio, esmagando o convés e empurrando-o para o fundo do mar. Quase todos os homens foram arrastados para o fundo com o barco e morreram, sugados pelo rodamoinho onde o navio desapareceu. Alguns ainda se agarraram aos destroços e entre estes estava Ceíce, cujas mãos estavam mais acostumadas a segurar um cetro.

Lutando para se manter na superfície, ele chamava em vão por seu pai Lúcifer e por seu sogro, o rei dos ventos. Mas, principalmente, enquanto nadava, era o nome de Alcíone que estava em seus lábios. Era dela que ele mais se lembrava, e rezava para que as ondas levassem seu corpo de volta, a fim de que as mãos queridas de sua esposa pudessem prepará-lo para o sepultamento. Até quando teve forças para nadar e até quando as ondas lhe permitiram abrir a boca, Ceíce pronunciou o nome dela e murmurou-o para as águas que se fechavam sobre ele. Uma onda escura e redonda quebrou sobre sua cabeça, empurrando-o para baixo da espuma branca. Ao alvorecer, Lúcifer, a estrela da manhã, surgiu sem brilho e difícil de enxergar. Não podia sair de seu lugar no céu, mas escondeu sua luz sob nuvens densas.

Alcíone, enquanto isso, sem saber de nada do que havia acontecido, contava as noites que ainda teriam de passar antes que seu marido retornasse; ocupava-se tecendo roupas para ele vestir quando voltasse e imaginando uma chegada que nunca viria a ocorrer. Tinha o cuidado de queimar incenso para todos os deuses, especialmente para Juno, orando sempre por seu marido, que não mais existia. Orava para que ele estivesse seguro, para que retornasse e para que nunca amasse a ninguém mais do que a ela. Esta última foi a única de suas preces que pôde ser atendida.

Juno não suportava mais ouvir aqueles pedidos por alguém que já estava morto. Falou, então, para sua mensageira Íris, a deusa do arco-íris:

– Íris – disse –, minha serva fiel, vai até a corte letárgica do Sono e ordena-lhe que envie a Alcíone um sonho na forma do falecido Ceíce para contar a ela a verdade sobre o que aconteceu.

Íris colocou seu véu de mil cores e, marcando o céu à sua passagem com a grande curva de um arco-íris, chegou à nebulosa morada oculta do rei do Sono.

Perto da terra dos cimérios, em uma montanha oca, há uma caverna longa e profunda, lar e esconderijo secreto do pesado Sono. Nem ao nascer, nem ao se pôr, nem ao meio-dia o sol pode fazer seus raios chegarem até esse lugar. Uma nuvem de névoa e escuras sombras crepusculares são como uma respiração que sobe do chão. Aqui, nenhum galo de crista espera o amanhecer e canta, nenhum cachorro late para romper o silêncio, nem gansos, ainda mais confiáveis do que cães. Não há som de animais silvestres, ou de animais de criação, ou galhos movendo-se à brisa ou conversas ruidosas de homens. Aqui é o lar do completo silêncio, embora no final da caverna flua a corrente do Lete, o rio do esquecimento, cujas ondas suaves e deslizantes que agitam os seixos do fundo do leito convidam ao sono. Diante da entrada da caverna crescem papoulas e há ali todo tipo de ervas entorpecentes, cujos sucos soporíferos a Noite coleta e espalha sobre a terra escurecida. A casa não tem porta, para que não haja dobradiças rangentes; nem há criados vigiando a entrada. No meio da caverna, porém, encontra-se um sofá de ébano elevado acima do solo. O sofá é macio como penugem, todo negro e coberto com lençóis escuros, e sobre ele repousa o deus Sono, com os membros esticados em cansaço. À sua volta postam-se os contornos de sonhos vazios, capazes de imitar qualquer forma de vida, inumeráveis como os grãos de trigo na plantação, as folhas da floresta ou a areia da praia.

Quando Íris entrou nessa caverna e afastou com as mãos os sonhos que se aglomeraram ao seu redor, o lugar sagrado iluminou-se com o brilho de suas vestes. O deus mal conseguia abrir as pálpebras pesadas e tornava a adormecer quando tentava levantar o queixo do peito. Por fim desperto, apoiou-se sobre um cotovelo e perguntou a ela (pois a reconheceu) por que tinha vindo.

– Doce Sono – disse ela –, que trazes paz a tudo, o mais suave dos deuses, que alivias o coração e és o refúgio das preocupações, tu que acalmas nosso corpo cansado e o preparas outra vez para o trabalho, eu te peço que moldes um sonho na forma do rei Ceíce e que o envies à sua esposa Alcíone para que lhe conte a história do naufrágio. Isso é o que Juno ordena.

Íris, então, foi embora, pois já sentia começar a invadi-la o torpor do sono. Voltou sobre a curva do arco-íris por onde havia vindo.

O deus escolheu um de seus filhos, Morfeu, para cumprir a tarefa que lhe fora dada. Explicou-lhe o que deveria fazer e voltou a repousar molemente o corpo sobre o alto sofá.

Morfeu, com suas asas suaves e silenciosas, voou pela escuridão até a cidade onde Alcíone era rainha. Retirou as asas e assumiu a forma de Ceíce, mas com o rosto pálido e abatido como o de um homem morto. Assim ele se postou, nu, ao lado da cama da infeliz Alcíone. Sua barba e cabelos pareciam molhados e pesados da água do mar. Ele se inclinou sobre a cama e suas lágrimas pareceram cair no rosto dela.

– Reconheces teu Ceíce, minha pobre esposa? – disse. – Ou a morte alterou meu rosto? Olha para mim e verás não o teu marido, mas seu fantasma. Todas as tuas preces, Alcíone, não puderam me ajudar. Estou morto. Não tenhas mais esperança. Não adianta. Os ventos de tempestade pegaram meu navio no mar Egeu e o afundaram. As ondas encheram minha boca, enquanto eu chamava inutilmente o teu nome. Agora, deves levantar e chorar por mim. Veste um traje negro e não deixes que eu desça sem lamentos para o mundo sombrio dos mortos.

Assim ele falou, e tanto sua voz como os gestos de suas mãos eram exatamente como os do próprio Ceíce. Alcíone gemeu no sono e estendeu os braços, tentando abraçá-lo; mas foi apenas o ar vazio que segurou.

– Fica! Fica! – gritou ela. – Para onde estás indo? Deixa-me ir contigo!

E o som de sua própria voz a acordou.

Ela primeiro olhou em volta à procura da visão. As criadas tinham ouvido sua voz e lhe trouxeram uma lamparina. Quando percebeu que não havia sinal dele em lugar nenhum, ela gritou e puxou os cabelos. Sua camareira lhe perguntou qual era a razão daquela dor e ela respondeu:

– Alcíone deixou de existir. Ela morreu quando Ceíce morreu. Não me tentes consolar. Ele naufragou e está morto. Acabei de vê-lo e o reconheci e estendi os braços quando ele partia, tentando segurá-lo. É verdade que ele não tinha o olhar brilhante que eu conheço. Estava pálido e nu, com os cabelos molhados. Estava bem aqui – e ela olhou para o chão para ver se ele tinha deixado alguma pegada. Isso era o que eu temia quando lhe pedi para não me deixar. Ó, como eu queria que ele tivesse me levado junto! Então não teríamos jamais sido separados em vida, nem estaríamos divididos na morte. Agora meu coração seria mais cruel do que o mar se insistisse para que eu superasse a dor e continuasse vivendo. Não lutarei com meu sofrimento nem te deixarei, meu pobre marido. Agora, pelo menos, irei contigo ser tua companheira. Se nossas cinzas não podem repousar na mesma urna, nossos nomes serão escritos no mesmo túmulo. Se meus ossos não se podem misturar com os teus, pelo menos as letras na inscrição de nossos nomes tocarão umas nas outras.

Ela não pôde falar mais. Em vez de palavras, eram gemidos que saíam de seu coração desesperado.

Amanhecera. Ela deixou o palácio e caminhou até a praia, procurando, em sua dor, o lugar de onde o vira partir no navio. Parada ali, disse a si mesma:

– Foi aqui que ele soltou o cabo. Foi aqui que ele me deu seu beijo de despedida.

E, fitando o mar, começou a rememorar tudo o que havia acontecido, quando, a distância, viu algo que parecia um corpo, embora a princípio não fosse possível ter certeza. As ondas o carregaram para mais perto e, mesmo ainda longe, já dava para ver claramente que era de fato o corpo de um homem. Ela não sabia de quem seria o corpo, mas, por ser um homem afogado, chorou e exclamou:

– Ah, pobre homem, quem quer que sejas! E pobre esposa, se tiveres uma esposa!

As ondas foram trazendo o corpo cada vez mais para perto. Quanto mais ela o observava, mais forçava os olhos e mais seu coração batia. Agora já estava próximo à praia e ela o via com clareza. Era o corpo de seu marido.

– É ele! – gritou e, puxando os cabelos e rasgando as vestes, estendeu em sua direção as mãos trêmulas e disse: – Ó, Ceíce, meu marido amado, é desta maneira que voltas para mim?

Perto da praia, havia um quebra-mar que ficava na altura onde quebravam as primeiras ondas. Ela correu para esse quebra-mar e pulou na água. Mas não caiu. Assim que pulou no ar, pôs-se a voar e, com asas que haviam crescido em um instante, roçou a superfície das ondas na forma de um pássaro. De seu longo bico pontudo saíam notas que pareciam cheias de dor e lamento. Quando chegou ao corpo imóvel e sem sangue, envolveu-lhe o braço tão amado com suas recém-adquiridas asas e, com o bico duro, tentou beijar-lhe os lábios frios. Às pessoas que observavam, pareceu que Ceíce sentira o toque, ou talvez tenha sido o movimento das ondas que ergueu sua cabeça por um instante. Mas não, era o toque dela que ele havia sentido. Os deuses, por fim, tiveram piedade deles e ambos foram transformados em aves. Seus destinos eram inseparáveis; como pássaros, ainda são esposos; acasalam-se e criam filhotes. E há sete dias silenciosos nos meses de inverno em que Alcíone choca em seu ninho que flutua sobre o mar. Nessa estação, as ondas do mar são calmas e suaves, pois Éolo vigia os ventos atentamente e os proíbe de sair, para que as águas fiquem seguras para os seus próprios netos.

Édipo

Depois que Apolo e Diana destruíram totalmente a raça de Anfíon, Tebas ficou sem rei e o povo chamou Laio, um descendente de Cadmo, para assumir o trono que era, na verdade, seu por direito.

Laio fora alertado por um oráculo que, se tivesse um filho, esse filho estava fadado a matar o próprio pai. Quando, portanto, sua mulher Jocasta deu à luz um menino, Laio, com medo do oráculo, decidiu que a criança deveria morrer. Assim que o bebê nasceu, teve seus pés furados por um prego e foi entregue a um pastor de cabras, que recebeu a ordem de abandonar a criança nas encostas íngremes e geladas do monte Citéron, onde ela seria devorada por animais selvagens. O pastor de cabras informou ao rei que havia cumprido as ordens e, assim, a mente de Laio se tranquilizou. Na verdade, porém, o homem não tivera coragem de abandonar o bebê e entregara-o a um criado de Pólibo, o rei de Corinto, que ele encontrara na montanha. Esse criado levou o menino para Corinto, onde ele foi adotado e criado por Pólibo e sua esposa Mérope, que não tinham filhos. Eles lhe deram o nome de

Édipo, ou "pés inchados", por causa das marcas deixadas em seus pés pelo prego com que haviam sido perfurados.

Assim, em Corinto, Édipo cresceu até a idade adulta, acreditando ser filho de Pólibo e Mérope. Era um jovem destacado em todos os sentidos e foi por inveja que certo dia, em um banquete, um rapaz zombou dele por não ser filho legítimo de seus pais. Édipo, tomado de grande ansiedade, procurou Mérope e lhe perguntou a verdade. Ela tentou tranquilizá-lo, mas Édipo não ficou satisfeito. Partiu de Corinto sozinho e a pé e foi buscar o conselho do oráculo de Apolo em Delfos. O que ele ouviu o aterrorizou.

– Homem infeliz – respondeu-lhe o oráculo –, mantém-te distante de teu pai! Se o encontrares, tu vais matá-lo. Depois te casarás com tua mãe e terás filhos que estarão fadados ao crime e ao infortúnio.

Édipo imaginou que fora pelo conhecimento desse destino terrível que Pólibo e Mérope haviam dado respostas indefinidas às suas perguntas. Estava determinado a não lhes causar mal nenhum e jurou que nunca mais poria os pés no que acreditava ser sua cidade natal de Corinto.

Por isso, ainda perturbado pela resposta do oráculo, ele deixou Delfos e tomou a direção oposta ao mar e a Corinto, viajando para o interior pelas encostas mais baixas do monte Parnasso. À sua esquerda estavam as altas montanhas que as águias sobrevoavam; abaixo dele, à direita, havia um longo vale de rio onde cresciam oliveiras em tamanho número que elas próprias pareciam uma grande inundação de verde acinzentado e prata fluindo para o mar.

Nas montanhas, há um lugar em que três estradas se encontram. Por ali Édipo estava passando, a pé, quando foi ultrapassado por um homem mais velho em um carro, com criados correndo ao lado. Um desses criados bateu nas costas de Édipo com seu bastão e ordenou-lhe rudemente que abrisse caminho para seus superiores. Aquele era um tratamento que o rapaz, que fora criado como filho do rei, não podia tolerar. Ele agrediu o criado e o matou. Foi, então, atacado pelo homem do carro e pelos outros criados e, para defender a própria vida, matou todos eles, exceto um que escapou e conseguiu voltar a Tebas com a notícia de que o rei Laio tinha sido assassinado. Como esse homem não quis admitir que ele e o resto do grupo haviam sido aniquilados por um rapaz sozinho e desarmado, inventou que tinham sido atacados por um grande bando de ladrões.

Édipo, sem a menor desconfiança de que havia matado seu próprio pai, continuou seu caminho em direção a Tebas. Passou pelo Hélicon e surgiu-lhe à vista o monte Citéron, onde, quando bebê, deveria ter sido abandonado para morrer. Por habitantes da região, ficou sabendo não só que o rei de Tebas havia sido morto, mas também que toda a terra era aterrorizada pela Esfinge, um monstro com corpo de leão e cabeça de mulher. A Esfinge guardava a entrada da planície de Tebas. Propunha um enigma a todos que encontrava e exigia a resposta. Na planície rochosa já havia muitas pilhas de ossos daqueles que não haviam dado a resposta certa. Fora proclamado na época que, se algum homem conseguisse responder ao enigma e libertar o país da Esfinge, teria a rainha Jocasta como esposa e ia tornar-se ele próprio rei de Tebas.

Édipo resolveu tentar. Dirigiu-se a uma rocha que se elevava sobre a planície e encontrou a Esfinge sentada no alto dela, com grandes garras cravadas no chão arenoso. Pediu para saber o enigma e a Esfinge disse:

– Que criatura anda com quatro pernas de manhã, duas ao meio-dia e três à noite?

– É o Homem – respondeu Édipo. – Na manhã de sua infância, ele engatinha sobre mãos e joelhos; ao meio-dia de sua juventude, ele caminha sobre suas duas pernas; na noite da velhice, precisa de uma bengala para apoiar-se e, então, anda com três pernas.

A Esfinge, vendo seu enigma por fim decifrado, lançou-se da rocha para baixo, como era seu destino, e morreu. Édipo recebeu sua recompensa. Foi coroado rei de Tebas e tomou Jocasta como esposa, sem a menor ideia de que ela era sua própria mãe. Assim, o oráculo foi cumprido, embora nenhum daqueles que o cumpriram tivesse conhecimento da verdade.

Por muitos anos, Édipo governou Tebas com correção e sabedoria. Vivia feliz com Jocasta, que lhe deu quatro filhos: os meninos gêmeos Etéocles e Polinices e duas meninas, Antígona e Ismene. Esses filhos já eram crescidos quando, por fim, a verdade foi revelada e a felicidade de Édipo transformou-se na maior das desventuras.

Desde a morte da Esfinge, Tebas havia sido próspera e bem-sucedida; nos últimos tempos, porém, uma peste se abatera sobre a terra. O gado morria nos campos; doenças dizimavam as plantações; depois o povo começou a morrer e o ar estava cheio de corvos e abutres, aves de mau agouro que se vinham banquetear com os corpos mortos de animais e homens. O povo suplicava em vão a ajuda dos deuses. Voltavam-se também para seu rei, que os salvara anteriormente da perseguição da Esfinge.

Édipo enviou Creonte, irmão de Jocasta, até o oráculo em Delfos para perguntar ao deus como Tebas poderia ser libertada da peste. A resposta foi que a peste fora mandada por causa do assassinato de Laio e porque o assassino ainda não havia sido punido pelo sangue derramado.

Imediatamente, e com sua energia habitual, Édipo começou a investigar o assassinato que ele próprio, sem saber, havia cometido tantos anos antes. Interrogou aqueles que tinham ouvido a história na época e mandou chamar o velho profeta Tirésias, cuja sabedoria era maior do que a dos mortais. Os deuses haviam tirado sua visão, mas lhe deram o conhecimento do futuro e do passado.

Quando foi trazido à presença do rei, o velho profeta não quis falar.

— Deixa-me voltar para casa — disse ele —, e não me faças mais perguntas. Seria melhor, muito melhor, para ti permanecer na ignorância. Escuta o meu conselho, que te é dado por bondade.

Mas Édipo, ansioso pela sorte de seu povo e determinado a salvá-lo uma vez mais, insistiu no interrogatório. Como o profeta ainda se recusava a falar, começou a se irritar e a insultá-lo.

— Ou és um velho trapaceiro que não sabe nada — disse ele —, ou foste subornado pelo assassino para ocultar seu nome, ou então talvez sejas tu mesmo o assassino. Fala, ou sofrerás todos os castigos que eu puder pensar para ti.

Tirésias, então, falou:

— Tu mesmo, Édipo, és o homem que matou Laio. Mataste-o no lugar onde três estradas se encontram no caminho que vem de Delfos. Foi por tua causa que a peste se abateu sobre esta cidade. E ainda há notícias piores à tua espera.

Édipo lembrou-se do homem no carro que ele havia matado tantos anos antes. Ficou horrorizado ao pensar que poderia ter assassinado o marido de sua esposa e começou a questioná-la sobre a aparência dele e o número de criados que o acompanhavam. Conforme ela lhe respondia, Édipo convencia-se de que o profeta havia falado a verdade.

Mas Jocasta tentava convencê-lo de que não deveria acreditar em Tirésias.

— Até o oráculo de Apolo — argumentou ela — às vezes diz mentiras. Por exemplo, a Laio foi dito que ele seria assassinado por seu próprio filho, mas o único filho que tivemos foi morto e devorado por animais selvagens no monte Citéron.

Édipo interessou-se pela história e pediu provas. Foi chamado ao palácio o pastor de cabras que levara o bebê para o monte Citéron, agora um homem muito idoso. Édipo interrogou-o com rigor. Achando que já não tinha nada a temer, o pastor admitiu que não havia matado a criança como lhe fora ordenado. Em vez disso, entregara a pobre criaturinha indefesa a um criado do rei de Corinto.

Enquanto ele falava, e conforme Édipo, com crescente inquietação, continuava a interrogá-lo, Jocasta de repente percebeu a verdade. Édipo fora criado pelo rei de Corinto e ainda tinha nos pés as marcas do ferro que os perfurara; fora de fato ele que matara Laio e que, cumprindo o oráculo, se casara com a própria mãe. Ela soltou um grito.

– Sou uma mulher infeliz! – exclamou.

E, então, olhando para Édipo pela última vez, entrou em casa. Amarrou seu cinto em uma viga, fez nele um nó corredio e se enforcou.

Enquanto isso, Édipo continuava a colher provas com o pastor de cabras. Sua inteligência arguta percebia como toda a história se encaixava, mas apenas gradualmente seu raciocínio conseguiu apreender a verdade: embora ele nunca tivesse sabido ou suspeitado disso, as palavras do oráculo há muito se haviam cumprido, ou seja, ele de fato havia matado seu pai e se tornado marido de sua mãe. Já em plena consciência de sua posição, ele ouviu um grito vindo de dentro do palácio. Lá, encontrou Jocasta morta, pendurada em uma viga do teto. Em sua dor, desespero e vergonha, Édipo pegou a fivela do cinto de Jocasta e, com seus alfinetes, perfurou os próprios olhos. Depois, com o sangue escorrendo pelo rosto e o mundo às escuras, voltou para seu povo, decidido a deixar o país e partir para o exílio a fim de expiar a culpa que nunca imaginara que fosse dele.

Suas filhas, Antígona e Ismene, acompanharam-no e, por muito tempo, guiando os passos do pai cego, vaguearam pelas colinas e vales do Citéron e das montanhas da Ática. Por fim, chegaram a Colono, uma pequena cidade perto de Atenas, o reino de Teseu. Essa é uma cidade em que belos cavalos são criados e onde, durante todo o verão, o castanho rouxinol canta entre as frutinhas da hera que recobre as árvores. Ali, finalmente, Édipo encontrou paz. Teseu deu-lhe abrigo, em parte por ele mesmo e em parte porque um oráculo revelara que a terra em que Édipo morresse seria famosa e próspera. No entanto, se Édipo de fato morreu, foi de uma maneira miraculosa. Apenas Teseu viu, ou poderia ter visto, o modo como ele partiu da vida. Pois, de repente, ao sol e entre os cantos dos pássaros, o rei cego começou a sentir o poder dos deuses sobre si. Deixou as duas filhas no bosque de Colono e pediu que Teseu o conduzisse pelo terreno ondulado até o lugar onde ele teria de estar. Então, despedindo-se também de Teseu, prosseguiu sozinho, com passos lentos mas firmes, como se ainda tivesse o uso dos olhos. Do céu claro, ouviu-se o ronco de um trovão e Teseu, por medo e reverência aos deuses, tampou os olhos. Quando tornou a olhar, Édipo havia sumido, levado talvez para o Céu, ou perdido em alguma dobra invisível da terra.

Na frondosa e bem irrigada Colono, e na própria Atenas, ele passou a receber para sempre as honras devidas a um herói e a alguém que, no fim, os deuses amaram.

Os sete contra Tebas

Quando o cego Édipo partiu de Tebas, o reino foi dividido entre seus dois filhos gêmeos, Etéocles e Polinices. Decidiu-se que cada irmão governaria por um ano e, como Etéocles fora o primeiro a nascer, o trono foi dele no primeiro ano. Mas não demorou muito para ficar claro que o ódio e a inveja que existiam entre os irmãos acabariam levando a problemas, se não a desastre, para a cidade. Antes do final do primeiro ano de reinado, Etéocles expulsou Polinices de Tebas, com a intenção de manter o poder real totalmente em suas mãos.

Polinices, determinado a se vingar, foi para a corte de Adrasto, rei de Argos. Adrasto o acolheu, deu-lhe sua filha em casamento e, com todo o seu poder, apoiou a reivindicação do genro ao trono de Tebas. Primeiro, enviou a Etéocles o feroz guerreiro Tideu, um exilado de Cálidon que vivia na corte de Argos e era famoso tanto por sua habilidade na batalha como por sua selvageria. Tideu, em nome do rei de Argos, exigiu que Polinices fosse recebido de volta em seu país e tivesse restabelecidos os seus direitos ao trono. Etéocles, porém, respondeu que o lobo faria amizade com o cordeiro antes que ele se esquecesse de sua raiva do irmão. Desafiou o rei de Argos a usar todos os recursos que tivesse e enviou cinquenta homens para fazer uma emboscada a Tideu em seu retorno. Tideu matou todos eles e voltou a Argos ansioso por guerra e vingança.

Imediatamente, o rei Adrasto planejou uma expedição contra Tebas. Havia sete chefes no exército: o próprio Adrasto, seus irmãos Hipómedon e Partenopeu, seu sobrinho Capaneu, Tideu, Anfiarau e o reivindicador do trono, Polinices. Um desses sete, Anfiarau, era não só um famoso guerreiro, mas também um profeta. Com seu dom da profecia, ele sabia que, dos sete chefes do exército argivo, apenas um voltaria com vida da guerra. Por isso, resolveu se esconder e contou apenas à sua esposa Erifile onde se encontrava. Adrasto hesitava agora em realizar a expedição, uma vez que tinha grande fé tanto no comando como na sabedoria de Anfiarau. Todos sabiam que o profeta era totalmente devotado à esposa. Polinices, portanto, resolveu obter a ajuda de Erifile.

A princípio, ela se recusou a contar onde o marido estava escondido ou a tentar convencê-lo a entrar em uma guerra que ele sabia que seria fatal para quase todos os chefes. No entanto, sua vaidade e seu amor por coisas finas mostraram-se mais fortes do que o amor pelo marido. Polinices trouxera consigo de Tebas o famoso colar que Vulcano, o deus do fogo, havia feito certa vez para a filha de Vênus, Harmonia, quando esta se casara com Cadmo. Ele, agora, oferecia esse colar a

Erifile como suborno e ela, quando viu as joias faiscantes e as luzes variadas que brilhavam de cada pedra maravilhosamente incrustada, não pôde mais resistir. Revelou onde seu marido se escondia e ela mesma uniu-se a Adrasto e Polinice para convencer o profeta a ir para a guerra. Anfiarau foi, mas a contragosto. Ficou furioso também por saber que a vaidade da esposa fora mais poderosa que sua afeição por ele e fez seu filho Alcmeon jurar que, se ele não voltasse, deveria vingar a morte do pai matando a mãe.

Assim, o grande exército, sob o comando dos sete chefes, avançou para o norte e acampou nas encostas do monte Citéron, diante das muralhas e das sete portas de Tebas. Etéocles com seu exército esperava o ataque do lado de dentro das muralhas. Antes de vir para a batalha, ele consultara o velho profeta Tirésias, que lhe dissera:

– Grande, de fato, é o exército que está vindo contra ti. Haverá muitas mortes. Quanto a Tebas, a cidade só poderá ser salva com o sacrifício do filho mais novo do sangue de Cadmo.

Creonte, irmão de Jocasta e tio de Etéocles, ouviu as palavras do profeta com medo e horror. Sabia que seu filho Meneceu era o mais jovem dos descendentes de Cadmo e planejou enviar o menino para fora da cidade em segurança. O próprio Meneceu, porém, também tinha ouvido a profecia de Tirésias.

– Sou jovem demais para lutar – disse ele –, mas, mesmo assim, posso ser mais útil para minha terra do que o mais corajoso dos guerreiros.

E o menino correu até a muralha e lançou-se para a morte entre o exército que sitiava sua cidade.

Tebas realmente foi salva. Cada um dos sete generais do exército argivo conduziu seus homens para uma das portas, mas, após uma árdua batalha, todos eles foram rechaçados. Então Etéocles e os tebanos atacaram, e o combate se espalhou feroz pela planície. Guerreiros caíam de ambos os lados. O chão poeirento estava coberto de corpos imóveis ou agonizantes de homens e cavalos. Tão grande, de fato, foi a matança que Etéocles enviou uma mensagem para o exército invasor e propôs que toda a questão da guerra fosse decidida por um combate singular entre ele e Polinices.

Polinices aceitou a proposta e os dois irmãos posicionaram-se entre os dois exércitos para a luta final. Tão ferozmente lutaram que pareciam possuídos por algum deus que insuflava a raiva descomunal que sentiam, transformando-a em algo mais do que humano. Os exércitos de cada lado incentivavam seu chefe, mas a luta era tão igual que ninguém podia dizer qual dos dois teria mais chance de sair vencedor. Em um momento, parecia que a força e a fúria de Polinices seriam irresistíveis; no momento seguinte, a impressão era de que Etéocles estava prestes a derrotar o inimigo. Espadas cortavam a carne de braços e ombros; o sangue escorria para o chão, mas os irmãos continuavam a lutar implacavelmente, sem que nenhum deles cedesse espaço. Mesmo quando a perda de sangue começou a tornar seus golpes mais fracos, a fúria continuava forte como nunca e, no fim, os dois acabaram mortos no chão, cada um deles obtendo a vitória e cada um deles sendo derrotado.

Em vez de essa dupla morte ser um sinal para a paz, ela apenas incitou os dois exércitos a ainda maior ferocidade. Durante o dia inteiro eles lutaram e, como o profeta Anfiarau havia previsto, seis dos sete generais dos argivos perderam a vida. Tideu matou o general tebano com quem combatia, mas foi ele também mortalmente ferido. Antes de morrer, puxou para si o corpo do inimigo e, em sua ira, mutilou-o horrivelmente. Dizem que a deusa Minerva estava a caminho para ajudá-lo e torná-lo imortal, mas que, ao ver aquela cruel selvageria, se afastou dele e o deixou morrer. O próprio Anfiarau morreu e, antes de expirar, chamou os deuses para testemunhar a traição de sua esposa. Seu filho, como havia prometido, vingou a morte do pai e levou da mãe o colar fatal. Posteriormente, foi perseguido pelas Fúrias e o colar também a ele não trouxe nenhuma boa sorte.

De todos os líderes do exército de Argos, apenas o rei Adrasto voltou. Tebas não foi conquistada, mas obteve a vitória à custa do sangue de seus melhores e mais fortes soldados. Creonte, tio dos dois filhos de Édipo, tornou-se rei. Seu objetivo era restaurar o poder da cidade e trazer de volta a paz e o bom governo depois da guerra; no entanto, seu primeiro ato viria a trazer ainda mais sofrimentos para a família de Édipo e para si mesmo.

Antígona

Creonte tornou-se rei de Tebas em um momento em que a cidade havia perdido metade de seu exército e pelo menos metade de seus melhores guerreiros em uma guerra civil. A guerra estava encerrada. Etéocles, o rei, estava morto; morto estava também seu irmão Polinices, que viera com o exército dos argivos lutar pelo seu direito ao trono.

Creonte, como o novo rei, decidiu, em primeiro lugar, mostrar ao povo como era imperdoável fazer guerra contra sua própria terra. A Etéocles, que havia reinado em Tebas, ele deu um sepultamento esplêndido; mas ordenou que, sob pena de morte, ninguém deveria preparar para funeral ou mesmo cobrir de terra o corpo de Polinices. Ele deveria permanecer onde havia caído na planície, para que as aves e os animais o devorassem. Para ter certeza de que sua ordem seria cumprida, Creonte designou uma patrulha de homens para vigiar o corpo noite e dia.

Antígona e Ismene, irmãs de Polinices, ouviram as ordens do rei com grande pavor e vergonha. Elas amavam ambos os irmãos e era-lhes intolerável a ideia de que um deles ficasse insepulto, impossibilitado de entrar no mundo das sombras, mutilado e rasgado pelos dentes de cães e chacais e pelos bicos e garras de aves. Ismene, apesar de seus sentimentos, não teve coragem de se opor ao rei; mas Antígona saiu escondida da cidade à noite e, procurando entre os corpos amontoados dos que haviam morrido na grande batalha, encontrou o de seu irmão. Cobriu-o levemente de terra e disse as orações que deviam ser ditas para os mortos.

No dia seguinte, informaram a Creonte que alguém (os guardas não sabiam quem) havia desobedecido às ordens do rei e espalhado terra sobre o corpo de Polinices. Creonte jurou que, se o culpado fosse encontrado, ainda que fosse um membro de sua própria família, seu castigo seria a morte. Ameaçou também os guardas com a morte se eles não conseguissem encontrar o criminoso e ordenou que descobrissem imediatamente o corpo e o deixassem para as aves e animais carniceiros.

Naquele dia, um vento quente soprou do sul. Nuvens de poeira cobriram a planície e Antígona, uma vez mais, saiu silenciosamente da cidade para completar seu trabalho de sepultamento do irmão. Dessa vez, porém, os guardas estavam mais atentos. Pegaram a moça e levaram-na para o rei Creonte.

Os únicos sentimentos que agitavam Creonte naquele momento eram os de alguém cujas ordens haviam sido desobedecidas.

– Tu conhecias – perguntou ele a Antígona – a lei que decretei e a penalidade que estabeleci para os que a desrespeitassem?

— Eu a conhecia — respondeu Antígona —, mas há outras leis, feitas não pelos homens, mas pelos deuses. Há uma lei de piedade e compaixão. Essa lei deve ser obedecida primeiro. Depois que eu obedecer a essa lei, obedecerei, se puder, às leis que são feitas pelos homens.

— Se amas teu irmão — disse Creonte — mais do que às leis estabelecidas de teu país e de teu rei, então deves enfrentar a penalidade dessas leis e amar teu irmão no mundo dos mortos.

— Podes me matar com tuas leis — replicou Antígona —, mas para mim a morte, em todos esses sofrimentos, é um mal menor do que seria a traição ao meu irmão ou a covardia quando chegou o momento de ajudá-lo.

Suas palavras seguras e calmas aumentaram ainda mais a ira de Creonte. Agora Ismene, que a princípio tivera medo de ajudar Antígona a desafiar a lei, adiantou-se e pediu para receber a mesma punição que a irmã; mas Antígona não aceitaria que ela reivindicasse qualquer participação no ato ou nos resultados. Nem Creonte daria ouvido a pedidos de clemência. Por não querer ter o sangue da sobrinha em suas mãos, ordenou que ela fosse fechada em uma câmara subterrânea, emparedada e deixada ali para morrer.

Assim, Antígona foi conduzida para uma morte longa e lenta, mas estava disposta a enfrentá-la, uma vez que havia obedecido aos ditames de seu coração. Estivera prestes a se casar com Hêmon, o filho do rei, porém, em lugar do palácio em que teria entrado como noiva, dirigia-se agora à casa da morte.

O próprio Hêmon veio implorar ao pai que tivesse misericórdia. Falou com mansidão, mas deixou claro que nem ele nem o resto do povo de Tebas aprovavam uma sentença tão cruel. Era verdade que Antígona tinha desrespeitado a lei; mas também era verdade que ela havia agido como uma irmã deveria agir ao ver o irmão insepulto. E, disse Hêmon, embora a maioria das pessoas não tivesse coragem de se opor à fúria do rei, ainda assim, no coração, sentiam o mesmo que ele.

O amor de Hêmon por Antígona e mesmo sua boa vontade com o pai só serviram para aumentar a cólera do rei. Com palavras duras, ele afastou o filho de si.

Veio procurá-lo em seguida o profeta cego Tirésias, para alertá-lo de que os deuses estavam zangados com ele tanto por sua punição impiedosa de Antígona como por deixar o corpo de Polinices ser profanado por animais e aves de rapina. Creonte poderia ter se lembrado de quantas vezes no passado as palavras de Tirésias tinham se cumprido, mas agora, em sua cólera obstinada, preferiu insultar o profeta.

— Tu foste subornado — disse ele — por Hêmon ou por algum traidor para tentar salvar a vida de uma criminosa com ameaças desonestas que não têm nada a ver com os deuses.

Tirésias voltou seus olhos cegos para o rei.

— Neste mesmo dia — avisou —, antes de o sol se pôr, tu pagarás duas vezes, sim, com duas mortes, pelo pecado que poderias facilmente ter evitado. Quanto a mim, vou me manter afastado de quem, por seu próprio orgulho, rejeita os deuses e, por isso, está fadado a sofrer.

Tirésias foi embora e Creonte, pela primeira vez, começou a pensar que talvez seu castigo tivesse mesmo sido excessivamente duro. Pela primeira vez, mas tarde demais, mostrou-se disposto a ouvir as palavras de seus conselheiros, que lhe imploraram para ter compaixão, soltar Antígona e dar sepultamento a Polinices.

Ainda que a contragosto, Creonte concordou em fazer como lhe era aconselhado. Deu ordens para o sepultamento de Polinices e foi ele próprio libertar Antígona da prisão escura em que ela fora encerrada. Feliz, seu filho Hêmon ia à frente dos outros, com picaretas e barras para romper a parede que a fechava. Quando, porém, quebraram as pedras da parede, descobriram que Antígona havia feito uma corda com o véu que usava e se enforcara. Hêmon não suportou a ideia de continuar vivendo sem ela. Pegou sua espada e cravou-a no coração, diante dos olhos do pai. Caiu morto sobre o corpo da jovem que desejara ter como esposa.

Quanto a Creonte, mal teve tempo de lamentar o filho quando chegaram notícias de outra desgraça. Sua esposa soubera da morte de Hêmon e também ela tirara a própria vida. Cumpriram-se, assim, as palavras de Tirésias.

Tereu, Procne e Filomela

Tereu era um grande rei guerreiro da Trácia. Certa vez, ele veio do norte para ajudar o rei Pandíon de Atenas contra seus inimigos. Embora fosse um bárbaro, era forte e rico, de modo que Pandíon ficou satisfeito com a aliança e permitiu que ele se casasse com sua filha Procne. Mas nem Juno, a deusa do casamento, nem qualquer outro deus ou deusa abençoou esse enlace. Também não abençoaram o nascimento de Ítis, filho de Tereu e Procne. Em vez disso, a coruja pousou sobre o telhado e piou. Esse era o agouro tanto para o casamento como para o nascimento. Toda a Trácia, porém, rejubilava-se com a aliança que Tereu fizera e o nascimento de Ítis foi festejado em todo o país.

Quatro anos se passaram. Um dia, Procne disse ao marido:

– Se me amas, envia-me para visitar minha irmã em Atenas ou deixa-a vir me ver aqui. Podes prometer a meu pai que, depois de uma curta estada, ela voltará para casa.

Assim, Tereu lançou ao mar sua frota e, com velas e remos, foi para o Pireu, o porto de Atenas. Assim que encontrou o sogro, eles se cumprimentaram apertando a mão direita e começaram a conversa com votos de que tudo estivesse bem. Tereu estava explicando que sua esposa desejava ver a irmã e prometia que ela retornaria rapidamente quando Filomela, a irmã de quem ele falava, entrou na sala. Suas roupas eram ricas, mas sua beleza era mais rica ainda. Ela parecia uma ninfa dos bosques ou riachos, exceto por ser mais bem vestida e ter maneiras mais refinadas.

Assim que a viu, Tereu apaixonou-se por ela. Em seu coração perverso, desejou o amor dela em vez do de sua irmã. Repetiu a mensagem de Procne várias vezes e, enquanto falava, havia lágrimas em seus olhos, de modo que o velho Pandíon e Filomela viram nele não um caráter traiçoeiro, mas um bom coração. A própria Filomela, mal sabendo o que estava por vir, envolveu com os braços o pescoço do pai e pediu-lhe que, por ela e por sua irmã, deixasse-a ir para a Trácia com Tereu. O pai a atendeu e a pobre jovem agradeceu-lhe por isso. O que ela achava que ia trazer alegria para ela e para a irmã acabaria por trazer, na verdade, a ruína de ambas.

À noite, um banquete real foi preparado. Bebeu-se vinho em taças de ouro. Depois descansaram e, no dia seguinte, Pandíon segurou a mão de Tereu e, com lágrimas nos olhos, disse-lhe:

— Meu filho, é natural que tua esposa queira ver a irmã e que a irmã queira vê-la também. Agora, ponho Filomela aos teus cuidados. Cuida bem dela e não demores a enviá-la de volta a mim, para ser o conforto de meus anos de declínio. Por mais breve que seja a sua ausência, para mim o tempo parecerá longo.

Tereu fez promessas que não pretendia cumprir. Agora, sentia-se perversamente seguro de sua presa e, enquanto o navio percorria seu caminho pelo mar azul em direção à Trácia, ele fitava Filomela do mesmo modo que uma águia faminta olha para uma lebre que capturou em suas garras curvas e depositou, indefesa, em seu alto ninho.

Assim que a embarcação alcançou as praias da Trácia, Tereu arrastou Filomela para uma cabana em um bosque profundo. Ali a trancou, pálida e trêmula, assustada com tudo e perguntando-lhe às lágrimas onde estava sua irmã. Então ele confessou seu intento cruel e forçou-a, sozinha e indefesa, a ser sua esposa contra a vontade. Quando Filomela acusou-o de trair seu pai, sua irmã e ela mesma e ameaçou contar a todos sobre seu comportamento perverso, a ira e o medo levaram-no a novas crueldades. Ele amarrou as mãos de Filomela e, com a espada, cortou-lhe a língua, para que ela jamais revelasse a alguém o que lhe havia acontecido.

Colocou guardas em torno da cabana e voltou ao palácio, onde Procne o esperava, ansiosa para ver a irmã e o marido. Com um gemido, Tereu inventou uma história sobre como Filomela havia morrido durante a viagem. Suas lágrimas fingidas convenceram a esposa. Ela tirou a túnica dourada e vestiu-se de preto. Além disso, mandou construir um monumento em memória da irmã e fez sacrifícios para o espírito dela. E era verdade que sua irmã merecia ser lamentada, mas não daquela maneira.

Um ano se passou. O que Filomela podia fazer? Guardas e uma sólida parede impediam-lhe a fuga. Sua boca sem fala não podia contar sua história a ninguém. No entanto, o sofrimento pode apurar a astúcia e a sagacidade, com frequência, vem em auxílio no infortúnio. Em seu tear, ela prendeu uma teia trácia e, tecendo em púrpura sobre um fundo branco, contou em imagens a história de como havia sido ultrajada. Quando terminou de tecer, tirou o trabalho do tear e entregou-o a uma velha senhora que era sua única criada, implorando-lhe por gestos que o levasse para a rainha. A criada, sem saber o que estava carregando, levou o tecido para Procne, que o desenrolou, leu e compreendeu a mensagem que continha. Não disse uma palavra sequer, e foi estranho que tivesse conseguido manter o silêncio. A dor e a raiva deixaram-na sem fala. E também não era o momento para lágrimas. Ela misturaria o certo com o errado e buscaria vingança antes de qualquer outra coisa.

Aquela era a época em que as mulheres da Trácia realizavam seu festival em homenagem a Baco nas montanhas, à noite. Ali, elas dançavam e festejavam desvairadamente. Nenhum homem, nesse momento, ousava ficar em seu caminho. E Procne, vestida como uma sacerdotisa de Baco e cercada por uma multidão de mulheres, saiu correndo de repente para dentro do bosque, fingindo estar possuída pelo deus. Chegou à cabana onde Filomela estava aprisionada, afastou os guardas e, escondendo o rosto da irmã e disfarçando-a com grinaldas de hera, levou-a para o palácio. Então a abraçou, olhando com tristeza para a figura triste e muda que ela acreditara estar morta. Elas poderiam ter ficado ali chorando por muito tempo, mas a raiva de Procne era grande demais para isso.

– Não há lugar para lágrimas aqui – disse ela. – Uma espada seria melhor, ou algo mais forte do que uma espada. Estou pronta para qualquer coisa: para queimar o palácio com meu marido dentro ou para cortá-lo membro por membro, deixando seu sangue perverso fluir por milhares de feridas. Só hesito porque não sei o que lhe causaria mais dor.

Enquanto ela falava, seu filho Ítis entrou no quarto. Nesse instante, ela teve a ideia do que fazer e preparou um crime cruel e terrível. Pegando uma faca, matou o menino com um só golpe. Filomela cortou-lhe a garganta e, juntas, as duas irmãs despedaçaram o corpo. Depois assaram algumas partes e ferveram outras em panelas de bronze ao fogo.

Essa foi a carne que Procne convidou o marido a comer. Fingiu que era um banquete sagrado a que apenas o marido poderia estar presente e fez todos os escravos e criados irem embora. O sórdido rei sentou-se sozinho em seu alto trono. Depois de ter se fartado da carne de seu próprio filho, ordenou:

– Traz Ítis até mim!

Procne não pôde esconder sua cruel alegria. Queria ser a primeira a contar-lhe a pavorosa notícia.

– Se queres Ítis – disse-lhe –, procura por ele dentro de teu próprio corpo.

Então Filomela, com os cabelos soltos e as mãos sujas de sangue, apareceu. Não podia dizer nada do que estava em seu coração, mas jogou a cabeça do menino diretamente no rosto do pai.

Tereu levantou-se de um pulo, virando a mesa e gritando de agonia. Pegou a espada e avançou para as duas irmãs.

Elas fugiram e, enquanto corriam, pareciam estar voando com asas. E de fato estavam. Na forma de aves, uma delas, Filomela, fugiu para o bosque, e a outra, Procne, voou para cima do telhado. Agora, Filomela é um rouxinol e ainda lamenta com o canto o seu destino cruel. Procne é uma andorinha e traz ainda, nas penas do peito, as marcas de sangue. O próprio Tereu, enquanto corria em perseguição, foi transformado em uma poupa. Sobre sua cabeça há uma crista dura e, em vez da enorme espada, tem agora um bico longo e curvo.

Cupido e Psiquê

Psiquê era a filha mais nova de um rei e uma rainha. Tinha duas irmãs mais velhas, ambas extremamente belas. A beleza delas, porém, podia ser descrita em palavras. Já a beleza da própria Psiquê estava além de qualquer descrição, assim como a majestade de seu porte e seu jeito doce e gracioso. Por isso, pessoas do mundo inteiro vinham a seu país apenas para vê-la. Olhavam-na com admiração e adoração, acreditando que só poderia ser a própria deusa Vênus, que nascera da espuma do mar, ou então uma nova Vênus, não menos divina que a deusa da beleza e do amor.

Em consequência, os templos e as cerimônias de Vênus acabaram sendo negligenciados. As pessoas não mais ofereciam sacrifícios nem oravam para ela. Em vez disso, aglomeravam-se para visitar Psiquê, cultuando-a logo que ela saía de casa de manhã e depositando guirlandas a seus pés.

A verdadeira Vênus ficou muito irritada com a negligência dos homens.

– Fui eu – disse a si mesma – que, no monte Ida, recebi de Páris o prêmio da beleza. E devo dividir minhas honras com uma simples mortal? Ela não tardará a lamentar por ser mais bela do que lhe é permitido.

Vênus chamou seu filho Cupido, o deus do amor, que, com suas flechas, pode conquistar os próprios deuses e voa sobre a terra como uma abelha, jovem, brilhante e travesso.

– Meu querido filho – disse-lhe –, deves vingar a injúria que é feita à tua mãe. Os mortais estão cultuando essa moça Psiquê em vez de prestar culto a mim. Quero que a faças se apaixonar por alguma criatura infeliz, pobre e abjeta, o mais feio do mundo. Tu, com teu arco e flechas, podes fazer isso.

Ela o levou para a cidade onde Psiquê vivia e mostrou-a a ele. Então, depois de beijar o filho, foi para a praia próxima, colocou os pés rosados na água, acalmando-a, e seguiu sobre o mar até sua ilha sagrada de Chipre. À sua volta brincavam os golfinhos, e os deuses do mar erguiam-se das ondas para fazer-lhe música em suas trompas de concha; ninfas do mar vinham protegê-la do sol com seus véus de seda ou segurar diante de seus olhos um espelho de ouro.

Enquanto isso, Psiquê não obtinha nenhuma vantagem com a adoração que era dedicada em toda parte à sua extraordinária beleza. Era louvada e cultuada, mas nenhum rei ou nobre, ou mesmo alguma pessoa comum, vinha cortejá-la para que fosse sua esposa. Todos a admiravam, mas apenas como se admira um belo quadro ou estátua. Suas duas irmãs, embora menos formosas do que ela, haviam se casado com reis. Psiquê ficava sozinha em casa, odiando sua beleza que deleitava todos, menos ela.

Por fim, seu pai, desconfiado de que os deuses estivessem com inveja de sua filha mais nova, enviou mensageiros ao oráculo de Apolo para indagar o que deveria fazer. A resposta do oráculo foi a seguinte:

— Veste Psiquê de preto, como para um funeral, e coloca-a no alto da montanha que se ergue acima de tua cidade. Seu marido não é um ser mortal. Ele é como um dragão que voa à noite. Os deuses do céu e da terra, e até mesmo a escuridão do Estige, temem seus poderes.

O pai e a mãe de Psiquê, que tanto se haviam orgulhado da beleza da filha, agora choravam e lamentavam o triste destino que lhe estava reservado. O que o oráculo ordenava mais parecia morte do que casamento. Enquanto se preparavam para atender a vontade do oráculo, não só eles, como todo o povo, choravam continuamente de tristeza pelo infeliz evento. Mas Psiquê disse:

— Devíeis ter chorado antes, no tempo em que todos me veneravam e me davam o nome de Vênus na terra. Agora, vede o que resultou de minha beleza. Fui vitimada pela inveja dos deuses. Vinde agora e conduzi-me ao local terrível. Eu mesmo desejo esse casamento que me foi prometido. Pelo menos, dará fim à minha infelicidade.

Em grande procissão, em nada semelhante a uma procissão de casamento, levaram-na ao topo rochoso e deserto da montanha. Não houve cantos alegres nem luzes brilhantes. Lágrimas apagavam as tochas. As pessoas voltaram para casa de cabeça baixa e os infelizes pais de Psiquê trancaram-se durante dias no palácio, lamentando-lhe o destino.

Enquanto isso, Psiquê ficou ali sozinha, trêmula e chorosa, sobre a alta rocha. Logo, porém, soprou uma brisa mansa e suave que a ergueu delicadamente do chão e a carregou, com as roupas flutuando levemente, sobre precipícios e florestas, até chegar a um vale profundo e abrigado, onde ela foi depositada sobre um leito de relva tenra entre as mais belas e perfumadas flores. Essa cama macia e a fragrância das flores acalmaram a mente inquieta e atônita de Psiquê. Ela se levantou e viu diante de si um bonito e agradável bosque e, no meio dele, um rio de águas correntes que brilhavam como cristal. E ali, entre as árvores, havia um palácio tão belo que se imaginaria ser a mansão de um dos deuses. O telhado era de cedro e marfim, apoiado por colunas de ouro. O piso era de pedras preciosas dispostas por algum grande artista na forma de imagens esplêndidas de animais, aves e flores. As paredes eram construídas de grandes blocos de ouro e cada porta e pórtico parecia emitir sua própria luz.

O esplendor do palácio encantou Psiquê de tal maneira que ela teve a coragem de entrar e, lá dentro, viu que tudo também era magnífico e lhe dava prazer de olhar. Havia belos depósitos cheios de ricas vestimentas e de todos os tipos de riquezas. O que a surpreendeu acima de tudo foi que, em todo o palácio, nada estava fechado ou trancado, e não havia ninguém para guardar todos aqueles imensos tesouros. Enquanto estava ali parada, espantada e maravilhada com o que via, escutou uma voz, embora não visse ninguém.

– Por que te espantas, minha senhora, com toda essa riqueza? É tudo teu. Nós, cujas vozes escutas, somos teus criados e estamos prontos para fazer o que desejares. Vai até teu quarto e repousa em tua cama. Depois nos diz que tipo de banho queres que preparemos para ti. Quando tiveres refrescado o corpo, um régio jantar será servido.

Psiquê, ainda mais intrigada, foi para o quarto e descansou. Após um banho perfumado, encontrou a mesa posta para ela. Mãos invisíveis traziam-lhe vinhos raros e pratos deliciosos. Depois do jantar, outro criado invisível cantou, enquanto outro ainda tocava harpa. Pareceu-lhe, então, estar no meio de um grande coro de vozes cantando com perfeição ao som de todos os tipos de instrumentos. No entanto, cantores e instrumentos eram igualmente invisíveis.

Com a aproximação da noite, o concerto terminou e Psiquê foi para o seu leito. Nesse momento, teve medo ao pensar no terrível marido que lhe fora prometido pelo oráculo; uma vez mais, porém, vozes invisíveis lhe garantiram que seu marido era alguém para ser amado, não temido. Ele veio no escuro e se deitou ao lado dela. Embora não visse seu rosto, Psiquê ouviu-lhe a voz e sentiu-lhe o corpo. De manhã, ele partiu antes do amanhecer, depois de falar a ela de seu amor e prometer voltar todas as noites. E, assim, ela ficava sozinha durante o dia, mas passava as horas com grande prazer, encantada com as belas vozes que cantavam à sua volta; e, à noite, tinha a companhia do marido, que ela amava cada vez mais.

Enquanto isso, seu pai e sua mãe só choravam e lamentavam sua filha, que acreditavam estar perdida para sempre, devorada por feras ou pelo dragão terrível. A notícia de sua desventura espalhou-se até bem longe e as duas irmãs de Psiquê vieram visitar os pais e chorar com eles. Naquela noite, o marido de Psiquê lhe falou:

– Meu doce amor e querida esposa, uma sorte cruel está colocando-te em terrível perigo e eu peço-te que sejas muito cuidadosa. Tuas irmãs, pensando que estás morta, virão até as montanhas para chorar por ti. Se ouvires as vozes delas, não respondas, pois, se o fizer, trarás a mim grande sofrimento e a ti a ruína absoluta.

Psiquê o ouviu e prometeu que faria como ele lhe pedia; mas, quando ele se foi no dia seguinte, passou todo o tempo chorando e começou a pensar que sua linda casa nada mais era, de fato, do que uma prisão, se não lhe era permitido ver ninguém nem consolar suas queridas irmãs que choravam por ela. Não comeu nada naquele dia e não encontrou prazer na música. De olhos vermelhos de chorar, foi para a cama cedo. Seu marido também voltou mais cedo do que de hábito e, uma vez mais, falou a ela:

– É assim que manténs tua promessa, minha doce esposa? Chorando o dia todo e não se sentindo confortada nem agora nos braços de teu marido? Faças o que quiseres. Talvez te lembres de minhas palavras tarde demais se trouxeres para ti a tua própria ruína.

Psiquê implorou repetidamente que ele lhe concedesse o que ela desejava, que pudesse ver suas irmãs e falar com elas. No fim, ele cedeu às súplicas da esposa e disse que ela deveria dar às irmãs todo o ouro e joias que quisesse, mas lhe pedia ardentemente que nunca se deixasse convencer pelas irmãs a querer ver-lhe o rosto. Se ela fizesse isso, avisou, perderia a vida boa que tinha agora e nunca mais se aconchegaria nos braços dele.

Psiquê sentia-se cheia de gratidão e amor por ele.

– Eu preferiria morrer cem vezes – garantiu – a ser separada de ti, meu doce marido. Quem quer que sejas, eu te amo e tenho-te no coração como se fosses minha própria vida. Não poderia amar-te mais nem que fosses o próprio deus Cupido. Agora eu te imploro que deixes teu servo, o Vento Oeste, trazer minhas irmãs até mim amanhã, da mesma forma como ele me trouxe.

Ela o beijou e o chamou de seu doce amor, seu marido e seu bem-querer. Tão forte era o poder de seu amor que ele concordou em fazer como Psiquê lhe pedia.

No dia seguinte, as irmãs vieram até a rocha onde Psiquê tinha sido vista pela última vez e ali choraram e a lamentaram, de modo que as pedras ecoavam seus gritos. O som veio até os ouvidos de Psiquê e ela lhes respondeu:

– Eu, por quem chorais, estou aqui, viva e feliz!

Chamou o Vento Oeste, que carregou gentilmente as duas irmãs até o vale onde ela vivia. Por um longo tempo, houve apenas abraços e lágrimas de alegria. Depois Psiquê mostrou às irmãs sua esplêndida casa repleta de tesouros. Ordenou que os músicos invisíveis cantassem, serviu-lhes boa comida e vinho e elas (criaturas vergonhosas que eram) encheram-se de inveja da irmã e decidiram, de alguma maneira, arruinar a felicidade dela. Perguntaram-lhe muitas vezes sobre seu marido e Psiquê, lembrando-se do aviso que recebera, fingiu conhecer-lhe a aparência. Era um homem muito jovem e bonito, disse, com a barba apenas começando a crescer no queixo, e seu maior prazer durante o dia era ir caçar nas montanhas. Então, como teve medo de cometer algum equívoco em suas palavras, deu a elas todo o ouro e joias que podiam carregar e ordenou que o Vento Oeste as levasse de volta para a montanha.

Assim que se viram sozinhas, elas começaram a reclamar com rancor e inveja da boa sorte de Psiquê.

– Ela é a mais nova de nós três – disse a irmã mais velha. – Por que deve ter um palácio e pilhas de riqueza? Por que deve ter aqueles criados miraculosos e ser capaz de dar ordens ao Vento Oeste? Esse marido pode acabar a transformando em uma deusa. Agora mesmo ela já tem toda a felicidade. Quanto a mim, meu marido é velho o bastante para ser meu pai. É totalmente careca e mantém todas as suas riquezas bem trancadas.

A segunda irmã estava com tanta inveja quanto a primeira.

– Meu marido – disse – está sempre doente e tenho de gastar meu tempo cuidando dele como se eu fosse uma assistente de médico. Não posso suportar ver minha irmã mais nova tão feliz. Não vamos contar a ninguém o que vimos. E pensemos em uma maneira de causar algum mal a ela.

Assim, essas irmãs traiçoeiras esconderam o ouro e as joias que Psiquê lhes havia dado. Em vez de consolar os pais com a notícia da segurança e da felicidade da filha, fingiram ter procurado pelas montanhas em vão e, com o rosto triste, simularam ainda estar chorando a sua perda. Depois disso, voltaram para suas próprias casas e lá começaram a imaginar planos para prejudicar a irmã que elas fingiam amar.

Enquanto isso, o marido de Psiquê falou novamente com ela à noite:

– Minha doce esposa – disse-lhe –, suas irmãs perversas estão ameaçando-te com um grande mal. Acho que virão ver-te novamente. Eu te imploro que não fales com elas (o que seria a melhor coisa a fazer) ou que, pelo menos, não lhes fales sobre mim. Se me obedeceres, continuaremos a ser felizes. Já tens em teu corpo um filho meu e teu. Se esconderes meu segredo, a criança, quando nascer, será um deus; se não o fizeres, ela será mortal.

Psiquê ficou muito feliz em saber que teria um filho divino e sentiu-se mais satisfeita do que nunca com o marido. Mas suas irmãs não perderam tempo em seus planos maldosos e, como haviam combinado, vieram uma vez mais para a terra onde Psiquê morava. Novamente, seu marido a alertou:

– Este é o último dia – disse. – Eu te imploro, doce Psiquê, que tenhas piedade de ti mesma, de mim e de nosso filho ainda não nascido. Nem sequer recebas essas mulheres más que não merecem ser chamadas de tuas irmãs.

Mas Psiquê respondeu:

– Querido marido, sabes que podes confiar em mim. Eu não mantive o silêncio até agora? Deixa-me pelo menos ver minhas irmãs, já que não posso ver a ti. Não que eu te culpe por isso. Na verdade, o escuro é como um dia para mim quando te tenho em meus braços, pois tu és minha luz.

Com essas palavras, ela o convenceu uma vez mais a ordenar que o Vento Oeste lhe trouxesse as irmãs. Antes do amanhecer, ele a deixou. E logo cedo, no dia seguinte, as irmãs foram trazidas para o vale ameno e perfumado e para o palácio. Como sempre, foram recebidas com alegria por Psiquê, que lhes contou com orgulho que em alguns meses seria mãe. Isso aumentou ainda mais a inveja das irmãs, mas elas esconderam seus sentimentos atrás de rostos sorridentes e começaram novamente a lhe fazer perguntas sobre seu marido. Psiquê esqueceu que antes lhes havia dito que ele era um rapaz e agora contou que seu marido era um grande mercador de uma província vizinha e que tinha alguns fios grisalhos entre os cabelos castanhos. Assim que Psiquê as deixou sozinhas por um momento, as duas puseram-se logo a especular que a irmã devia estar mentindo.

– Talvez – disse uma delas – ela nunca tenha visto o marido. Se for assim, ele deve ser um dos deuses e ela terá um filho que será mais do que um mortal. Como podemos suportar isso, que nossa irmã mais nova tenha tudo? Vamos agora mesmo pensar em algumas mentiras para destruí-la.

Assim elas confabularam e, quando Psiquê retornou, viu-as chorando. Sem saber que as lágrimas das irmãs eram falsas, perguntou-lhes, surpresa, o que havia acontecido.

– Pobre Psiquê – disseram –, que não conheces o rosto de teu marido. É terrível para nós contar a verdade, mas precisamos fazê-lo para salvar tua vida e a vida do filho que nascerá de ti. A forma real de teu marido não é o que pensas. Não, é uma grande e selvagem serpente que te procura todas as noites. Lembra-te que o oráculo previu que te casarias com um dragão feroz. O povo do campo o vê com frequência nadando pelos rios quando ele retorna à noite. Comentam que ele vai esperar um pouco mais para, então, devorar a ti e à criança. Fizemos nossa triste obrigação contando-te isso. Se fores esperta, aceitarás nosso amoroso conselho e escaparás do perigo enquanto ainda podes.

A pobre Psiquê, em sua ingenuidade, acreditou na falsa história e no amor de suas irmãs.

— É verdade — disse ela — que nunca vi o rosto de meu marido e que ele me diz que algo terrível acontecerá a mim se eu tentar vê-lo. Ó, que devo fazer?

As irmãs começaram a estimular ainda mais os temores de Psiquê.

—Vamos ajudar-te nisso, como em tudo — disseram. — O que deves fazer é pegar uma faca afiada como uma lâmina e escondê-la sob o travesseiro. Deves esconder também em teu quarto uma lamparina com óleo, pronta para ser acesa. Quando ele vier para a cama e estiver relaxado no sono, deves levantar em silêncio, de pés descalços, acender a lamparina e, segurando a faca com firmeza, cortar a cabeça daquela serpente venenosa no ponto exato em que ela se une ao pescoço. Se fizeres isso, voltaremos no dia seguinte. Tiraremos todas as riquezas desta casa e te casaremos com um homem real que não seja um monstro.

Depois, essas mulheres traiçoeiras partiram, e Psiquê, trêmula e horrorizada com aquela ideia, ainda assim se preparou para fazer como as irmãs haviam aconselhado. A noite veio e seu marido, depois de tê-la beijado e tomado-a nos braços, adormeceu. Psiquê, estimulada pelo medo, embora ainda mal podendo acreditar que as palavras de suas irmãs fossem verdade, saiu com cuidado da cama, segurou a faca com firmeza na mão direita e pegou a lamparina, nem ousando imaginar o que iria ver quando a luz estivesse acesa. E o que ela viu não foi nenhum monstro, mas a mais doce de todas as criaturas: o próprio Cupido, diante do qual até o fogo brilhou com mais força. Seus cabelos eram da cor do ouro e pareciam reluzir; o pescoço era mais branco que leite; a penugem delicada de suas asas tremulava ao leve movimento de sua respiração e do ar. Por um longo tempo, Psiquê fitou com amor e admiração a beleza daquele rosto divino e do corpo liso e macio. Com vergonha do que havia pensado em fazer, voltou a faca contra si mesma, mas a lâmina recusou-se àquele ato terrível e escorregou de sua mão. Ao pé da cama estavam o arco e as flechas de Cupido, pequenas armas para um deus tão grande. Psiquê os pegou e, ao experimentar com o dedo a ponta afiada da flecha, acabou se espetando. Então, por sua livre vontade, apaixonou-se pelo Amor e inclinou-se sobre a cama, beijando-o com alegria e gratidão enquanto ele dormia.

No seu movimento, uma gota de óleo quente caiu sobre o ombro alvo do deus adormecido. Ele acordou e viu que ela havia quebrado a promessa e a confiança. Sem dizer uma palavra sequer, afastou-se voando dos beijos e abraços de Psiquê; mas ela o segurou, seguindo-o para fora do grande palácio e chorando.

Ele pousou no alto de um cipreste e falou-lhe, furioso:

– Ó, tola Psiquê, pensa em como eu desobedeci às ordens de minha mãe, que me instruiu a casar-te com algum homem vil e sem valor e, em vez disso, eu mesmo tornei-me teu marido. Pareci-lhe um monstro para que tentasses cortar minha cabeça com estes olhos que te amam tanto? Não te alertei tantas vezes sobre isso? Tuas irmãs vão sofrer pelo que fizeram. E tu também vais sofrer por não me teres mais contigo.

Ele afastou-se pelo ar e Psiquê, enquanto pôde, manteve os olhos fixos nele, gemendo e chorando. Quando ele sumiu de vista, ela, em seu desespero, lançou-se no rio; mas a suave correnteza não quis tirar-lhe a vida e, em vez disso, levou-a até a margem, onde ela continuou lamentando o que havia perdido.

O sol subiu no céu e Psiquê, cansada e infeliz, afastou-se do palácio onde havia vivido e vagueou pelas florestas e caminhos pedregosos sem destino, exceto pelo objetivo de, alguma maneira, se fosse possível, encontrar seu marido novamente. Em suas andanças, chegou à cidade em que o marido de sua irmã mais velha era rei. Não podia perdoar a traição da irmã e decidiu fingir ser mais ingênua do que realmente era. Às perguntas de sua irmã, respondeu:

– Segui teu conselho, querida irmã, mas, quando levantei a lamparina, não vi nenhum monstro, mas o próprio Cupido. Por causa de minha desobediência, ele me deixou e me disse que, em vez de mim, queria ter a ti como esposa.

Assim que Psiquê disse essas palavras, sua irmã, sem lhe oferecer nenhuma ajuda em sua aflição, saiu apressada de casa e foi para a montanha, como já havia feito antes. Não havia nenhum Vento Oeste soprando, mas, mesmo assim, a ambiciosa e traiçoeira criatura lançou-se para baixo, gritando:

– Cupido, eu vim à tua procura. Leva-me contigo como uma esposa mais digna de ti.

Em vez do suave transporte pelo ar que havia esperado, porém, seu corpo despedaçou-se nas pedras. Feras e aves arrancaram parte por parte e o devoraram. A outra irmã sofreu o mesmo destino, pois Psiquê, em suas andanças, chegou também à cidade dela e contou-lhe a mesma história que havia contado à irmã mais velha. Sua ambição e loucura foram as mesmas e ela teve o castigo que merecia.

Assim Psiquê percorreu várias terras, à procura de seu marido Cupido. Ele, no entanto, estava descansando na casa de sua mãe, doente e sofrendo com a ferida no ombro que tinha sido causada pelo óleo fervente. Sua mãe Vênus ainda não sabia de nada sobre o que havia acontecido. Mas uma tagarela gaivota branca aproximou-se dela enquanto a deusa se banhava na praia e lhe contou como Cupido fora ferido e como ele havia vivido em casamento com sua inimiga Psiquê. Ao receber essa notícia, Vênus ficou ainda mais furiosa do que antes.

– Então ele teve coragem não só de desobedecer à própria mãe – disse –, como de se apaixonar por aquela maldita moça cuja beleza dizem ser igual à minha? Vou trancá-lo em casa e fazê-lo sofrer por isso. Quanto à moça, eu a encontrarei e a farei desejar nunca ter posto os olhos sobre meu filho.

Ela entrou em seu glorioso carro de ouro, todo cravejado de pedras preciosas. Quatro pombas brancas puxavam-no suavemente pelo ar; pardais chilreavam alegremente à sua volta e seguiam-na bandos de todos os tipos de aves canoras, que, por serem o coro de Vênus, não tinham medo de falcões, águias ou outras ferozes aves de rapina. Assim, com as nuvens abrindo caminho à sua passagem, Vênus viajou até o céu e lá queixou-se a todos os deuses e deusas de seu filho Cupido e de seu amor por Psiquê. Os outros, especialmente Juno e Ceres, tentaram acalmar-lhe a ira, em parte porque elas próprias temiam Cupido; mas Vênus recusou-se a ser confortada e ordenou que seus servos procurassem Psiquê por todo o mundo.

Enquanto isso, Psiquê, cansada de suas andanças e do peso do filho que ainda não havia nascido, visitava os templos de todos os deuses, pedindo-lhes ajuda. Juno e Ceres de fato teriam desejado ajudá-la, mas não ousavam ofender Vênus. Embora todos se compadecessem dela, ninguém lhe dava descanso e abrigo, de modo que Psiquê, em seu desespero, acabou decidindo ir até a casa da própria Vênus. "Talvez", pensou, "minha sogra me perdoe e tenha pena de mim. Talvez eu veja meu marido. Então, pelo menos, poderei morrer feliz. Seja como for, minha vida agora é mesmo insuportável".

Vênus, quando viu a jovem que vinha procurando há tanto tempo, riu com crueldade.

— Quer dizer que, por fim, resolveste vir me procurar, não é? – disse ela. – Suponho que estejas pensando que, só porque vais ter um bebê, eu me alegrarei por ser chamada de avó! Menina má e imoral, logo te mostrarei o que penso de ti.

Ela pulou sobre Psiquê, rasgou-lhe as roupas, puxou-lhe os cabelos e bateu sua cabeça no chão. Depois, tendo aliviado sua raiva feroz e cruel, colocou diante dela uma grande pilha de grãos de trigo, cevada, painço, sementes de papoula, ervilhas, lentilhas e feijões e disse:

— És tão feia que ninguém poderia querer-te pelo teu rosto. Talvez consigas arrumar um marido sendo uma boa dona de casa. Vamos ver o que podes fazer. Ordeno que separes todos estes diferentes grãos uns dos outros antes de eu voltar do jantar.

E Vênus enfeitou com guirlandas os brilhantes cabelos loiros e saiu para um grande banquete, enquanto Psiquê, sentada diante da pilha de grãos, chorava sozinha por saber que a tarefa era impossível.

Mas uma pequena formiga apiedou-se dela e foi chamar todas as outras formigas, dizendo:

— Meus amigos, vamos ajudar esta pobre moça que é esposa de Cupido e está em grande perigo de vida.

Então as formigas vieram e, com seu trabalho rápido e cuidadoso, logo separaram organizadamente os grãos, cada um em sua própria pilha.

À meia noite, Vênus retornou, toda perfumada e bem aquecida de vinho. Quando viu como o trabalho tinha sido feito, declarou:

— Isso não foi obra tua, coisinha perversa e vil. Deve ter sido trabalho daquele que te ama.

Jogou para Psiquê uma crosta de pão de centeio e cuidou para que Cupido ficasse trancado no quarto mais seguro da residência. Assim, aqueles dois seres que se amavam passaram horas tristes, separados na mesma casa.

De manhã, Vênus foi até Psiquê e disse:

— Estás vendo aquele rio ali, com juncos e moitas nas margens? Ao lado do rio há um rebanho de carneiros com lã de ouro reluzente. Vai e traze-me alguns flocos dessa lã.

Psiquê levantou-se do chão duro e saiu. Seu verdadeiro desejo naquele momento era lançar-se no rio e morrer; mas, quando chegou ao rio, um alto junco verde, por inspiração divina, falou-lhe:

— Pobre e inocente Psiquê, não manches minha água sagrada com tua morte. Mas não chegues perto daqueles terríveis carneiros selvagens antes da metade do dia. Até o meio-dia, eles são ferozes e matam qualquer pessoa que se aproximar. Depois disso, eles descansam à sombra e poderás facilmente ir até lá e pegar a lã que encontrarás presa nas urzes.

Alertada pelo gentil junco, Psiquê fez como lhe foi aconselhado e, à tarde, voltou até Vênus com o avental cheio de lã de ouro. Vênus, ainda assim, encarou-a com uma expressão furiosa.

— Isto, novamente — disse —, não é obra tua. Agora vou provar se tens a coragem que finges ter. Vês aquela rocha suspensa no alto da grande montanha ali adiante? Daquela rocha flui um riacho de água negra e gélida que alimenta os rios do inferno, Estige e Cócito. Vai até o topo e traze-me uma garrafa de água do meio da nascente do rio.

Psiquê subiu a montanha, mas, quando chegou perto do topo, achou que seria mesmo melhor se lançar para baixo sobre as rochas do que prosseguir com sua tarefa. O riacho negro fluía em grandes cataratas espumantes ou deslizava sobre pedras escorregadias. A própria força da água e a encosta íngreme e pedregosa já eram suficientes para tornar seu avanço impossível. Mas, além disso, de cada lado do riacho, ela viu grandes dragões arrastando-se sobre as rochas ocas e estendendo o longo pescoço. Seus olhos atentos nunca paravam de vigiar a água sagrada, e a própria água espumava e borbulhava com vozes que diziam:

– Vai embora! Vai embora! Fujas ou morrerás.

Psiquê ficou imóvel, chorando diante da impossibilidade do que estava à sua frente. Mas a águia real de Júpiter a viu e desejou ajudar a esposa de Cupido. Voou junto ao rosto dela e lhe disse:

– Pobre e inocente menina, achas que podes sequer se aproximar dessas águas terríveis, que são temidas até pelos deuses? Dá-me tua garrafa.

Então, tomando a garrafa no bico, a águia voou velozmente diante das línguas ameaçadoras e dos dentes faiscantes dos dragões, mergulhou a garrafa no riacho e trouxe-a de volta cheia da água do Estige. Psiquê levou-a para Vênus, que novamente a fitou com fúria e falou-lhe rispidamente:

– Deves ser – disse ela – alguma feiticeira ou encantadora para executar minhas ordens com tanta rapidez. Pois bem, há mais uma coisa que quero que faças. Pega esta caixa e desce até o Inferno, a morada dos mortos. Lá, deverás pedir a Prosérpina, a rainha do Inferno, que me envie um pouco de sua beleza, apenas o suficiente para durar um dia. Diz-lhe que perdi parte da minha cuidando de meu filho, que está ferido. Mas deves voltar rapidamente, porque tenho de ir ao teatro dos deuses.

Psiquê sentiu que agora não adiantava mais arrumar desculpas e que estava mesmo fadada a morrer. Não sabia de nenhuma outra maneira de ir à Casa dos Mortos a não ser se matando e, assim, subiu a uma alta torre, decidida a se lançar lá de cima. Mas a torre falou com ela, dizendo:

– Não cedas, Psiquê, a este último perigo. Se te matares, de fato visitarás o mundo dos mortos, mas nunca mais voltarás a este mundo. Escuta minhas palavras e faz o que eu te disser. Não muito longe daqui fica Tenaro, onde encontrarás um grande buraco no chão. Desce corajosamente pela trilha e ela te levará até o palácio de Plutão. Mas não deves ir de mãos vazias. Em tuas mãos, deves levar dois bolos de uma mistura de cevada e mel. E em tua boca, deves ter duas moedas. Quando tiveres avançado um pouco em tua jornada, verás um asno coxo carregando lenha e um homem coxo puxando-o. O homem vai pedir-te para ajudá-lo a pegar alguns dos gravetos que caíram, mas deves seguir em frente sem dizer nada e não fazer o que ele te pede. Depois, chegarás ao rio dos mortos, onde o velho e rude Caronte, com seu barco esburacado, transporta as almas entre as margens. Ele não fará nada a menos que seja pago, portanto, deves deixá-lo pegar de tua boca uma das moedas. Quando estiverem no rio negro e mortal, verás um homem velho nadando que te implorará para que o ajudes a subir no barco. Não deves escutá-lo, pois isso não é permitido. Após ter atravessado o rio, passarás por algumas mulheres idosas tecendo. Elas vão pedir-te ajuda, mas não deves dar-lhes ouvido. Essas são todas armadilhas que Vênus colocará para ti, de modo a fazer-te derrubar um dos bolos que levas nas mãos. Sem esses bolos, porém, jamais poderás completar a viagem ou retornar de lá, pois te depararás com o grande cão vigia de três cabeças, Cérbero, cujos latidos ecoam para sempre naquela planície desolada. Ele nunca te deixará passar se não lhe deres um dos bolos para comer. Depois de ter passado por ele, chegarás à presença de Prosérpina e ela vai oferecer-te uma bela cadeira para te sentares e boa comida para que te sirvas. Mas deves sentar-te no chão e pedir apenas pão de centeio. Diz-lhe, então, por que vieste e recebe o que ela te entregar. Em tua volta, dá o outro bolo a Cérbero e a outra moeda ao sombrio Caronte. Voltarás a este mundo pelo mesmo caminho por onde desceste. Acima de tudo, não olhes dentro da caixa que Prosérpina te dará. Tu não precisas ter curiosidade sobre o tesouro da beleza celestial.

Assim a torre aconselhou Psiquê. Ela pegou as duas moedas e os dois bolos e seguiu para Tenaro. Desceu o tenebroso caminho para o Inferno, passou pelo asno coxo em silêncio, pagou com a moeda a Caronte, não deu atenção nem ao homem que nadava no rio nem às mulheres que teciam, deu um dos bolos ao terrível cão vigia e chegou, por fim, à presença de Prosérpina. Ali, recusou a esplêndida comida que foi posta à sua frente e sentou-se humildemente no chão, pedindo apenas uma crosta de pão. Em seguida, transmitiu a mensagem de Vênus e recebeu o presente secreto na caixa fechada. Em seu caminho de volta, deu o bolo a Cérbero e a última moeda a Caronte. Assim, voltou ao mundo de cima em segurança. Mas, então, disse a si mesma:

– Que tola eu sou em estar carregando nesta caixa a beleza divina e não pegar um pouco para mim. Talvez, com isso, eu consiga agradar meu marido.

Ela abriu a caixa, mas não viu beleza nenhuma dentro dela. Em vez disso, um sono mortal apossou-se dela como uma nuvem e Psiquê caiu desmaiada e ali ficou estendida, como morta.

Mas Cupido estava agora curado de seu ferimento e, saudoso da esposa, havia saído por uma janela alta. Voou diretamente até onde ela estava e, depois de ter limpado o sono mortal de seu rosto e guardado-o de volta na caixa, acordou-a picando-lhe gentilmente a mão com uma de suas flechas.

– Pobre criatura – disse –, uma vez mais quase te arruinaste pelo excesso de curiosidade. Agora volta para minha mãe e deixa-me cuidar do resto.

Ele partiu voando e Psiquê levou a caixa para Vênus.

Cupido, enquanto isso, voou até o céu e suplicou a Júpiter, o pai dos deuses, que o ajudasse em seu amor fiel. Júpiter chamou todos os deuses e deusas em um conselho e disse-lhes:

— Não é bom que Cupido esteja sempre solto e vagueando sobre a terra. Ele escolheu uma esposa e é certo que desfrute de sua companhia e de seu amor. Para que o casamento não seja desigual, vou fazer Psiquê imortal, e ela e Cupido poderão viver juntos e felizes para sempre. Esta é a minha vontade e, como Psiquê será uma deusa de fato, Vênus deve se alegrar com a união.

Júpiter enviou Mercúrio para trazer Psiquê ao céu e, quando ela chegou à sua presença, assim lhe falou:

— Pega esta taça de imortalidade, Psiquê, e bebe-a até o fim para que possas viver para sempre e Cupido nunca mais te deixe e seja eternamente teu marido.

Foram, então, preparados uma grande festa e um banquete de casamento. Cupido e Psiquê sentaram-se em lugares de honra e, ao lado deles, estavam Júpiter, Juno e todos os deuses em ordem. Baco encheu as taças de néctar, o vinho dos deuses. Vulcano preparou o jantar. As Horas e as Graças adornaram a casa com rosas e outras flores perfumadas. Apolo e as Musas cantaram juntos e Vênus dançou com graça divina ao som da música. Assim, Psiquê casou-se com Cupido e, no momento devido, deu à luz uma criança, a quem chamamos de Prazer.

Quadro de nomes

Muitos dos personagens deste livro eram conhecidos por dois nomes diferentes, um grego e outro latino. Segue abaixo uma lista com os principais exemplos.

LATINO	GREGO
Aurora	Eos
Baco	Dioniso
Ceres	Deméter
Cupido	Eros
Diana	Ártemis
Hércules	Héracles
Jove ou Júpiter	Zeus
Juno	Hera
Marte	Ares
Mercúrio	Hermes
Minerva	Atena ou Palas
Netuno	Posêidon
Plutão	Hades
Pólux	Polideuces
Prosérpina	Perséfone
Ulisses	Odisseu
Vênus	Afrodite
Vulcano	Hefesto

REX WARNER (1905-1986) foi um romancista, tradutor de latim e grego e acadêmico de literatura clássica. Membro da Auden Generation, Warner escreveu vários romances sombriamente alegóricos, entre eles *The Aerodome*, antes de se voltar para a ficção histórica e, em 1960, ganhar o James Tait Black Memorial Prize por seu *Imperial Caesar*. Warner traduziu Xenofonte, Tucídides, Plutarco, César e Santo Agostinho, além do poeta e ganhador do prêmio Nobel George Seferis, de quem se tornou amigo quando exercia a função de diretor do British Institute em Atenas, nos anos imediatamente seguintes à Segunda Guerra Mundial. Depois de lecionar literatura em Bowdoin e na Universidade de Connecticut, Warner retornou à Inglaterra na década de 1970.